Michael G. Fritz

Tante Laura

für
Jakob und Karoline

I

Der Weg vom Hafen in den Ort war ein steil ansteigender, mehrfach gewundener Sandpfad, den der Regen ausgespült hatte. Das Labyrinth der Bootsschuppen im Rücken, fuhren wir mit dem Fahrrad hinter dem Haus Helgoland hoch, in dem die Gäste gerade an den Frühstückstischen saßen und beim Kaffeetrinken nebenher auf den Bodden schauten, auf die vertäuten Jachten und Zeesen. Ich spürte den Rhythmus der Wellen noch in mir, während ich kräftig in die Pedale trat, um dem Alten folgen zu können, vor meinen Augen immer seinen wulstigen Nacken, der zwischen Schiffermütze und Cordjacke hervorquoll. Wir rollten an Gärten mit reetgedeckten Häusern vorbei, hinter den Zäunen stellten uns Hunde nach, deren Gebell mir bis ins Mark ging. Meinten sie mich, weil ich wieder verloren, weniger gefangen hatte als Jeske? Ich hatte den Blinker geworfen und gekurbelt wie der Alte, hatte ihn argwöhnisch belauert, besprach er seinen Blinker, bespuckte er ihn, bevor er auswarf? Ich hatte jeden seiner Fische mitgezählt und meinen einzigen mit ihnen verglichen. Er war nicht schöner und auch nicht größer als seine, und es war eben nur einer. Die Hunde wollten gar nicht mehr aufhören zu bellen.

Oben auf der Straße schlug mir plötzlich die Hitze des Sommers entgegen, ich wischte meine Mütze vom Kopf und öffnete den Verschluß der Jacke. Auf seinem Grundstück leerte Jeske den Sack mit den Fischen auf die Gehwegplatten – wahrscheinlich schüttete er genauso Kartoffeln aus –, Zander und Barsche, die mit gebrochenem Blick sich leicht gekrümmt über den Stein verstreuten. Meine Finger zeichneten Schuppen nach, betasteten Augen und Flossen, indessen ich die Tiere in einer Reihe anordnete. Nur wir zwei, Jeske und ich, konnten noch auseinanderhalten, wer welchen Fisch gefangen hatte, natürlich hätten wir auch zu sagen gewußt, wann und präzise an welcher Stelle des Boddens. Doch wir schwiegen darüber, was mich versöhnlich stimmte. Ich kramte die Blechschachtel aus meiner Jacke, entnahm ein Zigarillo, das ich zunächst unter der Nase entlangführte, um es darauf anzustecken – ein Ritual, das für mich zum Rauchen gehörte. Jeske hatte Schnaps geholt, wir sanken in die Korbsessel auf der Terrasse und prosteten uns zu, die Fische jedoch nicht aus den Augen lassend. Konnte uns jemand unsere Beute streitig machen?

Wat is, soll's morgen wedder losgehen? fragte er, schob die Mütze in den Nacken, daß die Sonne in sein faltiges Gesicht schien und die grauen Bartstoppeln erst jetzt, wie Schauspieler vom Scheinwerfer angestrahlt, auffielen. Jeske kippte das Glas hinter, das in den Tiefen seines Rachens zu verschwinden drohte. Es erstaunte mich jedesmal, daß er es wieder glücklich zutage förderte.

Warum nicht, sagte ich und nippte an meinem Glas, nippte nochmals, dann schickte ich den Rest hinterher.

Er goß uns nach. Morgen, sagte er, morgen wird Westwind sein, Westwind fischt gut.

Als ob es bei ihm vom Wind abhängt, der Alte fängt doch jedesmal, dachte ich und zog an meinem Zigarillo. Wir kippten ein paar Gläser, und wie immer, wenn man bereits vormittags etwas trinkt, begegnet einem der angerissene Tag anders als sonst, träger vielleicht, oder gelassener. Dieser verlangte nichts von mir und zeigte sich für jemanden, der Urlaub macht, von seiner angenehmen Seite, er sorgte dafür, daß die Wolken fernblieben und die Sonne vor einem blinkenden blauen Himmel mit aller Kraft ihrem Werk nachgehen konnte.

Ich wecke Sie morgen, klopfe wieder ans Fenster, ja? Und Sie nehmen sich von den Fischen, soviel Sie wollen, fügte er hinzu, ich hab die jederzeit.

Das Zigarillo ließ ich ausgehen, behielt es aber wippend im Mundwinkel, kalt rauchend also, machte ich mich über den Fang her, der begann, eine Speise zu werden und sich einen Platz auf den Tellern zu suchen. Grün schillernde Fliegen besetzten die Fische, unentwegt ihre Mäuler gegen Schuppen, Augen, Kiemen stoßend. Ich schabte hinter der Hecke auf einem eigens dafür eingerichteten Tisch, auf daß die Schuppen spritzten wie in einem Schneegestöber. Bald war ich selbst von oben bis unten von ihnen bedeckt. Während ich nach einem Messer griff und die Köpfe abschnitt, wobei die Fische das Maul aufrissen und noch einen letzten Laut abzugeben schienen, ein dumpfes Röcheln beim Durchtrennen des Rückenmarks, sah ich auf dem Nachbargrundstück an Wäscheleinen aufgehängte Laken sich im leichten Wind bewegen. Seit wann hingen dort Laken? Je stärker sie sich bauschten, desto mehr glaubte ich, auf einer Liege dahinter jemanden zu sehen, war's eine Frau, die nichts weiter tat, außer sich mit Passion der Sonne hinzugeben und Musik zu hören, Musik, von der nicht viel an mich heranwehte, die paar vereinzelten Töne aber reichten, um zu erkennen, daß es Rock 'n' Roll war.

Seit ungefähr einem Dutzend Jahren flohen Katja und ich Berlin im Hochsommer, wir besuchten diesen Ort, wohnten stets bei Jeske, und nie hatte ich nebenan jemanden liegen sehen. Der Fischer vermietete gar nicht, auf der Wiese flickte er sonst Netze, unter einem grob zusammengezimmerten Dach war oft ein Holzkahn aufgebockt gewesen, der ausgebessert und geteert wurde. Aber eine in der Sonne badende Frau, noch dazu hinter Laken, wozu diese Laken? Ich polkte die Eingeweide heraus und stieß bei einem Zander im Magensack auf eine winzige Plötze. Der Fisch erwies sich als vollkommen unverdaut, nichts fehlte, jedes Detail schimmerte durch das Gewebe, das ihr tödliches Gefängnis wurde.

Vor wenigen Stunden war sie dem Zander auf verhängnisvolle Weise begegnet, kurz danach er uns, Jeske und mir.

Ich schickte wieder einen Blick hinüber, die Laken flatterten und legten, während das Weiß kurz im Aufwind verharrte, ein aufgestelltes Bein frei, das sich gegen das andere lehnte. Später bekam ich in den Momenten des auffrischenden Windes Arme und Schultern, eine Hüfte zu sehen: Ganz sicher, dort räkelte sich, eingehüllt von Musik, eine Frau. War sie nackt?

Mein Fahrrad rollte über die Strandstraße durch ruhelose Muster, die die Schatten der Linden auf den Asphalt zeichneten. Das Rauschen des Meeres schlug mir in den Dünen entgegen, noch bevor ich die Wellen sah, und obwohl sie mitsamt der Schaumkronen nicht besonders hoch waren, wurden sie weit auf den Strand hinaufgetrieben, zogen sich anschließend ermattet zurück, als wär's von getaner Arbeit.

Schon wieder Fisch, rief Katja, ich seh's doch, Fisch.

In der Nähe stiefelten krakeelende Kinder umher und ließen an den Händen Eimer baumeln, in denen sie dem Meer Wasser zutrugen, das sie aus Pfützen schöpften. An der Schnur ein Drache mit knatterndem Schwanz zeigte, was er konnte.

Komm, sag mir, wieviel hast du gefangen?

Ich wich aus, indem ich erwiderte: Die reichen für uns alle.

Du Armer du, war wieder nichts, sagte sie und zupfte lachend Fischschuppen aus meinen Haaren, was sie zur nächsten Bemerkung antrieb. Ich röche nicht nur nach Fisch, sondern sei durch das viele Angeln so etwas wie ein Wassertier geworden. Und dann kam's: Na, schon Anschluß gefunden?

Anschluß?

Bei einer Meerjungfrau vielleicht.

Wer weiß. Ich ließ meine Antwort vielsagend klingen, während ich in die Badehose schlüpfte und mich neben Katja, die sich rücklings und mit entblößten Brüsten präsentierte, auf die Bastmatte warf. Ich blies über ihre Augenbrauen. Was der Schwall kühler Luft nicht vermochte, holten meine Zeige- und Mittelfinger nach, die gegen den Strich fuhren, wodurch sich die Härchen aufrichteten, Katja jagte ein Schauer über den Körper. Sie schüttelte den zurückgeworfenen Kopf, ihre halblangen schwarzen Haare strichen über die Schultern.

Was soll ich mit einer Meerjungfrau, verrate mir das, was?

Hab Phantasie, Martin!

Das saß. Als ich ihr kurz darauf ein Angebot ins Ohr flüsterte, färbte sich ihr Hals scharlachrot, und Katja vertröstete mich auf irgendwann. Sie cremte mir die Rückenpartie ein, mit Nivea, der Hautcreme, auf die ich seit frühester Jugend setze und die zum Standardinhalt der Westpakete gehörte. Es gab Heilige Abende, an denen meinem Vater beim Aufschnüren und Auspacken der vielen Pakete der Schweiß von der Stirn und in den Hemdkragen rann, er mußte mehrmals mit dem Taschentuch wischen, schickte mich schließlich, das Fenster zu öffnen. Die Nivea-Büchsen stapelten sich auf dem Wohnzimmertisch neben Haferflocken und Grieß, neben Schokolade, Kaffee, Jeans und Tosca, dem unverwüstlichen, im Grunde schrecklichen Parfum. Nivea baute durch alle Zeiten hindurch zwar unterschiedlich hohe und verschieden geformte, aber immer blauweiße Türme als Boten aus einer anderen Welt.

Katja, die über meine Gewohnheit nur lachen konnte – du mit deiner Nivea, wo bitte schön, Martin, wo ist der Sonnenschutzfaktor? –, hieß mich umdrehen und stilliegen. Sie widmete sich der Vorderfront, bearbeitete beflissen Schultern, Brust und Bauch, um ihre Prozedur mit einem saloppen: So, das war's, zu beenden.

Ich, obwohl hellen Typs und blond, zeigte dank meiner Creme kaum jemals Anzeichen von Sonnenbrand. Katja bestand für sich auf flüssige Cremes, gab bäuchlings Anweisungen, an die ich mich nicht hielt, ich erwies mich an jenen Orten als arbeitsam, wo ich wollte, etwa in den Achselhöhlen, dort wurde ich seßhaft und fand kein Ende.

Martin, das kitzelt so, rief sie, ließ mich jedoch gewähren. Ihr Körper verströmte den überwältigenden Geruch nach geronnener Milch, der sich mit Moschus, ihrem Parfüm, vermischte. Meine Finger wechselten in jene Kuhle, die die Wirbelsäule bildete, oben vom Nakken ausgehend, unten hinter dem Saum des Bikinihöschens verschwindend, unter das ich ab und an wie zufällig glitt. Katja verschlug es die Sprache, kein mahnender Hinweis, keine Klage, nichts entwich ihrem auf die Matte gepreßten Mund, nur ein flinker, kaum gedämpfter Atem inmitten des Strandlebens, das sich um sich selbst drehte, seine eigenen Geräusche hatte und sich nicht um uns kümmerte. Einzig der Drache, der sich direkt über uns absenkte und dabei Pirouetten drehte, wurde Zeuge unseres Tuns.

Endlich verfiel ich ins Dösen. Angler, auch wenn sie ausschließlich im Urlaub fischen wie unsereiner, büßen des frühen Aufstehens wegen immer Schlaf ein – weshalb sowohl Katja als auch meine beiden Söhne mich partout nicht begleiten wollten – und müssen ihn bei jeder sich bietenden Gelegenheit nachholen. Im Traum zog ich, selbst ein kapitaler Zander, in einem Schwarm mit meinesgleichen durch nicht enden wollende Gewässer. Meine Frau mit ihrer Bemerkung ließ grüßen. Wir streiften durch lichte, im Rhythmus der Strömung sich wiegende Wälder aus Wasserpflanzen oder standen über Kieselsteinen, auf denen mehrfach gebrochene Sonnenstrahlen Zeichnungen warfen. Ein Blitzen von Silber hieß uns aufmerken, war's ein Friedfisch, den es zu erjagen galt? Kopfüber folgte ich meinem Instinkt, schoß ihm schneller als alle anderen hinterher, schnappte nach ihm, konnte mich aber, sobald ich ihn im Schlund hatte, nicht abwenden, spürte mit grellem Schmerz, wie ich mich in jemandes Schlepptau befand und die Wasseroberfläche sich näherte, wo ich einen beständig anwachsenden Schatten wahrnahm. Von dem drang Musik in die Tiefe, nur wollte das Blättern der Seiten nicht zu den Klängen passen, schlugen die Musiker ihr Notenpapier beim Abspielen hörbar um? Was für ein lärmendes Blättern, dachte ich beim Auftrieb, gegen den sich mein Körper und meine Flossen mit aller Kraft sperrten.

Katjas Rascheln mit ihrem Taschenbuch holte mich auf die Bastmatte zurück. Komisch, sagte sie, indem sie im Text zurückliegende Passagen suchte und wieder nach vorn sprang, mit dem Zeigefinger die Zeilen entlangfuhr, du hast geschnarcht, was das Zeug hält, ist ja nicht neu, aber zwischendurch hast du gerufen, deutlich fiel das Wort Rock 'n' Roll. Komisch, seit wann hörst du Rock 'n' Roll im Traum und überhaupt?

Nachdem am späten Nachmittag unsere Kinder von ihrer Fahrt zum Leuchtturm heimgekehrt waren, Handtücher und Badesachen bei Katja abgeliefert, nach Fanta verlangt und sie die Flasche ausgetrunken hatten, schlug Florian vor, nochmals aufzubrechen. Warum nicht zur Seebrücke?

Robert, der sich ausgiebig über den Flaum auf seiner Oberlippe gestrichen hatte, griff nach der nächsten Flasche und meinte: Fahr man los, ich komm nach.

Nö, nö, lautete Katjas Kommentar. Fahr du mal schön mit, laß deinen kleinen Bruder nicht allein.

Klein, sagte Florian mit seiner hellen Stimme, jeden Buchstaben als Anklage dehnend, seit wann bin ich der kleine Bruder, ich bin schon zwölf!

Ich wollte sagen: Der jüngere, einverstanden? korrigierte sich Katja.

Florian griff sich kopfschüttelnd sein Fahrrad und schob es zum Gartentor, Robert schlurfte zu seinem Rad und klingelte, während er es bestieg, gelassen rollte er los.

Hey, Herr Jeske möchte, daß auf seinem Grundstück geschoben wird! – Ein Katja-Satz, auf den jede Resonanz ausblieb, was ich nur am Rand registrierte, weil ich in der Laube mit dem Essen beschäftigt war. Ich hatte mich bei Jeskes Fischen bedient, die steif und weißlich aus dem Kühlschrank kamen. Zunächst mußten Mohrrüben geputzt, Zucchini geschält, Fenchel und Lauch gewaschen und geschnitten, Tomaten halbiert und alles auf dem Blech der Backröhre angeordnet werden, das zuvor mit Olivenöl bestrichen worden war. Katja rümpfte die Nase, sobald ich Knoblauch ins Spiel brachte, eine Knolle auseinanderpulte und Zehe für Zehe schälte, um sie unter dem Gemüse zu verteilen. Ich wollte mich nicht verzetteln, tat, als hätte ich ihren Einwand übersehen, ließ mir von ihr, wegen meiner beschmutzten Hände, wie ich vorgab, die angebrochene Flasche Weißwein aus dem Vorratsraum reichen. Das Gemüse wurde mit dem Sud aus gekochten Fischköpfen versetzt, die Zander mußten gesalzen und gepfeffert werden, auf keinen Fall zu sparsam. Sie erhielten ihren Platz auf dem Gemüsebeet, das im Backofen verschwand. Hin und wieder öffnete ich seine Tür; als Ausgleich für den entweichenden Brodem gab's jedesmal einen Schluck Wein aufs Blech, anschließend wanderte die Flasche an meine Lippen. Ich teilte den Wein sozusagen mit den Fischen.

Gegen den Türrahmen der Laube gelehnt, steckte ich ein Zigarillo an, und während ich rief: Florian und Robert, die werden sich doch wohl an ihre Uhr erinnern, glitt mein Blick in den Nachbargarten hinüber. Die Laken waren verschwunden – Kunststück, die Wiese lag jetzt im Schatten wie der Sandweg vor dem Haus, auf dem bald der Abend kommen würde.

Wir blieben alle nach dem Essen noch am Tisch sitzen, es war längst dunkel geworden. Unten am Strand, an der Steilküste, sagte ich und lehnte mich im Stuhl zurück, müßte meine Firma Ferienhäuser bauen. Wo die Birken und Erlen die verfallene Bungalowsiedlung zuwachsen, die aus der Nazizeit stammt und dann vom sozialistischen Gewerkschaftsbund genutzt wurde, wär's ideal. Natürlich sollten es Häuser sein, die zur Landschaft passen, mit Reetdächern und großzügigen Gauben, Einzel- und Doppelhäuser, aus deren Dachgeschossen man einen Blick aufs Wasser hat. – Für einen Moment war ich ganz der vor Ideen strotzende Architekt, obwohl ich nicht mehr in meinem Beruf arbeitete. Aber hörten deshalb vielleicht die Einfälle auf?

Sie müßten schon Komfort bieten, ergänzte Katja, wie Hotels, vielleicht noch unterkellert, um Platz für Waschmaschine und Bügelbrett zu schaffen.

Ich nickte und sagte: Durch jede Wohnzimmertür, stelle ich mir vor, tritt man auf Rasen, von den anderen Parteien und Häusern durch Hecken, Büsche, Bäume getrennt. Ich bin sicher, in dieser Gegend bliebe ich auf keinem sitzen. Freilich kommen die potentiellen Käufer aus anderen Gegenden, hier oben ist weiß Gott kein Geld.

Aber die wohnen dann nicht in ihren Häusern, meinte Katja.

Die Gebäude werden in Katalogen angeboten und an Feriengäste vermietet, der Hausmeister ist allerdings ein Einheimischer. Es handelt sich um Kapitalanlagen, die insofern lohnenswert sind, da man mit ihnen beträchtliche Steuern spart. Ist nur was für Großverdiener.

Wenn du deiner Firma diesen Platz verrätst, Martin, sagte Robert, wird's hier piekfein. Er mischte hastig die Rommékarten und teilte aus. Aber Florian kam dem Spiel zuvor, indem er zu erzählen begann, von der Fahrt zum Leuchtturm, vom Plattenweg durch den Wald, zu dem manchmal nur Buchen gehörten, dann wiederum Kiefern, der Harzgeruch würde wie eine Wand aus warmer Luft in der Gegend stehen, am Parkplatz namens Sieben Linden vorbei, obwohl er, Florian, dort keine einzige Linde gesehen habe. Robert, du vielleicht? fragte er, um ohne die Antwort abzuwarten mit gesenkter Stimme hinzuzufügen: Das ist die richtige Stelle für ein Geheimnis, bei den Sieben Linden, wie das klingt. Dort könnte man was vergraben, im Mondschein, einen Schatz vielleicht, oder sich heimlich mit jemandem treffen.

Wir fahren gleich hin und probieren's mal, spottete Robert. Florian holte tief Luft, sah jeden am Tisch reihum an, ihm fiel nichts anderes ein, als schmallippig zu schweigen. Wir lachten, und auch Florian versuchte, gute Miene zu diesem Spiel zu machen, rief aber voller erbittertem Trotz: Ihr werdet's schon sehen!

War's ein Orakel, das ich mit etwas mehr Aufmerksamkeit hätte entziffern, wenigstens spüren können? An diesem Abend wußte ich nicht, wie recht er hatte, und wenn ich es gewußt hätte, was hätte ich anderes machen sollen?

Während ich sagte: Ach Florian, und meinen Arm um ihn legte, ihn damit sofort besänftigte wie sonst auch, brachte Katja den Kerzenständer, trat im Schein der brennenden Lichter aus der Laube. Sie trug ein bis zum Boden reichendes Kleid, schleuderte ihre Haare zurück, als sie den Ständer auf den Tisch zwischen Gläser und Flaschen in der Mitte abstellte und an der Stirnseite Platz nahm. Rechts von mir Florian, der mit sich rang, ob er weitererzählen sollte, links Robert, seine Spielkarten ordnend, um dessen Schultern ich meinen anderen Arm geschlungen hatte, mir gegenüber Katja mit aufgestützten

Ellbogen – so saßen wir im nächtlichen Garten, alle in gleichem Maße vom flackernden Licht beschienen.

Weißt du vielleicht, wer nebenan eingezogen ist, fragte ich meine Frau.

Am frühen Morgen trommelte der Regen durch meinen Schlaf, in seiner Morsesprache hieß es: Schlaf weiter, schlaf weiter, darauf immer heftiger: Die Fische, niemand stört heute ihre Bahn, schließlich ganz deutlich: Jeske fährt nicht raus, er klopft nicht ans Fenster, ist doch klar, wer jetzt klopft. Ich drehte mich erleichtert zur Seite, schob mich an Katjas Rücken, mein Gesicht an ihrem Nacken. Schlaf endlich, hämmerten beharrlich die Tropfen.

Wir fanden aus den Federn, als die Sonne hoch stand und nicht einmal mehr Pfützen an den Regen erinnerten. Beim Frühstück bemerkte ich auf der Wiese nebenan die erneut aufgespannten, sich im Wind bauschenden Laken. Ich trat, meine Kaffeetasse in der Hand, an den Maschendrahtzaun heran. Wieder lag da die Frau, und das bißchen Wind reichte aus, mir die peitschenden Töne von Rock 'n' Roll heranzutragen.

Na und, stellte Katja fest, die ist nackt, und die jüngste ist sie übrigens auch nicht mehr.

Nackt, hier oben auf dem Grundstück?

FKK kann sie fast überall am Strand machen, dahin zu fahren ist ihr wohl zu anstrengend.

Und hörst du nichts, drang ich weiter in sie.

Was denn.

Die Musik.

Ach Martin, da ist nichts, das können die sich gar nicht leisten, weder der Fischer noch die Mieter, wir machen in einem Seebad Ferien, Ruhe kaufst du gewissermaßen dazu. Ich hab ja abends oder in der Nacht schon Sorge, daß wir am Tisch zu laut sprechen, die Kinder mit ihren ungezügelten Stimmen und du mit deinem markanten Klang. Uns wird man weit hören, jeder hat die Fenster offen. Im Freien soll hier jemand Musik laufen lassen?

Rock 'n' Roll, es ist Rock 'n' Roll, beharrte ich und hoffte, daß ich irrte und diese Musik sich zufällig, rein zufällig in unserer Nähe einstellte und zu niemandem gehörte, den ich kannte. Fiel mir bereits der Name meiner Tante ein, oder weigerte ich mich noch?

Rock 'n' Roll spukte durch deinen Traum, den du gestern am Strand ausgeplaudert hast. Es war ein Traum, Martin, so lautete Katjas Versuch, meiner Neugier einen Dämpfer zu geben. Dennoch beugte sie sich über den Zaun, um bald darauf zu sagen: Stimmt, jetzt hör ich's auch. Sie zuckte gleichgültig mit den Schultern. – Soll uns aber nicht stören, oder?

Florian raste vornweg, gelassen folgte ihm Robert und verkündete tönend, daß er ihn einholen würde, wann immer er wolle, im Moment hätte er bloß keine Lust dazu. Am Ende rollten Katja und ich nebeneinander: am Bodden entlang, an Häusern vorbei, umringt von Bäumen und Schilf und mit Dächern aus Reet, so daß man glaubte, die Häuser müßten sich fortwährend der unermüdlich sprießenden Natur erwehren. Wir nahmen den Weg, der in den Wald hineinhielt und zum Strand führte, die Kiefern wuchsen einen Steinwurf entfernt bis ans Wasser heran. Die Äste unternahmen den Versuch, die See zu fliehen, sie ähnelten dem zerzausten Haar von alten Frauen. Wir fanden uns fast allein am Strand, fielen ermattet in den Sand, warfen aber gleich die Sachen ab, um in die See zu laufen, die lange ganz flach blieb. Trotz der Kälte, die mir wie ein Stich in die Eingeweide fuhr, folgte ich der mit den Knaben hineinstapfenden Katja, genauso, ohne zu zögern oder auch nur zu fragen, war ich ihr gefolgt, kaum daß sie die mit rotem Kokosläufer belegte Holztreppe ihres Hauses hinaufpreschte. Die Stufen knarrten, mit jedem Schritt entfernte ich mich ein Stück von ihrer ausgelassen feiernden Gesellschaft – war's ihr zwanzigster Geburtstag? –, und näherte mich dem Mädchen. Komm, sagte sie, komm mit, in meinem Zimmer zeig ich dir was.

Sie wußte nichts von mir, außer daß ich zwei Jahre älter als sie war und ein schlechtes Gebiß hatte. Katja, die Zahntechnikerin geworden war und sich später selbständig machte, arbeitete damals noch als Sprechstundenhilfe beim Zahnarzt. Ihrem Vater hatte ein kleiner Betrieb gehört, ein Textilbetrieb, der ihm in der letzten Enteignungswelle weggenommen wurde; Katja konnte wegen ihrer sozialen Abstammung, wie es hieß, nicht das Abitur machen. Die Gespräche auf dem Behandlungsstuhl waren naturgemäß immer einseitig. Sie tröstete mich beim Bohren mit aufmunternden Worten und ihrem Geruch nach geronnener Milch, der mir die Sinne raubte und den Schmerz vergessen ließ. Der Geruch stieg in Schwaden aus dem Kragen ihres weißen Kittels, sobald sie sich mit dem Arzt über meinen aufgerissenen Mund beugte und mit ihm die Hände über den Kopf zusammenschlug beim Anblick meines Gebisses. Der Gedanke an den nächsten Termin trieb mir nun nicht mehr den Angstschweiß auf die Stirn, zur Praxis lief ich zwar weiterhin beklommen, aber auch wiederum leichthin, ich wußte, daß ich Katja treffen würde. Als sie ihren Geburtstag erwähnte, sagte sie nebenher, während ich mir den Mund ausspülte und uns der Doktor allein gelassen hatte, wenn ich nichts anderes vorhätte, könne ich sie besuchen. Sie wohnte draußen, wo Berlin grün wird und überall in der Nähe Seen durch Wälder hindurchschimmern und die Häuser inmitten stiller Gärten stehen. Ich hatte vergessen, die Zimmertür zu schließen, die junge Frau lief polternd auf dem Parkett zurück und knallte sie ins Schloß, daß das Haus erbebte, gemeinsam sanken wir in die Polster des

Sofas. Ich drehte mich immer wieder um, was sollte ich zu sehen bekommen?

Na, flüsterte sie.

Na, was?

Was hast du denn erwartet?

Ich zog mit den Fingern über ihre schwarzen Augenbrauen gegen den Strich, die sich sofort aufrichteten.

Sie befand sich weit vor mir und hatte längst die Buhnen hinter sich gelassen, ihre hochgesteckten Haare schwebten über dem nahezu wellenlosen Gewässer im Rhythmus ihrer Armstöße. Die Kinder tauchten weg, und ich konnte nicht vorhersagen, wo ihre Köpfe zum Vorschein kommen würden, von denen abwechselnd zu hören war: Hier, hier doch, um gleich wieder zu verschwinden. Ich sah sie, sah alle drei hinausschwimmen und glitt endlich auch ins Wasser.

Im Schlaf zog ein Geräusch durch den Raum, erinnerte es nicht an das Trommeln des Regens, das mich umdrehen und weiterschlafen hieß, schon wieder Regen? Aber der Ton war fordernd, er hielt nichts, soviel stand fest, von Schlaf, er wollte das Gegenteil, kam vom Klirren der Glasscheiben und erschütterte die Luft. Einen Moment lang dachte ich an Herrn Jeske und wußte genau, daß seine Art des Klopfens anders war: ein behutsames Tremolo. Ich öffnete die Augen, am Fenster befand sich niemand, aber die Gardinen und Stores hatten wir vergessen zuzuziehen. Meine pomadig fließenden Gedanken kamen in Fahrt. Wenn sich tatsächlich jemand am Fenster zu schaffen gemacht hatte, mußte er uns gesehen haben – wer, welcher Spanner hatte etwas davon, uns zu beobachten? Katja schlief noch, ich sprang lautlos aus dem Bett. Das erste, was mir auffiel, war der Mond, der nahezu vollkommen rund und unsagbar hell schien, so stark, daß ich meinte, es sei schon Tag. Ich konnte meinen eigenen Schatten beobachten, der sich scharf konturiert neben mich auf die Platten warf. Im Schlafanzug schlich ich um die Ecken der Laube auf unser Fenster zu. Der Blick ging mit dem Mondschein tief ins Innere, ich erschrak, als stünde ich unerwartet vor einem Abgrund, wer auch immer geklopft hatte, hatte uns beide genau gesehen. Katja lag wie auf dem sprichwörtlichen Präsentierteller: nackt, ihre Hände unter dem Kopf, klafften die Achselhöhlen, aus dem Dreieck zwischen den Beinen flossen die Haare. Es blieb mir unerklärlich, weshalb wir nur so gedankenverloren die Gardinen außer acht gelassen hatten, stellte das unverhüllte Fenster nicht geradezu eine Einladung für neugierige Augen dar? Vielleicht, sagte ich mir auf dem Rückweg, hatte ich mich verhört oder hatte ein Marder Blech oder eine lose Latte der Laubenwand zum Klappern gebracht. Ich rettete mich in diesen beruhigenden Gedanken und strebte auf den Eingang zu, kurz davor stieß ich auf einen besonders hellen Bereich, einen weißen Schatten, warum hatte ich den vorhin nicht bemerkt? Er war so weiß, daß ich gar nicht wagte, ihn zu betreten. Bevor ich mich hinhockte, drehte ich mich um, ich wollte feststellen, ob mich jemand beobachtete. Ich konnte den Schatten mit zwei Fingern fassen, er ließ sich vom Boden lösen und in die Höhe ziehen. Der Schatten entpuppte sich als ein Bettlaken, das nach Parfüm roch. Wie kann man ein solches Tuch verlieren?

Katja, die kein Klopfen gehört hatte, hielt am nächsten Morgen alles für erklärbar. Frau Jeske wird das Laken aus dem Wäschekorb gerutscht sein, kommt ja vor, sagte sie.

Aber nicht nachts, es lag nicht dort, als ich aus dem Haus gekommen war.

Martin, erst hörst du ein Klopfen, dann findest du ein Laken – vielleicht hatte Herr Jeske vor, mit dir angeln zu fahren, konnte nicht warten und hat sich deshalb ohne dich auf den Weg gemacht.

Zu gern wollte ich ihr glauben, lief jedoch mißtrauisch durch unsere Behausung, scheuchte die Kinder dabei auf, die mit gelangweiltem Kopfschütteln reagierten, sich phlegmatisch gaben und spotteten, ob ich etwa mit ihnen und dem Laken spielen wolle, vielleicht Gespenst oder ähnliches, ein spannendes Spiel, ja, ja, aber ob ich nicht merke, daß sie dem längst entwachsen seien. Vielleicht ginge es mir niemals auf, wie so einiges nicht, oder?

Na, erwiderte ich und drohte scherzhaft mit erhobenem Finger. Ach, sollten sie nur, was wußten sie denn, dachte ich und schlug Bettdecken zurück, durchstöberte den Wäscheschrank auf der Suche nach den Ersatzlaken – nichts fehlte. Frau Jeske, der kleinen fülligen Frau, bei der ich das Bettuch abliefern wollte, verschränkte augenblicklich die Arme vor der Brust und schüttelte den lockigen Kopf. Nee, auf ihrem Hof? So was habe sie nicht im Schrank, derart feines Linnen hätte es früher mal gegeben, viel früher und in besseren Haushalten. Wo man das heute noch hätte? Sie rief vorsichtshalber nach ihrem Mann.

Herr Jeske antwortete mit einer wegwischenden Handbewegung, um darauf zu fragen: Soll's morgen früh rausgehen?

Ich nickte vage und zog ab, so klug wie zuvor, mein Weg streifte die Grenze zum Grundstück des Fischers, von dem leise, aber deutlich Musik drang, Rock 'n' Roll, was sonst. Dort zeigte sich wieder das seit einigen Tagen im Wind bauschende Weiß. Ich blieb stehen, schaute hinüber und auf mein Linnen überm Arm. Hielt ich nicht eines von diesen Laken? Das Tuchkarree war vollständig, gewiß, keine Lücke konnte ich ausmachen, doch was besagte das schon. Würde sich mein Laken nicht auch genauso im Wind ausnehmen?

Und die nächste Frage hieß: Wie sollte ein Bettuch von nebenan hierherkommen, wie denn?

Ich tappte im dunklen, die Zeichen waren für mich zu diesem Zeitpunkt noch nicht zu deuten. Ich gab mich gegenüber Katja aufgeräumt, alles sei wohl ein Irrtum gewesen, was sie prompt mit den drei Worten quittierte: Na siehst du.

Wir hatten Ferien, sie hatte ja recht: Sollte man nicht allem diese Ferien abgewinnen und sie sich durch nichts stehlen lassen?

Am darauffolgenden Morgen saßen Jeske und ich auf dem Bodden, die Sonne hing knapp über dem gekräuselten Wasser, es gab kein anderes Geräusch neben dem des tuckernden Motors. Die von Bäumen gerahmten Bauernhäuser, von denen eines zum Hotel umgebaut worden war und die anderen überragte, zogen an uns vorüber. In einer Bucht gegenüber der alten Räucherei blieben wir stehen. Ich versenkte den Anker, machte meine Angel klar und begann wie gewohnt, zielte in die Bucht hinein, ohne zu spritzen glitt der Blinker ins Wasser und wurde, sobald er auf den Grund gesunken war, zurückgeholt. Während Jeske die Sehne seiner Angel, die sich verfitzt hatte – vertütert, der Schietkram hat sich vertütert, murmelte er –, auseinanderzog und Stück für Stück auf seine Rolle wickelte, warf ich immer wieder aus. Dann spürte ich einen heftigen Widerstand, der mich hellwach machte, glaubte aber, daß sich der Blinker in den Wasserpflanzen verfangen hatte. Ich ließ etwas nach, um darauf wieder kräftig zu kurbeln, der Blinker kam schnell auf das Boot zu. Wenige Meter bevor ich ihn im trüben Wasser sehen mußte, widerstrebte er meinem Druck. Herr Jeske, rief ich, ist einer dran. Der Mann ließ augenblicklich seine Angel auf den Boden fahren, griff nach dem Kescher, der Zander trieb geradezu, als gebe es einzig den Weg mit der Strömung, ins Netz hinein und ergab sich für seine Größe erstaunlich leicht. Ich warf wieder in die Bucht aus. Wenn noch ein zweiter anbisse, könnte Jeske fangen, soviel er wollte, der die andere Seite in Richtung der Fahrrinne zu seinem Revier gemacht hatte. Es half aber nichts, hier ließ sich kein Fisch mehr blicken. Wir wechselten in die Nähe der Tonne, die das tiefe Gewässer kenntlich macht, wo der Wind mehr Platz hat, die Wellen, die jetzt ihren Namen verdienten, schlugen dumpf gegen die Bordwand. Jeske nahm sich die Fahrrinne vor, ich warf in Richtung Land aus, hörte das Sirren unserer Sehnen, den sauberen Ton, mit dem das Metall eintauchte, und dann Jeskes Worte: Vor ein paar Tagen wollte eine Frau bei uns unterkommen. Aber wir sind ja nun mal voll, wissen Sie selbst.

Ich steckte mir ein Zigarillo an, nahm ein paar Züge, um es ausgehen zu lassen und kalt weiterzurauchen.

Wollte sie aber partout nicht einsehen, hörte ich erneut Jeske, die Frau sagte, sie würde Sie kennen. Ob ich deshalb nicht doch Quartier in meinem Haus für sie hätte. Eine großgewachsene blonde Frau – Jeskes Worten ging abrupt der rote Faden verloren, riß er? Der Mann arbeitete so heftig, daß das Boot in Bewegung geriet.

Sie würde mich kennen, wer kennt mich, welche Frau, und ich rief: Was ist, tut sich was?

Joa, kam es kurz und bündig zurück.

Ich starrte beklommen auf die Stelle, wo der Fisch auftauchen müßte, und sah, wie die Angel sich stark durchbog. Ich griff nach dem Kescher, beugte mich über die Bordwand und senkte das Netz ins Wasser, aber viel zu früh, so daß es sich mit der Strömung ausbreitete. Der Fisch jedoch, dessen Schwanzflosse für einen Moment aufragte, eine gewaltige Flosse, die auf die Größe schließen ließ, schwamm gegen die Strömung und kam an die Bodenseite des Netzes. Ich mußte den Kescher herausholen, mich dem Alten zubeugen, dort von neuem ansetzen und dem Fisch hinterherjagen. In dieser Zeit wanderte der Zander – Jeske konnte ihn nicht länger an einer Stelle halten – unter das

Boot, wo ich ihn nicht erreichte, und weiter, weiter wohin? Plötzlich wurde die Angel wieder gerade, der Mann kurbelte ganz leicht den Blinker heran, der zu guter Letzt anstelle des Fischs in den Kahn sprang.

Abgerissen, sagte ich kleinlaut und wußte, daß ich ihm den Fisch vermasselt hatte. Ich tat geschäftig, verstaute den Kescher, wischte mir die Hände ab und kramte nach meiner Angel.

Der kommt wieder, brummte der Alte, er begutachtete den Köder, bog an einem Haken und setzte das Gerät mit gekonntem Schwung zurück ins Wasser. – Wie gesagt, eine großgewachsene Blondine, sehr stattlich, älter als Sie, vielleicht zehn Jahre, sie würde Sie kennen, sagte die Frau. Jedenfalls wohnt sie jetzt nebenan, beim Fischer. Wer weiß, was sie dem erzählt hat, der vermietet sonst gar nicht.

Jeske hatte es geschafft, meine Gedanken vom Angeln abzuziehen, mich wunderte nicht, daß mir nichts mehr an den Blinker ging – eine Binsenweisheit: Wenn man sich nicht auf den Fisch konzentriert, fängt man ihn auch nicht. War's glasklares Kalkül von Jeske? Während ich überlegte, wer nebenan wohnte – es mußte die Frau sein, die sich hinter den Laken sonnte, dabei Rock 'n' Roll hörte, bei meinem Wirt angeklopft hatte und von sich sagte, daß sie mich kenne; ich hatte längst den Namen Tante Laura parat –, während also meine Gedanken abschweiften, blieb der Alte bei der Sache.

Ick hev een Biß, sagte er wie nebenher und zog ohne meine Hilfe, ohne den Kescher abzuwarten, einen Zander mittlerer Größe heraus, der auf dem Boden des Kahns umhersprang und mit einem Tuch abgedeckt werden mußte, damit er nicht außenbords ging. Wenig später holte der Alte den nächsten heran, er war etwas kleiner und ging wie mein Fisch ohne weiteres mit der Strömung in den Kescher, den ich ihm vorsetzte.

Jeske strich Jacke und Kunstlederweste beiseite, zückte aus der Brusttasche des Hemdes seine silberne Uhr, ein Familienerbstück, das er von seinem Vater geschenkt bekommen, der sie wiederum von seinem älteren Bruder und dieser vom gemeinsamen Vater geerbt hatte, der als Seemann noch Sklaven fuhr: nach Afrika, von dort bis nach Amerika und hierher zurück. Ein dreiviertel Jahr dauerte für ihn diese Fahrt auf dem Segelschiff.

Herr Jeske ließ den gravierten Deckel aufschnippen. Ist gleich zehn, sagte er, wollen wir dann aufhören? Um zehn kommt der Dampfer raus.

Ich wollte endlich heim, kurbelte nur pro forma und fand mich damit ab, wieder ins Hintertreffen geraten zu sein. Vom Hafen ertönte rauh das Horn des Rundfahrtdampfers, an dessen Bordwand der Name Boddenkieker prangte. So alt die Uhr war, so präzise ging sie auch. Ich packte zusammen und holte den Anker ein.

Katja stand mit dem Rücken zum Nachbargrundstück, auf dem sich wie gehabt die Laken im Wind bauschten. Sie schlenderte auf mich zu, und indem sie die Fische wohlwollend mit gespitztem Mund inspizierte, die Jeske auf die Steine geschüttet hatte, sagte sie: Schön, daß ihr was gefangen habt, wir erwarten heute abend zum Essen einen Gast.

Einen Gast, fragte ich und war mir sicher, endgültig sicher, mit wem zu rechnen ist, hob die Fische auf und trug sie zum Tisch. Die Platte wurde zwar regelmäßig geschrubbt, an den Rändern hatte sich jedoch eine Kruste aus trockenen Schuppen gebildet, die mit abgefetzten Fischstücken und Teilen von Eingeweiden durchsetzt war. Fliegen breiteten ein schillerndes, in ständiger Bewegung befindliches Muster darüber.

Wenn ich es recht bedenke, hat sie sich gerade selbst eingeladen, aber sie ist wirklich nett, Martin.

Ich begann mit meiner Arbeit, indem ich die Schuppen spritzen ließ. Katja, die einen Schritt, dann noch einen zur

Seite trat, fuhr fort: Die Frau stand im Bikini am Zaun, in einem gewagten Stück, sag ich dir, besonders wenn man ihr Alter bedenkt, aber sie kann sich's leisten. Sie fragte, ob uns die Musik störe, dieser Rock 'n' Roll, im Moment höre sie viel Chuck Berry und Bill Haley, und ich sagte: Ehrlich, ja, stört uns schon ein bißchen, worauf sie meinte, daß sie es ausgesprochen rücksichtsvoll fände, wenn ich *uns* sagte, aber mein Mann fühle sich gewiß mehr belästigt als ich, oder etwa nicht. Woher sie das wohl weiß? Ich fragte sie, ob sie dich denn kenne, und sie darauf: Grüßen Sie ihn von mir, und ich: Von wem, bitte schön. Er wird schon wissen, von wem, sagte sie mit bestimmendem und wiederum auch charmantem Ton. Martin weiß das, bis heute abend, welche Uhrzeit, sagten Sie?

Das Gemüse hatte ich im Supermarkt auf dem Weg vom Strand zum Grundstück besorgt, ich hängte die Tüten an den Lenker und traf kurz nach Katja und den Söhnen ein. Also, wie heißt sie, löcherte mich meine Frau, wie sie schon den ganzen Tag über nicht lockergelassen hatte. Sie hat Martin gesagt auf eine Art, da muß man nicht mehr fragen, wie gut sie dich kennt. Wenn sie nicht um so vieles älter wäre, würde ich sonstwas denken. Ich holte die Fische aus dem Kühlschrank, die steifen Leiber, und begann, das Gemüse zu putzen.

Hast du keine Ahnung?

Ich bin mir nicht sicher, wich ich aus. Wenn ich durch dieses Essen die nervtötende Musik abstellen kann, koche ich und bewirte sie sehr gern. Und ebenso werde ich sie nachher verabschieden.

Du bist so abweisend. Sie ist wirklich nett. Allerdings weiß ich gar nicht, wie wir auf das Abendessen zu sprechen kamen, nur daß auf einmal feststand, daß sie uns besucht. Martin, wer ist sie?

Die Zander hatten ihren Platz auf dem Tisch im Garten eingenommen, die Gemüsepfanne dampfte daneben, und die Kerzen schütteten ihr Licht über uns vier Wartenden. Ich hoffte noch, daß es Laura, zu der ich Tante Laura sagte, immer Tante Laura gesagt hatte, doch zu dumm sei nach den vielen Jahren und sie gar nicht erscheinen, in aller Stille abreisen würde. Aber das gehörte nicht zu ihrem Plan, und daß sie einen Plan verfolgte, spürte ich an diesem Abend schon, an einen Zufall mochte ich bei allem, was geschah, nie glauben. In dem Moment, da ich erklärte: Jetzt fangen wir aber an, der Fisch wird noch kalt, trat sie gelassen aus der im Dunklen liegenden Kulisse heraus. Hatte sie uns zugehört? Sie hatte sich nicht etwa am Gartentor bemerkbar gemacht oder vom Nachbarzaun her ihr Kommen angekündigt, sie befand sich unvermittelt unter uns, und mit ihr breitete sich ein Parfüm aus, von dem ich überzeugt war, es schon einmal gerochen zu haben, ein dezenter herber Geruch. Katja, die ebenfalls an ihr Parfüm gedacht und zwar etwas mehr als sonst aufgetragen hatte, erhob sich. Ich freue mich, daß wir uns endlich kennenlernen, sagte Tante Laura und streckte meiner Frau die Hand hin, in die sie mit herzlicher Geste einschlug. Martin wird wohl nichts erzählt haben, das sieht ihm ähnlich. Mit diesen Worten trat meine Tante auf mich zu und fragte: Oder täusche ich mich.

Guten Abend, Tante Laura, sagte ich und stand auf, wie hast du uns denn gefunden? Sie ignorierte lächelnd meine Frage und stellte in Richtung Katja fest: Für dich bin ich natürlich Laura und für euch, Florian und Robert, selbstverständlich auch. Sie begrüßte die beiden, indem sie ihnen salopp zuwinkte. Die Jungen hatten zwar von diesem Zweig unserer Familie irgendwann erfahren, ihn freilich noch nie gesehen, auch Katja nicht. Man konnte gegen Tante Laura vorbringen, was man wollte – indem sie mit mir und den Meinen verwandt war, war sie uns nun mal auf eine eindeutige Art nah. Das ließ sich nicht ändern. Es gilt der Spruch: Freunde kann man sich aussuchen, Verwandte nicht.

Setzt euch endlich, sagte ich, der Fisch wartet nicht länger. Beim Auftun fügte ich hinzu: Damit ihr alle Bescheid wißt, unser Gast ist die Schwester meiner Mutter. Sie ist so lange nicht dagewesen, daß unsere Familie sie beinahe vergessen hat. Galtst du nicht sogar als verschollen?

Ich hielt mich im Ausland auf, meinte Tante Laura, blickte reihum in die vom Kerzenlicht erhellten Gesichter und hob auf unnachahmliche Weise ihre Augenbraue, wie sie sie immer gehoben hatte. – Übersee. Ich hatte sämtliche Brücken nach Old Germany abgebrochen.

Übersee, was heißt das, fragte Florian in die Runde, ohne daß jemand darauf eingegangen wäre, wir folgten hartnäckig unseren Gedanken. – Die Püppi ist wieder da – so der Name, den meine vor ein paar Jahren verstorbene Mutter ihrer jüngeren Schwester gegeben hatte: Püppi. Blond, sie ist noch blond, stellte ich für mich fest, auch wenn sie mit Tönungen nachhelfen wird. Ich teilte den Fisch, sortierte die Gräten aus und schob das Fleisch auf die Gabel. Man sah Tante Laura die Ende Fünfzig nicht an, dem Gesicht nicht, was wohl vom schmalen Rücken ihrer Nase kam, und ihrem Körper auch nicht, der in einem enganliegenden schwarzen Kleid steckte und jedem zeigte, wie schlank er war.

Also Martin, mit diesen Worten aufrichtiger Entrüstung meldete sich Katja, wo gibt's denn so was: seine Tante vergessen.

Aus den Augen, aus dem Sinn, antwortete Tante Laura statt meiner spottend und hob ihr Glas. Die Knaben musterten sie weiterhin wie eine Erscheinung und hingen ihr an den Lippen, ebenso Katja, die ihr das Glas hinhielt, gegen das Tante Laura schwungvoll stieß. An mir schaute sie beflissen vorbei, während sie mein Glas antippte. Mit einem einzigen Zug leerte sie ihres, verlangte, daß ich es erneut füllte. Sie verschätzte sich beim Absetzen, hieb das Glas so heftig auf die Tischplatte, daß der Fuß brach und das Holz mit Splittern überschüttet wurde, was sie mit einem kleinen spitzen Aufschrei begleitete. Ich tat, als wäre nichts geschehen, sorgte für ein neues und goß ein. Soweit ich zurückdenken konnte – ich kannte es von ihr nicht anders, sie hatte sich nicht verändert. Ich staunte auch nicht darüber, daß sie sich eine Serviette um die rechte Hand band, verschämt behauptete, sich geschnitten zu haben und zu bluten. Katja sprang erschrocken auf und führte sie wie eine Verletzte in die Laube, aus der anfänglich ein Rumoren drang, ein Rauschen der Wasserleitung. Nach einiger Zeit hörte man gar nichts mehr.

Übersee, sagte ich zu Florian gewandt, nennt man die andere Seite des großen Meeres. Ich ließ nicht von meinem Fisch ab, den ich gemeinsam mit Jeske schließlich nicht nur gefangen, sondern auch selbst zubereitet hatte, und fand es schon ein wenig verdrießlich, wie wenig Aufmerksamkeit ihm entgegengebracht wurde, vor allem von den beiden Frauen, die Knaben aßen eh nicht viel. – Es ist der Atlantik, fügte ich hinzu.

Der Große Teich, rief Robert, gelangweilt jedes Wort dehnend.

Weshalb ist sie zurückgekommen, Laura, deine Tante, gefiel's ihr dort nicht mehr?

Wo denn, fing Florian wieder an, wo war sie denn da, in Übersee?

Amerika ist dort, stellte Robert fest, alles dort ist Amerika.

Sehr klug, lautete Florians Erwiderung, von dir wollte ich's aber gar nicht wissen.

Am besten, ihr wendet euch mit allem an Tante Laura. Sie wird es schon erzählen. Ich hab, ehrlich gesagt, keine Ahnung, was sie hier eigentlich will.

Na hör mal, sagte Robert empört, seine Haare fielen ihm in die Stirn, da fragst du noch, sie ist *deine* Tante, und du nennst sie auch so. Was kann sie wohl wollen, als dich wiederzusehen und uns kennenzulernen. Ich freue mich jedenfalls, daß sie da ist.

Die Ellbogen aufgestützt, hielt ich mein Weinglas mit beiden Händen, stierte vor mich hin und in die Flammen der Kerzen hinein, nahm meine unlustig vor sich hin kauenden Kinder am Rande wahr, ich trank noch einen kräftigen Schluck. Anschließend fiel mir der Gedanke leicht: Vielleicht hatte mein Sohn mit seiner unvoreingenommenen Sicht recht und Tante Laura wollte nur wieder bei uns sein, auf eine ganz selbstverständliche Art. Die Blutsbande zählten eben mehr als alles Trennende. Nun gut, für ihren Besuch war ich bereit. Die Meinen, das zeigten sie mir, waren's sowieso, und ich besiegelte diesen Gedanken mit dem letzten Schluck des inzwischen lauwarm gewordenen Weißweins, der fad durch meinen Mund rann. Aber warum führte ihr Familieninstinkt sie gerade jetzt zu uns, in unserem Urlaub?

Ich steckte mir ein Zigarillo an, das ich nach den ersten Zügen ausgehen ließ und dann kalt weiterrauchte, um meine Hände frei zu haben. Die Gräten sammelte ich auf einen Teller, die einen Berg ergaben, auf dessen Kuppe die Köpfe thronten, aus denen die wie Schimmel weißlichen Augen durch die Hitze herausgetreten waren – eine Ahnung an die Fische wollte bei diesem Anblick nicht mehr aufkommen. In der Laube begann ich abzuwaschen, hinter dem Klappern des Geschirrs hörte ich aus unserem Schlafzimmer leises Gekicher, das ich von jungen Mädchen vermutet hätte, nicht von meiner Frau und Tante Laura. Beim Eintreten hatte ich einen Atemzug lang den Eindruck, daß ich hätte anklopfen und auf einen Ruf warten müssen, ohne zu wissen, weshalb. Die beiden saßen so vertraut auf Katjas Bett, als gäbe es in diesem Raum keinen anderen Platz, sie sahen mich an, unterbrachen aber den unendlichen Fluß ihrer Worte nicht, der jeweils in den der anderen überging und sich mit dem zu verschmelzen schien, so daß ich nicht auseinanderhalten konnte, wer was sagte.

Nach einigen Minuten brachte ich mich in Erinnerung: Hast du dich denn wieder erholt?

Erholt? lautete Tante Lauras Antwort.

Na, die Hand.

Ach ja, ist wieder gut. Danke, daß du nachfragst. Katja, wie war das, erzähl weiter?

Als Tante Laura ging – unsere Kinder waren gerade von einer letzten Tour durch die Nacht zurückgekehrt und im Badezimmer verschwunden –, trug sie über dem Kleid einen weiten, weißen Pullover, den Katja ihr für den Heimweg geborgt hatte, für die paar Meter. Sie setzte sich zu mir an den Tisch, und ich sagte: Was hast du vor, Püppi? Du hast doch was vor.

Ich war mir sicher, daß du dir den Namen gemerkt hast. Du wirst dir alles gemerkt haben.

Ich weiß nicht, erwiderte ich.

Alles, sagte sie, als wär's gestern gewesen, oder? Tante Laura lächelte und winkte mir im Fortgehen zu, ihr Schritt war beschwingt, sie drehte ihren Körper ein Stück auf dem Fuß: auf dem linken nach rechts, auf dem rechten nach links, und rief: Bis morgen. Täuschte ich mich, oder klang nicht ein Ton unverhohlenen Triumphs in den zwei Worten? Und was sollte das heißen, bis morgen?

Katja, bis morgen? Indessen Katja die Betten aufschlug, sich auszog und hinlegte, dabei auf das Nachthemd verzichtete, lediglich die Decke über Füße und Knie zupfte, bekam ich ungeduldig zu hören: Natürlich, wir unternehmen was zusammen, was dachtest du denn. Außerdem muß sie mir ja den Pullover zurückbringen.

Katja sandte keine weiteren Zeichen aus, sie kam mir mit ihrem Geruch nach geronnener Milch, der mich unweigerlich in seinen Bann zog. Das Parfum war verflogen. Meine Frau erzählte, daß Tante Laura, als sie sich einen Pullover heraussuchte, ihren Schrank inspizierte und sämtliche Kleider probieren wollte, Blusen und Jeans. Abgesehen davon, daß sie alle paßten, standen sie ihr auch. Wir haben die gleiche Figur, Katja, ich hab's sofort gesehen, hätte sie festgestellt. Dann nahm sie sich die BHs vor. Hast du was dagegen, fragte sie, und ehe ich antworten konnte, hatte sie, ohne Umstände zu machen, ihren eigenen geöffnet und sich einen Büstenhalter von mir genommen. Was sollte ich dagegen haben, was schon, aber ich hätte auch nicht nein sagen können. Laura zog sich einige an, hob die Körbchen in die passende Stellung, ordnete die Träger und drehte sich vor dem Spiegel. Kaum daß sie den letzten zurück ins Fach gelegt hatte, habe sie sich Katja zugewandt und gezögert, sich wieder anzuziehen. – Sie hat, muß ich zugeben, wunderschöne Brüste, sag ich dir, und ist bald sechzig, hat sie eigentlich Kinder? Laura habe sich meiner Frau genähert, nach ihren Händen gegriffen, die nicht wußten, wurden sie geführt oder taten sie's wirklich von selbst, jedenfalls berührten sie Lauras Brüste, tippten sie vorsichtig an.

Noch nie hab ich's getan, raunte Katja, noch nie bin ich einer Frau so nah gekommen. Ich verstehe mich selbst nicht, Martin.

Ich rollte mich auf sie, ihre Arme und Beine trafen sich auf meinem Rücken, bildeten einen Knoten, der mir in die Haut drückte und sich nicht mehr öffnen wollte.

Bevor ich mich im Schlaf verlor, schickte ich meinen Blick zur Gardine, sie war glücklicherweise zugezogen, und von weither nahm ich Katjas Stimme wahr: Sie hat soviel erzählt, Martin, aber ich weiß nichts von ihr, nichts.

Die Serviette, rief ich, die Serviette, die Tante Laura um ihre Hand gewickelt hat, wirst du bestimmt weggeworfen haben.

Im Bad, vielleicht liegt sie dort.

Ich nahm alle Energie, zu der ich fähig war, zusammen, wankte ins Badezimmer, auf dem Fensterbrett hinter den Stores fand ich das gelblich gehaltene Stück Papier. Ich war nicht überrascht: So zerknäult, so makellos rein zeigte sich mir die Serviette, es gab nicht die geringste Blutspur.

Am nächsten Morgen radelte ich gemeinsam mit Florian zum Bäcker die Straße hinab, die weiterhin nach Ernst Thälmann heißt. Wir umfuhren die mit Regenwasser gefüllten riesigen Löcher im kaum befestigten Sand, den Fußweg bildeten verworfene, zu DDR-Zeiten verlegte Betonplatten, und hatten die Wahl zwischen Springdorn und Kahl, den beiden rivalisierenden Geschäften, die eine Strecke von ungefähr zweihundert Metern trennt. Beide buken selbst im Raum hinter dem Laden, man konnte durch die offene Tür den Bäcker bei der Arbeit beobachten, der Teig für Brötchen auf ein Blech formte, den Spalt in der Mitte mit sicherem Hieb furchte. Der Mann hob ein Blech mit Kuchen oder von Mehl bestäubten Broten aus dem Ofen, brachte es nach vorn und schob es in das Verkaufsregal, neben dem an der Wand der in Goldrahmen gefaßte Meisterbrief prangte. Springdorn bot eindeutig die besten Brötchen an, die besten, weil festesten, die nicht so aufgeblasen und wattig waren wie jene, die man überall kaufen kann, hielt aber auch Ochsenaugen und Schienen im Angebot – alles mecklenburgische Kreationen, zu denen Persipan, Schokolade, Mandeln und Marmelade sich einträchtig zusammenfanden. Kahl war bei bestimmten Kuchensorten, vor allem bei Obstkuchen unschlagbar, Stachelbeerkuchen, Rhabarberkuchen, Apfelkuchen mit und ohne Decke. Außerdem konnte ich, wenn Katja noch schlief, auf der Terrasse neben dem Eingang zur Kahlschen Bäckerei sitzen, bei Kaffee und, sagen wir, einem Butterhörnchen unter wie Kopfweiden verschnittenen Linden. Ich überließ Florian die Wahl, er entschied sich für Kahl, bestellte Brötchen bei der Verkäuferin, einer älteren Frau in weißem Nylonkittel, auf deren Oberlippe eine Warze saß, was wie ein dauerndes Lächeln wirkte. Für jeden kaufte mein Sohn dazu ein Mandelhörnchen. Vier? fragte er mich.

Sind wir nicht vier, Florian, lautete meine Erwiderung.

Und Tante Laura?

Er sollte recht behalten, sie lehnte bereits im Stuhl am gedeckten Tisch im Garten und rief Katja zu, die in der Laube Kaffee kochte, daß er ruhig stark sein könne. Von mir aus sehr stark, hörte ich gerade, während ich, mein Fahrrad an der Hand, hinter Florian den Plattenweg nahm. Tante Lauras blondes Haar, von dem ich wußte, daß die Locken keine Nachhilfe benötigten, leuchtete in der Morgensonne. Sie war braungebrannt und trug zu Jeans Katjas weißen Pullover, als wäre er ihr eigener – war er nicht sogar ein Geschenk von mir?

Tante Laura stellte fest: Schön, daß ihr auch schon kommt, Martin, wir haben Hunger. Florian schüttete die Brötchen in den Korb auf dem Tisch, schob die Mandelhörnchen auf einen Teller daneben, es waren fünf, mein Sohn hatte hartnäckig darauf bestanden. Na, sagte er zu seiner Mutter und kniff die Augen zusammen, bei welchem Bäcker waren wir?

Katja goß den Kindern die Milch fürs Müsli ein, uns den Kaffee, den Tante Laura mit unnachahmlich hochgezogener Braue und der Bemerkung kommentierte: Genau richtig. Ich meinte launisch, daß ich ihn so stark nicht vertrüge, was sie, Katja, immerhin wissen müsse.

Nimm doch etwas Wasser, entgegnete sie, dann wird's wohl gehen.

Ich steckte mir ein Zigarillo an und nippte wieder an meinem Kaffee, stand schließlich auf, die Hände in den

Hosentaschen, und schlenderte verdrießlich in die Laube, um ein Kännchen mit Wasser zu holen. Ich verfolgte durchs Fenster den Tisch, meine Söhne ließen ihren Blick bewundernd über unseren Gast streichen, und auch Katja hing Tante Laura an den Lippen. Unvermittelt sagte meine Frau, als überfiele sie gerade der Gedanke: Springdorn, heute wart ihr bei Springdorn, stimmt's?

Flunkerte sie? Florian lachte hell auf. Das denkst du, rief er und behielt Tante Laura dabei fest im Blick. Ich zog an meinem Zigarillo, inhalierte tief den Rauch und stieß ihn mit einem langen Zug aus. Wo sollte das hinführen, es waren unsere Ferien, unsere, Katjas und meine. Tante Laura gehörte nicht dazu. Was dachte sie sich überhaupt, tauchte plötzlich auf, nachdem sie eine halbe Ewigkeit verschollen war, oder meinetwegen vergessen, wir, meine Mutter und ich, hatten sie geschnitten, den Kontakt abgebrochen, Tante Laura dann absichtsvoll vergessen. Es gab nur ihre Ansichtskarten, die sie mir schrieb und auf die ich nie antwortete. Wir wollten mit ihr nichts mehr zu tun haben, seitdem sie sich mit Wegner, diesem Funktionär, zusammengetan hatte. Was erwartete sie denn von mir?

Es war nicht zu übersehen, von Tante Laura ging auf meine Familie eine merkwürdige Anziehung aus, die mit Verwandtschaft allein weiß Gott nicht erklärt werden konnte. Aber womit sonst? Ich blieb ratlos und drückte den Stummel des Zigarillos aus, kramte nach einem Kännchen, kam mit heißem Wasser zurück. Katja, die ihren Kaffee schlürfte, erzählte, daß alle drei zum Hafen unterwegs seien, unsere Kinder hätten nicht lockergelassen und Tante Laura die Liegeplätze der Schiffe zeigen wollen. Man mußte dieses Bild gesehen haben: die in den Bodden hinauswachsende Brücke, an der die hochseetauglichen Jachten festgemacht haben, die Zeesen, jene alten breiten Kähne, die speziell für dieses Gewässer gebaut worden und schon von weitem an den Segeln aus dunkelrotem Tuch zu erkennen sind, Segelboote und Ruderkähne, die man mieten kann. Und über allem hängt der Geruch der Fischräucherei.

Hoffentlich kommen sie bald wieder, sagte Katja, wir wollen doch los.

Los? fragte ich.

Zum Strand, das hast du doch nicht vergessen?

Ich war sicher, mich hatte niemand gefragt. Ich frühstückte in aller Ruhe, für mich lagen zwei Mandelhörnchen bereit, Tante Laura hatte das ihr zugedachte gar nicht angerührt. Ihr habt an mich gedacht, Kinder, wie aufmerksam, ist aber viel zu üppig für mich, hätte sie gesagt.

Ich setzte mich anschließend zu Jeske auf die Bank an der schattigen Seite seines Hauses, wo er eine verhedderte Angelsehne auf die Rolle wickelte. Er drückte mir, ohne mich zu fragen, die Rute in die Hand, hieß mich kurbeln, wie er Sehne aus dem Knäuel, der auf dem Sandboden einen Haufen bildete, freibekam. Der Fitz wird nur noch größer, erfuhr ich, wenn man glaubt, mit Macht Sehne gewinnen zu können. Der chaotische Haufen muß mit spitzen Fingern behutsam auseinandergezogen, gleichmäßig verteilt werden, damit er sich nach allen Richtungen zunächst ausbreitet und die Schleifen von den jeweils darunterliegenden abrutschen. Stück um Stück befreit man die Sehne aus dem Tüterkram: der buchstäbliche Faden der Geduld.

Sobald die Sonne um die Ecke des Hauses bog, fiel sie in das Meer aus grauen Bartstoppeln in Jeskes Gesicht. Er zog den Schirm seiner Mütze tiefer, fummelte die Weste zur Seite und holte aus der Hemdtasche seine silberne Uhr. Der gravierte Deckel schnippte mit einer im gleichen Maße eleganten wie entschlossenen Bewegung auf, als hätte er nicht schlechthin Zahlen zu bewahren, die im Kreis angeordnet sind und auf die in bestimmten

Abständen zwei Zeiger weisen, eher als gäbe er ein unverzichtbares Abbild unseres Universums preis, das sich aus dem Regelmaß der Gestirnsbewegung ergibt. Der Großvater von Jeske, Kasper Jeske, achtete peinlich genau auf Pünktlichkeit, immer wurden zur gleichen Zeit die Mahlzeiten eingenommen, wurde zur gleichen Zeit ins Bett gegangen und aufgestanden, sogar der Beischlaf vollzogen, in der ersten Ehe einmal in der Woche, in der zweiten Ehe dreimal in der Woche. Wenn er von seinen Fahrten heimkam, galt freilich unmittelbar danach ein anderer Rhythmus. Seine Ehefrauen empfingen ihn täglich. Da mag das Bettgestell, Holz auf Holz polternd, über die Dielen durchs nächtliche Haus gewandert sein, durchs Schlafzimmer, über den Flur ins Wohnzimmer und von dort in die Küche und denselben Weg wieder zurück. Nach dem Tod der zweiten Frau heiratete er nicht mehr. Die Allmacht der Zeiger war grenzenlos und bestimmte den äußeren Rahmen seines Lebens, er hatte es mit besten Zeugnissen zum Kapitän gebracht und die Welt gesehen, bis auf einen einzigen jeden Kontinent betreten. Die geradezu besessene Neigung zur Pünktlichkeit gab er an den Erben seiner Uhr weiter, vielleicht verlangte sie auch von ihrem Träger besondere Eigenschaften, die Uhr, die er in Bombay von einem holländischen Händler auf dem Markt gekauft hatte und die sein ältester Sohn Ernst erhielt. Er wurde ebenfalls Kapitän, fand aber nirgendwo eine Frau für die Ehe, in keinem Hafen, wo weibliche Verlockungen zuhauf warteten, fremde Gerüche und Laute, ungewohnt heißes Klima, das den Schweiß trieb, die Sinne aufschloß, aber auch hier in seinem Ort nicht, obwohl man den hiesigen Töchtern einimpfte, den unverheirateten Kapitänen auf Teufel komm raus schöne Augen zu machen, die Röcke zu schwenken und die Spitzen ihrer Unterkleider blitzen zu lassen wie ihre weißen Zähne. Wo hatte Ernst seine Augen gehabt? Die Uhr steckte er schweren Herzens seinem viel jüngeren Bruder Friedrich zu, der schon früh, noch bevor er Kapitän geworden war, geheiratet hatte, eine gleichaltrige, zwar äußerst hagere, indes vergnügte Person, die einer Bauernfamilie aus dem Nachbarort entstammte und jeden sonnigen Morgen mit einem Lied begrüßte. Sie hatte die ganze Zeit über gesungen, als sie Friedrich kennenlernte, wie sie auch später nie unterließ, im Bett zu singen, wenn ihr Mann sie beschlafen hatte. Derart wurde ihr einziger Sohn bereits bei der Empfängnis begrüßt. Hein, der die Uhr erbte, erlernte den Beruf eines Schlossers und verspürte nicht den Drang in die Ferne. Er trug lediglich eine Schiffermütze, wenn er mit seinem Angelkahn den Bodden befuhr oder im Garten saß. In seinem Haus aber hingen die Bilder, Fotografien und kolorierten Stiche von Städten aus aller Herren Länder, die seine Vorfahren zur Erbauung mitgebracht hatten. Hein Jeske, der mit seiner Frau Alice, einer untersetzten, molligen Blondine, einem Einzelkind wie er, die mit dem Flüchtlingstreck aus Ostpreußen kam und mit ihrer Familie hier hängengeblieben war, seit mehr als fünfzig Jahren zusammenlebte, hatte mit ihr keine Nachkommen gezeugt, weder mit ihr noch mit einer anderen. Wem sollte er das Erbstück vermachen?

Herr Jeske, wat sächt de Klock, fragte ich nach Landessitte.

Elf Uhr sechsunddreißig, lautete seine Antwort, ohne der Stimme Bedeutung zu geben. Der Deckel klappte zu, der mit einem sanften Klick die Exkursion ins Abbild unseres Universums beendete und dessen Gravur es bis zum nächsten Mal schützend abdeckte.

So spät schon, wiederholte ich erstaunt und erhob mich, brummte *Katja* vor der Laube, wisperte *Katja* hinter sämtliche Zimmertüren, flötete lockend *Katja* in jede Kammer, unter jedes Federbett, flüsterte *Katja* im Garten um die Ecken der Laube herum, pochte an die Haustür und erkundigte mich nach *Katja*. Frau Jeske hob die Hände, an denen Hackfleisch mit feingeschnittener Zwiebel hing, und schüttelte den Kopf mit der frischen Dauerwelle, ich schrie, die Hände zum Trichter geformt, schrie *Katja*, für alle Fälle auch aufs Grundstück des Fischers, obwohl keine Laken mehr hingen und der Rock 'n' Roll sich erledigt hatte, raunte *Katja* hinters Haus, daß Herr Jeske erstaunt von der Sehne aufblickte.

Katja? Ihr Fahrrad fehlte.

Am Hafen drängte sich viel Volk neben dem Liegeplatz vom Boddenkieker, der, bereits in der Fahrrinne an der ersten Tonne, von der Rundfahrt zurückkehrte. Ich schob mich durch Schaulustige, ausnahmslos Touristen, ein schmächtiger Mann lag bäuchlings auf dem Beton und reichte seine Rechte hinunter, die immer wieder ins Leere griff. Neben ihm kauerte Katja mit vor Entsetzen geweiteten Augen, Robert rief: Jetzt schaffst du's, faß zu, jetzt. Tante Laura stand sehr aufrecht, wandte sich, als sie mich bemerkte, ab, um dem einlaufenden Dampfer entgegenzustarren. Ich warf mich neben den Mann, unsere Hände erreichten Florian nicht, das Wasser stand zu tief, und er bekam die Füße nicht auf den Grund, und selbst wenn, der Schlamm hätte ihn festgehalten wie ein saugendes Moor. Florian versuchte, die schrundige Wand des Hafenbeckens zu erklimmen, krallte sich in die Ritzen und Fugen, er stemmte sich hoch, aber die von Wasser schwere Kleidung zog ihn unweigerlich hinab. Der Dampfer näherte sich, in kurzer Zeit würde er eintreffen. Der Entschluß war keiner, der ein gedankliches Für und Wider voraussetzt – ich folgte meinem Instinkt, sprang unter den Blicken der Masse zu meinem mittlerweile völlig verausgabten Sohn, wuchtete ihn mit aller Kraft hoch, bis er die Hand des immer noch ausdauernd auf dem Bauch harrenden Mannes packen konnte. Wenig später standen Florian und ich auf dem Rand des Hafenbeckens, in Pfützen des aus den Hosenbeinen strömenden Wassers und eingekeilt von der Touristenschar, die sich nach und nach von uns abwandte. Kurz danach schob sich der Boddenkieker herein, ließ sein Horn ertönen, daß die Luft im Hafen vibrierte, und legte sich längsseits unmittelbar neben uns. Ich drückte dem Mann, der, wie ich erst jetzt sah, in noblem Leinenanzug steckte, zum Dank die Hand. Das hätte aber ohne weiteres ins Auge gehen können, sagte er in unverkennbar hanseatischem Tonfall und verschwand auf einer dieser in der Nähe dümpelnden Jachten, deren Weiß im Sonnenlicht blendete. Katja umarmte den zitternden Florian und rubbelte mit einem Papiertaschentuch seinen Kopf in der lächerlichen Hoffnung, dadurch seine Haare trocken zu bekommen. Während ich Florian das T-Shirt abstreifte und auswrang, hauchte er mir ins Ohr: Robert war's, glaub mir, Papa, er war's.

Aber was denn, was. Mehr fiel mir nicht ein zu sagen, ich verstand nichts.

Robert hat mich gestoßen. Dann hob er die Rechte und wies mit bebendem Zeigefinger auf die Brust seines Bruders vor ihm, hob seinen Kopf anklagend in die Höhe.

Was faselt der, rief Robert aufgebracht, wobei sein Haar in die Stirn rutschte.

Nein, nein, versuchte ich zu besänftigen, warf meinen Arm um Florians Schulter, Robert würde das niemals tun. Ich schaute meinen großen Sohn an, gewiß, daß Florian immer im Mittelpunkt stand, mußte ihn wurmen, aber ich traute ihm diese Tat nicht zu und fuhr fort: Er ist alt genug, um zu wissen, daß es gefährlich ist. Florian, du hättest ertrinken können.

Der spinnt doch, der. Ich schmeiß ihn gleich wirklich rein, sagte Robert. Er stand abseits, plötzlich abseits, als hätte man sich gegen ihn verschworen und sei von ihm abgerückt, ein Stück und wieder eines, kaum merklich, bis er allein war.

Ich spürte, wie er litt. Zum Glück sprang Tante Laura in die Bresche, rief mit schriller Stimme: Ich bin schuld. Wir sind alle auf dem Betonrand entlangbalanciert, der pure Übermut, ich hätte es nicht zulassen dürfen. Du hast das Gleichgewicht verloren, Florian, lautete die Erklärung, die sie abgab, und ihr Nasenrücken wirkte sehr schmal, vermittelte etwas unerwartet Hartes, das ich so nicht kannte. Ihr Gesicht hatte sich früher in bestimmten Momenten verschlossen gezeigt, daß man schmerzhaft meinte, es würde sich einem nicht mehr zuwenden. Aber mit diesen harten Zügen hatte ich es nie erlebt, war sie bloß betroffen?

Sobald unser Unglückstroß aufbrach, suchte Katja die Seite von Tante Laura, hakte sich bei ihr ein und tuschelte – was hatte sie jetzt mit ihr zu besprechen? Ich zog mein Hemd aus, und wir zwei, Florian und ich, schoben mit nackten Oberkörpern und nassen Hosen unsere Räder den Weg hoch, irgendwann wurde es uns zu bunt, bestaunt zu werden, stiegen auf und traten kräftig in die Pedale. In einiger Entfernung hinter uns trottete Robert mit gesenktem Kopf neben dem Fahrrad seinen Weg, er mußte völlig vergessen haben, sich auf den Sattel zu schwingen. Während unsere Hosen auf der Leine im lauen Wind wehten, wir selbst in der Sonne trockneten und das letzte bißchen Boddenwasser austrieben, sagte Florian, viel ruhiger nun: Ich hab's mir nicht eingebildet, Papa, wirklich nicht. Die Hand spürte ich, hier, an der Schulter, ein kurzer, aber kräftiger Stoß, im Fallen dachte ich: Robert, Robert will's wieder wissen, warum macht der das?

Robert hat's nicht getan, sagte ich, bestimmt nicht, und wußte auch nicht weiter.

Am Abend hatten wir das Bad im Bodden vergessen, obwohl es an diesem Tag und an den folgenden Ortsgespräch blieb, wie wir durch Jeskes erfuhren: So schnell fällt man nicht ins Hafenbecken, ist hier bisher nie jemandem passiert, außerdem hatten wir jede Menge Publikum. Es war ein Unfall, was sonst, wir einigten uns darauf, dennoch blieb ein Zweifel, leise nagend und unbestimmt, der partout nicht weichen wollte.

Was ist ein Frauenabend, fragte ich scherzhaft, kaum daß Katja und Tante Laura aus der Laube getreten waren, ließ meinen Blick pendeln von der einen zur anderen und wieder zurück. Katja hatte das enganliegende schwarze Kleid von Tante Laura angezogen, diese einen Minirock und Katjas fast durchsichtige Seidenbluse, darunter trug sie nichts – es kostete mich einiges, mich von diesem Anblick zu lösen. Die beiden steckten in hochhackigen Schuhen, die sie auf den Gehwegplatten mit sichtlicher Lust klacken ließen. Von Tante Laura ging ein unablässiger Strom ihres herben Parfums aus, Katja befand sich inmitten eines Odems von Moschus, ihre sämtlichen Poren schienen nichts anderes, nur dieses Parfum zu kennen. Ich stand zwischen beiden Gerüchen und bekam eine Melange geboten, die keinen Namen brauchte, jedoch umwerfend war.

Ein Frauenabend? Als ob man den rechtfertigen müßte. Schon die Frage ist Offenbarung genug, so Tante Lauras Antwort.

Jeder weiß, was ein Männerabend ist, manche lieben sogar die Zusammensetzung von Herren und Abend und meinen, es sei etwas Gehobeneres. Dabei ist klar, was gemeint ist, und keiner fragt nach dem Warum. Aber bei Frauen?

Bravo, sagte Katja und schlug die Handflächen in kurzen Intervallen gegeneinander, bravo. Sie war ganz auf Linie, näherte sich mir tänzelnd, ließ ihre Arme auf meinen Schultern ruhen und flüsterte indes, nachdem sie mir einen Kuß auf die Wange gegeben hatte, wie ein Verräter ins Ohr: Willst du nicht doch mitkommen?

Nur nicht weich werden, rief die hellhörige Tante Laura, auf Abenden dieser Art werden Männer nicht zugelassen, Punktum. Sie scheuen sich auch nicht, uns, wenn's drauf ankommt, genauso auszubooten. Vergiß das nicht.

Katja zuckte bedauernd mit den Schultern, beide Frauen machten kehrt und klackten laut über die Gehwegplatten zum Gartentor, um sich der Dunkelheit anzuvertrauen, der Sand schluckte knirschend ihre Schritte.

Die Söhne sahen fern, Robert als der ältere diktierte das Programm, wobei sich beide, weil es von Florian keinen Protest gab, geeinigt haben mußten. Ich nahm mir eine Flasche Rotwein vor und stierte in die Nacht, möglichst weit hinein in die Nachbargrundstücke mit den Häusern unter alten Linden und Eichen, über die schmalen Wege und Pfade hinweg, die sich sämtlich euphemistisch Straßen nennen und irgendwann in Wiesen verlieren. Ich sah Laken, die sich am Tag im Wind bauschenden Laken auf dem Grundstück des Fischers, und ich sah mich mit jenem Laken, das ich nachts vor dem Eingang der Laube gefunden hatte. Es roch leicht nach einem Parfum. Wenn ich es hätte beschreiben sollen, wäre mir sofort die Bezeichnung herb eingefallen, ein herbes Parfum, wie das von Tante Laura, kam mir völlig arglos in den Sinn. War's etwa dasselbe? dachte ich und erschrak, als wäre ich bei einer obszönen Handlung ertappt worden und die Nachricht darüber verbreitete sich rasant. Wie denn, wie sollte ihr Parfum an das Laken kommen? lautete meine Frage.

Ganz einfach, indem sie zuvor das Parfüm aufgetragen – was weiß ich, ob sie es mehrmals täglich benutzt – und anschließend das Bettuch berührt hat, konnte eine mögliche Antwort heißen.

Dann müßte sie ja in dieser Nacht auf unserem Grundstück gewesen sein. Ihr ist einiges zuzutrauen, aber das doch nicht.

Warum bitte schön nicht. Du kennst sie, außerdem wohnt sie unmittelbar nebenan, von Haustür zu Haustür sind's zwei Minuten.

Ich spürte, daß mein Gesicht sämtliche Farbe verlor, mein Unterkiefer klappte herunter. Dann hätte sie uns beobachtet haben können, ich bin sicher, daß jemand geklopft und uns im Bett zugesehen hat. Aber warum, sag mir, warum sollte sie das tun?

Darauf kam keine Antwort bei mir an, so sehr ich mein Ohr anstrengte und in mich hineinhörte wie in die weite Nacht, das einzige, was ich vernahm, war das penetrante Summen von Mücken, die myriadenhaft über mich hereinbrachen, sich was von meinem Blut versprachen und gegen die ich den Rauch meines Zigarillos vergeblich einsetzte.

Im Schlafzimmer zog ich die Gardinen vor und widmete mich im Bett meinem Buch, einem Roman, in dem Träume die Hauptrolle spielen, wodurch sie entstehen und wohin es führt, wenn man ihnen ungehemmt nachgeht oder sie ignoriert, und was passiert, wenn man gar keine hat. Katja hatte mir das Buch mit der Bemerkung geschenkt, ich als Hausverkäufer böte ja eigentlich Träume an, ein bißchen Fachliteratur könne auch im Urlaub nicht schaden. Von Haus aus Architekt, hatte ich mit Bauplänen, statischen Berechnungen und Nutzungskonzepten von Plattenbauten zu tun, nach dem Ende meines Landes von Gebäuden in sogenannten Kaufcentern. Sobald im Osten des vereinten Landes vorerst alles wichtige gebaut zu sein schien, bekam das Büro, in dem ich angestellt gewesen war, keine Aufträge mehr, ich selbst gewann keine Wettbewerbe, kurzum, der Architekt wurde nicht mehr gebraucht, dafür schlug die Stunde des Hausverkäufers, genauer des Einfamilienhausverkäufers, der, Katja hatte recht, tatsächlich Träume verkaufte. Ich mußte nicht in teure Anzüge schlüpfen, konnte bei Cordhose und Rollkragenpullover bleiben und wurde dennoch ernstgenommen. Über der Lektüre schlief ich ein.

Als ich das Licht ausmachen wollte, war es halb zwei, ich grübelte über den Begriff Frauenabend – schließlich hatten wir bereits Nacht – und fragte mich dann doch, was an einem solchen Abend geschehen mag. Ich schaute verdrossen nach meinen Söhnen, die so friedlich schliefen, daß man den Eindruck gewinnen konnte, es hätte den vergangenen Tag nicht gegeben, und legte mich wieder nieder, allerdings ohne in den Schlaf zu finden. Er hatte sich versteckt oder war mir entflohen. Für solche Fälle hat man jede Menge Ratschläge parat: die unterbrochene Lektüre fortsetzen, seinen Platz am Schreibtisch einnehmen oder einen Spaziergang machen, womöglich sich in der bunten Bilderflut des Fernsehens verlieren. Ach, ich tat nichts von dem, blieb offenen Auges liegen, ich kannte ja die Ursache für die Abneigung des Schlafs mir gegenüber. Anderthalb Stunden später traf Katja ein, die Schuhe in den Händen, entstieg dem schwarzen Kleid, warf sich ihr Nachthemd über und legte sich ins Bett.

Warum bist du wach, willst du mich überprüfen?

Wenn du nicht da bist, bekomme ich kein Auge zu.

Laura hat ganz recht, meinte sie, du wirst mir mit Vorwürfen kommen.

Ich rückte zu ihr, legte meinen linken Arm um ihren Kopf, fragte, wie es gewesen sei mit *meiner* Tante Laura, und vermied den Begriff Frauenabend, den sie hätte als Provokation empfinden können.

Ich erfuhr, daß die beiden in der Bar des einzigen Hotels gewesen waren, das vor einigen Jahren anstelle einer alten, dem Gewerkschaftsbund gehörenden Herberge gebaut worden war. Sie tranken ein bißchen, sie, Katja, erzählte, und Tante Laura hörte zu, sie tanzten, zunächst zusammen in dem dichten Gedränge, dann auch mit Männern. – Was dachtest du denn, Martin, was ist schon dabei, ja, wenn es dich beruhigt, immer mit anderen, obgleich, so groß ist die Auswahl nicht, daß sich stets ein neuer hätte finden können.

Du warst bisher nie ohne mich aus und tanzt noch mit anderen Männern –

Ich weiß. Damit schnitt sie mir das Wort ab, in ihrer Stimme lag ein fremder Ton, der mich aufmerken ließ.

Und dann, fragte ich.

Was dann?

Danach, was habt ihr danach gemacht?

Du fragst mich aus, Martin. Laura hat das vorhergesagt: Die Männer wollen über Abende dieser Art alles genau wissen, sie stellen sich nur nicht so geschickt an wie wir, man merkt gleich, worauf sie hinauswollen. Sie machen uns nichts vor, lügen können sie im Grunde nicht. Laß dich bloß nicht ausfragen, hat sie gesagt. Aber ich sag's dir trotzdem, Martin.

Erst jetzt merkte ich, daß sie betrunken war, mir fiel ein Stein vom Herzen, und ich legte nicht mehr jedes Wort von ihr auf die Goldwaage.

Bei deiner Tante haben wir Champagner getrunken, der hieß Veuve Clicquot, denke ich. Sie bewohnt bei dem Fischer ein schlichtes Zimmer im Obergeschoß, dagegen geht's bei uns geradezu luxuriös zu. Allerdings muß das Haus früher, viel früher, bessere Zeiten erlebt haben: überall herrliche alte Möbel, Teppiche, Gemälde. Sie kann perfekt auf den Ort sehen, übrigens auch auf unsere Laube. Wir haben die Flasche ausgetrunken, eine ganze Flasche Champagner, und dabei Musik gehört, dreimal darfst du raten, welche.

Katja und ich, wir lagen im Dunkeln nebeneinander, jeder die Hände unter dem Kopf verschränkt und mit dem Blick zur Decke, als könnte er sie durchbohren und auf dem Dachboden oder dann in der Öffnung zum Himmel wer weiß was finden.

Bloß komisch, von ihr erfahre ich nichts, außer, daß sie in Südamerika gewesen sei, sagte sie. Wenn ich beispielsweise frage, warum warst du dort, in welchem Land eigentlich, was hast du da getrieben, erzählt sie mir etwas von einer Übersiedlung mit Hindernissen. Außerdem ist so viel Gras drübergewachsen, da kommt kein Spaten mehr durch, meinte sie und beschloß damit das Thema. Martin wird dir sagen können, wie es sich verhält. Doch wer will das noch wissen? Das Vergangene, es ist tot. Ich lebe jetzt.

Laura vorn, Laura hinten, ich höre nur diesen Namen in unserem Urlaub, erwiderte ich mißmutig. – Hätte ich geahnt, was passiert, ich hätte angefangen, ihr alles, aber auch alles zu erzählen, in den paar Stunden bis zum Morgen, der sich schon durch einen blassen Lichtschein auf den Gardinen in Erinnerung brachte, und in den folgenden Nächten, erzählen, bis Katja Bescheid wüßte. Vielleicht hätte ich ihr die Augen über Tante Laura öffnen können. Ich dachte, wir hätten viel Zeit, deshalb sagte ich: Diese Frau hat sich immer mit Geheimnissen umgeben wie mit Schleiern, anscheinend webt sie weiter dran, sie kennt sich aus: Geheimnisse machen interessant.

War's der Inhalt einer Flasche Champagner der Marke Veuve Clicquot oder der meiner spröden Unterhaltung, daß keine Antwort mehr kam und die Atemzüge an meiner Seite schwer wurden? Wenn ich Kunden Häuser anpreise, bin ich ausführlicher, finden meine Sätze zu überzeugender Kraft, anderenfalls würde ich nichts, buchstäblich nichts an den Mann oder im Grunde genommen an die Frau bringen, denn die Frauen und niemand sonst entscheiden. Sie vermitteln ihren Männern lediglich den Eindruck, daß sie, die Männer, die Weichen stellen – das ist die Kunst, die Frauen mit selbstverständlicher Perfektion beherrschen. Es liegt in der Natur der Sache, daß ich meinen Worten durch Lächeln und ermunternde Gesten, vor allem durch den Klang meiner Stimme Nachdruck verleihe: Was sind Worte ohne ihr Transportmittel. Der Klang einer männlichen Stimme muß in den Frauen etwas auslösen, worüber wir, wir Männer, nur mutmaßen können. Er schnürt sie auf und öffnet sie vollkommen wie Hände ein verknotetes Paket, die das Papier entfalten, mit sicherem Griff den Kartondeckel heben und nicht eher ruhen, bis sämtliche Schätze entdeckt und auf dem Tisch ausgebreitet sind. Der Mann mit seiner Stimme kann bei Frauen viel mehr erreichen als, sagen wir, Häuser verkaufen, was eigentlich profan ist, obwohl es uns wiederum ernährt.

An einem der nächsten Tage ging's an der Küste entlang: Florian und Robert preschten voran, ich hinterher. Tante Laura, die sich ein Rad ausleihen mußte, kreischte immer wieder: Fahrt nicht so schnell, so schnell kann ich nicht. Katja sagte nicht: Laura kommt ja nicht nach, einer muß sich um sie kümmern. Es war wie ausgemacht, daß meine Frau neben ihr fuhr. Die Jungen gaben das Tempo vor. Konnte ich Tante Laura schon nicht verabschieden, abhängen ließ sie sich allemal, ich wußte, daß es töricht war, doch stachelte ich meine Söhne an. Zeigt mal Tante Laura, was ihr könnt, rief ich ihnen forsch zu und blieb an ihren schnurrenden Hinterrädern dran, angetrieben von dutzenden Gängen, die mit schnalzendem Geräusch eifrig herauf- und hinuntergeschaltet wurden. Die Frauen bildeten auf dem Weg zwei stetig sich entfernende Punkte, die allmählich zu einem einzigen verschmolzen. Also weiter so, weiter, sagte ich mir, genieße den Augenblick, in dem du Tante Laura los bist. Ich sauste mit im Fahrtwind flatternden Haaren durch den blauen Vormittag.

Aber keine Fahrt währt ewig, einmal verlangt jedes Bein nach Ruhe, jeder Körper danach, sich zu strecken. Und die Kinder bestanden auf Laura, ihrer jüngst entdeckten Verwandten – der Reiz des Neuen natürlich, redete ich mir ein. Ihre Tante sähe ja nicht, wie toll sie führen, maulten Robert und Florian und ließen ihre Räder ausrollen. Ich suchte zwischen schiefgewehten Bäumen nach einem Strandzugang und dirigierte die Kinder dorthin, die, nachdem sie die Räder angeschlossen hatten, über die Düne setzten. Ich paßte die Frauen ab, um auf ihre vorwurfsvollen Mienen hin ganz ruhig zu entgegnen: Ach die Jungs, sie ließen sich partout nicht davon abbringen, zu rasen, sie wollten Tante Laura imponieren!

Meine Tante schmunzelte gerührt, indessen sie mir ihr Rad in die Hand drückte – wie einem Dienstboten, mußte ich denken. Katja meinte, daß ich Robert und Florian hätte stoppen können, weshalb ich's nicht getan hätte, wüßte wohl nur ich.

Diese Bemerkung rief nach keiner Erwiderung. Wir stapften, die Schuhe in den Händen, durch den heißen Sand. Tante Laura zog sich als erste aus und ließ sich nackt auf ihrem Laken nieder. Am hiesigen Strand durfte jeder nach seiner Fasson glücklich werden, zumindest was die Kluft anbelangte. Katja, wie immer im Bikinihöschen, kramte in der Badetasche und packte die Bastmatten mit den dazugehörenden Handtüchern für uns aus, ihre Matte schlug sie gegenüber dem Kopfende von Tante Laura auf, um ihr sozusagen tête-à-tête zu begegnen. Ich sah sie zum ersten Mal seit damals ohne Sachen, entdeckte wieder die Windpockennarben unter ihren Schlüsselbeinen, die sich nicht verwachsen hatten, natürlich nicht. Ihr Körper machte mich unruhig, und wenn ich meine Söhne beobachtete erst recht, die sich um ihre Mutter scharten, dadurch einen Halbkreis um Tante Laura bildeten und nicht wußten, ob sie es ihr gleichtun, ihre Badehosen ausziehen sollten. Robert und Florian kannten längst die Frauen. Beim Blättern in Heften oder einfacher noch bei Streifzügen durch die verschachtelten Welten des Internets gibt's genug zu sehen. Aber hier am Strand, zumal in brutalem Tageslicht, bleibt kein Geheimnis mehr. Wahrscheinlich irritierte genau dieser Umstand meine Söhne. Die ernüchternde Frage, die in ihren Gesichtern stand, hieß: Ist das alles? Und: Wozu dann darüber dieses ständige Gerede?

In Südamerika, erkundigte sich Florian, bist du dort viel Rad gefahren?

Ich war nur mit dem Auto unterwegs oder bin geritten, auf Pferden oder Mulis. Du kannst doch wohl reiten?

Mit diesen Worten rückte sie auf eine Unterarmlänge an Florian heran, wobei sie auf ihre unnachahmliche Art die Augenbraue hob. War's ihre Frage oder die nicht erwartete Nähe bloßer Weiblichkeit – Florian, dem keine Antwort einfiel, senkte seinen Blick.

Martin, rief sie, wieso können deine Kinder nicht reiten. In bestimmten Gegenden auf dieser Welt kommt man nur zurecht, wenn man ein Pferd beherrscht. Damit verhält es sich wie mit den Sprachen: Auto fahren muß jeder können wie Englisch, perfekt eben, als nähme man das mit der Muttermilch auf, und Reiten hat die Bedeutung des Französischen, Italienischen, Spanischen, man braucht diese Sprachen nicht unbedingt, aber besser ist's, wenn man wenigstens eine davon spricht. Nennt man das nicht Bildung?

Nachdem ich versichert hatte, genauer: versichern mußte, mich darum zu kümmern, fragte ich provokativ, wie es denn um ihr Spanisch stünde, sie wird es gewiß gebraucht haben. Sie hatte mir geschrieben, Tante Laura hatte mir immer geschrieben, auch nachdem wir sie nicht mehr treffen wollten, ja nicht mal mehr über sie sprachen, aus Südamerika gibt's so viele Karten, daß sie mehrere Schuhkartons gefüllt hätten, wenn sie nicht alle umgehend im Papierkorb gelandet wären.

Sie entgegnete spitz: Die Lebensart habe ich zur Genüge kennengelernt, mein Lieber. Laura überschüttete mich in rasantem Tempo mit einem heftigen, sehr maskulin klingenden Wortschwall wie mit einem Eimer kalten Wassers. Meine Familie hing gebannt an ihren Lippen und war schlichtweg beeindruckt. Ich verstand nichts von dem, was sie sagte, vermochte also nicht festzustellen, ob sie tatsächlich Spanisch konnte, lachte nur verlegen und stand auf, um ihr meine rechte Hand zu reichen und sie hochzuziehen. Tante Laura griff nach den Händen der Jungen und stürmte mit ihnen und Katja leichthin über den Strand ins flache Wasser. Meine Frau blickte zu mir zurück, rief auch eifrig Martin, Martin, dehnte das A so sehr, als bestünde mein Name einzig aus diesem Vokal, eilte den Jungen und Laura jedoch hinterher. Ich blieb hier, einem Verdacht mußte dringend nachgegangen werden, strich mit meiner Hand über Tante Lauras Laken – leicht gestärktes, feines Leinen, das grell in der Sonne leuchtete. Ich nahm es zwischen reibenden Daumen und Zeigefinger, hielt die Nase daran und ein weiteres Mal und war nun endlich sicher, eines dieser Art neulich nachts auf dem Grundstück gefunden zu haben.

Aber was sagte mir das? Ich konnte mich niemandem anvertrauen, und meiner Frau hätte ich mit dieser Lakengeschichte nicht mehr kommen können, dagegen war sie immun geworden.

Nachts im Bett schwärmten meine Hände auf den Platz neben mir aus, fuhren durch Augenbrauen, streiften über hucklige Ränder der Ohren, liefen über den Hals, den Flaum auf dem Nacken, kurz, wollten sich ihrer, Katjas, vergewissern. Doch sie zeigte ihnen die kalte Schulter, ich bekam zu hören, sie sei müde, nichts weiter nur müde, und verlange in Ruhe gelassen zu werden. Ich überlegte, ob die Müdigkeit nicht vorgeschoben sei und mit einem gewissen Namen zusammenhinge. Ich brachte es auf den Punkt, indem ich für mich Tante Laura sagte. Steht diese Frau schon zwischen uns, fragte ich mich. Die Antwort zerstreute jeden Zweifel: Ach Unsinn, Katja muß erschöpft sein, Tante Laura blieb, die Kinder waren längst im Bett, bis meiner Frau am Tisch die Augen zufielen.

Wir verbrachten von nun an nicht nur jeden Tag, sondern ebenso Abend für Abend zusammen. Der einzige Ort, an dem wir, Katja und ich, noch für uns sein konnten, blieb das Bett, in das wir unseres Besuchs wegen immer später fanden. Wenn wir Tante Laura grünes Licht gegeben hätten, ich war sicher, sie wäre uns dorthin gefolgt, ebenso selbstverständlich, wie sie sich uns genähert hatte. Oder wäre auch das ein Teil ihres Planes gewesen, den zu erfüllen wir ihr geholfen hätten?

Weißt du Martin, sagte Katja, ihr Gesicht gegen die Wand gerichtet, manchmal ist Tante Laura wirklich flotter als du.

Flotter?

Wir sollten auch FKK machen. Ich jedenfalls lasse morgen meine Badesachen zu Hause. Es ist nicht gesund, das nasse Zeug stundenlang am Körper zu tragen, und wer möchte sich schon am Strand umziehen. Für die Kinder ist es sowieso am besten, die wachsen ungezwungener als jetzt auf. Überhaupt, man fühlt sich nackt viel freier. Ich hab das früher oft gehört, allerdings nicht glauben wollen, gedacht, was diese Leute nur haben, wie kann von dem, was wir am Leib tragen, abhängen, ob man sich frei fühlt – vom System natürlich, das wußten wir alle, aber von unserer Kleidung? Doch sie hatten recht, die Regierungen können wechseln, Martin, wie wir wissen, seine Freiheit wiederum nimmt sich jedermann – warum nicht auch dadurch, daß er nackt ist. – Stand Tante Laura bei diesen Gedanken Pate?

Katjas Vorbild machte am nächsten Tag Schule, sie entledigte sich ihrer sämtlichen Kleider und vermittelte den Eindruck, es schon immer so getan zu haben. Florian und Robert stiegen nach kurzem Zögern, das einen Seitenblick zu mir einschloß – ein Austausch unter Männern –, aus ihren Badehosen. Indem ich mich auszog, schloß sich für uns ein Kreis, für mich und Tante Laura. Sie hatte mich damals dazu gebracht, daß ich meine Badehose abstreifte, und geflüstert: Wie oft soll ich dir's noch sagen, sag endlich nicht mehr Tante Laura. Seh ich aus wie eine Tante? Ich heiße Püppi.

Püppi, meinte ich, das ist ein Wort von meiner Mutter.

Na und, entgegnete sie. Was sollte mich daran stören. Also nur zu, wie ist mein Name?

Am Nachmittag schoben Herr Jeske und ich den Kahn auf dem Wagen ins Wasser, der Alte hielt das Heck fest, ich schwang mich in den Bug und suchte auf dem Sitzbrett die Mitte, um das Boot in der Balance zu halten: Handgriffe, die kein Wort verlangten. Der Mann warf den Motor an, wir machten auf dem Wasser Fahrt, ließen Segler zurück, die vor der Hafeneinfahrt kreuzten, überholten Ruderkähne, in denen Väter ihre Familien ausfuhren und sich Halbwüchsige erprobten. Wir hielten uns im Dunstkreis des Ufers, die Blätter des Schilfs drehten sich aufgeregt: Waren nicht eigentlich sie es, die den Wind erzeugten? In einer Bucht in der Nähe der alten Räucherei warfen wir aus, ich wie immer zum Schilf hin, der Alte ins Tiefe. Einmal hatte ich den Eindruck, einen Widerstand zu spüren, der nicht von Pflanzen herrührte, doch der Blinker sprang mir ohne Fisch entgegen. Der Alte kurbelte angespannt und mit gerunzelter Stirn, als ginge er unbeirrt einer Tätigkeit nach, deren Bedeutung andere unterschätzen, die im Grunde nur er und einige Auserwählte, zu denen vielleicht ich gehörte, zu werten wissen. Was zählt, ist die Arbeit, die man zu leisten hat. Den Fisch gibt's als Lohn, und das nicht mal immer.

Aber Jeskes Gedanken begleiteten nicht seinen über den Grund des Boddens schwirrenden Blinker, sie umkreisten denselben Gegenstand wie die Gedanken meiner Familie, als bildete er unweigerlich das Zentrum, um das sich alles dreht.

Ihre Tante, sagte der Alte, ist viel rumgekommen, hab ich gehört.

Hat einiges gesehen, erwiderte ich.

Meine Vorfahren auch, stellte er fest, Vater, Onkel und Großvater: Sie hätten ihre Freude an der patenten Frau gehabt, die paßt zu denen. Die Ferne zieht sie unweigerlich an, lange bleiben sie unterwegs, um überraschend aufzutauchen und wieder zu verschwinden. Nach einigem Auswerfen und Herankurbeln fügte er hinzu: Sie ist ja nun jeden Tag bei uns auf dem Grundstück.

Ich wandte mich ihm wieder zu und nickte, ohne zu wissen, worauf er hinauswollte.

Soll ich die Abseite im Haus räumen, fragte der Mann.

Weshalb denn bloß?

Dann muß Ihre Tante abends nicht mehr nach nebenan und kann hier übernachten. Ich hab ja Augen im Kopf, Ihre Familie hängt an ihr. Nun kennen wir uns schon seit Jahren, warum haben Sie denn vorher nicht gesagt, daß Sie eine Tante haben, die Sie begleitet.

Ich warf wacker meine Angel aus. Wir hatten zwar nachmittags nie viel gefangen, aber man konnte ja nicht wissen, möglicherweise standen die Sterne heute günstig. Ich hatte versucht, Jeskes Worte durch mich hindurchgleiten zu lassen, ohne sie auf ihre Botschaft hin abzuhören, wie ich bei den vorbereitenden Gesprächen und Verhandlungen zum Kauf der Häuser für die Argumente der männlichen Partei nie offen bin. Es lohnt schlichtweg nicht, sich damit auseinanderzusetzen. Die Männer erhalten ein respektvoll wirkendes Nicken von mir, eine Floskel, ich amüsiere mich im stillen über ihre Ahnungslosigkeit, um mich dann ihren Frauen zuzuwenden, die sowieso alles entscheiden. Aber bei Jeske gelang es mir nicht, wegzuhören.

Machen Sie sich keine Umstände, sagte ich, sie kann ruhig abends oder später in ihr Quartier laufen. Sie gehört auch so zur Familie, fügte ich mißmutig hinzu.

Wir gingen schweigsam unserer Arbeit nach, jeder für sich und auf seiner Seite des Boots. Von fern drang aus verschiedenen Richtungen das Sirren von Motoren heran, von der Badestelle Prusten und schallendes Gelächter.

Hier ward nischt miehr. Mit diesen Worten riß der Alte den Anker hoch, er schob das Boot weiter nach draußen in Richtung des Kaps, noch näher ans unentwegt flatternde Schilf heran. Gleich bei einem meiner ersten Würfe spürte ich den Biß, wußte sofort, daß mir nichts anderes als ein Fisch Widerstand entgegensetzte. Ich bekam ihn nur schwer heran, sah die flaschengrünen Streifen auf seinem Leib durchs trübe Wasser schimmern und wieder in die Tiefe verschwinden. Behende stocherte der Alte mit dem Kescher und fing den Barsch. Er ergab sich nicht, wir konnten ihn auf dem Boden nicht fassen, er sprang hoch und fast überbords. Ich erwischte den Fisch zwar mit der Hand, er aber jagte mir die Spitzen seiner Rückenflosse ins Fleisch, worauf ich erschrocken losließ, mein Blut sprudelte wie aus einer unerschöpflichen Quelle. Der Barsch sprang erneut, bis wir ihn schließlich mit einem Sack niederhielten. Jeskes rabiaten Schlag auf den Fischkopf schien ich selbst zu spüren.

Wir steckten bald auf, nahmen Kurs auf den nun im Schatten liegenden Hafen. Ich schwang mich aufs Fahrrad, wußte den kürzesten Weg und fuhr durch zum Strand. In der Ferne, ich hab sie sofort erkannt, schlenderte Robert neben Tante Laura langsam, unendlich langsam, gingen sie Hand in Hand? Meine Frau schenkte mir einen flüchtigen Blick, während ich mich auf ihre Matte kauerte. Florian, der neben seiner Mutter saß, winkte mir zu – ich meinte, ein Hallo, Papa, zu vernehmen –, stierte jedoch Robert und Tante Laura entgegen. Meine Botschaft vom geangelten Barsch und der Tatsache, daß ich den einzigen Fisch gefangen, mit dem ich geradezu gerungen hatte, verhallte ohne Echo.

Hier, rief ich und zeigte meine lädierte Hand hoch.

Es war, als hätte ich gar nichts gesagt. Ich schloß mich notgedrungen ihren Blicken an. Das Paar blieb stehen, Robert griff in Tante Lauras geöffnete Hand, die sie ihm mit graziöser Geste hinstreckte, und förderte etwas zutage, hielt es vor sein Auge gegen die Sonne. Er konnte sich gar nicht fassen, so sehr fesselte ihn dieser Gegenstand. Tante Laura senkte ihre andere Hand auf die Schulter meines großen Sohns, berührte ihn wie einen Vertrauten, indem sie ihre Fingerspitzen massierend über die Hautpartien führte.

Seit drei Stunden schon. Das waren die ersten Worte, die ich zu hören bekam.

Drei Stunden, fragte ich, ohne zu verstehen.

Dabei wollte sie nur kurz mit ihm den Strand ablaufen. Katjas scharfe Stimme kannte ich, bei dieser Tonlage war nicht mit ihr zu spaßen. Man fragte jetzt am besten nicht nach. – Ist im Urlaub mit uns und bleibt so lange weg, kannst du dir das vorstellen, Martin.

Wir warten ewig, erklärte mir Florian. Wo sind die denn bloß gewesen?

Ich verstand Katja immer noch nicht, warum sollten die beiden nicht einen Spaziergang machen dürfen. War es schon soweit, daß sie Tante Lauras Gegenwart nicht mehr missen mochte, und sei es lediglich für ein paar Stunden? Ich saugte an meiner Hand, an der Wunde, die mir der Barsch zugefügt hatte, und spuckte in den Sand. Als die beiden vor uns auftauchten, wurde Tante Laura mit dem Katja-Wort empfangen: Na endlich, um neben meine Frau dirigiert zu werden, wo Florian lag. Robert hockte sich zu mir, er führte vom Meerwasser stumpf geschliffene Glasscherben vor. Weiße und grüne, sagte er, die zartgrünen, deren Oberflächen weißlich schimmern, gefallen uns am besten. Blaue gibt's auch, wir haben nur eine gefunden, eine einzige, Laura hat sie.

Warum soll man nicht Glasscherben sammeln, erwiderte ich.

Die Sonnenstrahlen können dem Auge nichts mehr anhaben. Satiniertes Glas nennt man das, stimmt's?

Könnte man dazu sagen, es liegt dieser Seidenglanz auf dem Glas, den man von dem Gewebe namens Satin kennt. Man verwendet solches Material heute oft in Häusern, für Duschkabinen und Fenster in Badezimmern oder für Flurtüren. Darin kenne *ich* mich aus, doch wieso Tante Laura?

Hast du was gefangen, fragte er.

Nicht viel, aber wenigstens etwas, unseren einzigen Fisch des Tages, einen Barsch, gar nicht mal so klein –

Schön, lautete Roberts karge Antwort, mit der er meine Rede beendete und sich erhob, um sich dorthin aufzumachen, wo die Musik spielte, die Seite wechseln, war die richtige Formulierung.

Schön, hatte er gesagt, zum Glück nicht schön, schön. Ich senkte meinen Kopf in den Nacken und wandte mich der in ein Limonadenrot getauchten, zu einem mächtigen Ballon aufgequollenen Sonne zu, die noch um einiges über dem Meeressaum stand. Meine Haut begann zu spannen. Ob es für mich in unserer Badetasche Niveacreme gab?

Natürlich Martin, bedien dich selbst, hallte es prompt zurück.

Ihre Stimme überraschte mich, sie kam mir mit all ihrer charmanten Fürsorglichkeit. Hatte es überhaupt eine Verstimmung gegeben? Wie buchstabiert man das Wort überhaupt, wie viele Buchstaben, wer hilft mir, hat es?

Ich fand, während ich nach der vertrauten blauweißen Dose kramte und mich im Stehen eincremte, in Tante Lauras Gesicht, das sich von mir beobachtet wußte, wieder den Zug von Triumph: ein leises, nach innen gerichtetes Lächeln.

Die Schuppen des Barsches lösen sich denkbar schlecht, wenn er schon länger tot und seine Haut trocken geworden ist. Ich riß auf unserem Tisch im Garten mit dem Schaber ganze Fleischstücke aus dem Körper, über die sich die grünschillernden Fliegen wie auf Absprache in Schwärmen hermachten. Als ich dem Fisch den Bauch aufschlitzte, sah ich vor der Laube Herrn Jeske auf meine Frau einsprechen, dabei auf Tante Laura weisend, die am Tisch saß, die Beine locker übereinandergeschlagen und ihren Oberkörper zurückgelehnt. Plötzlich sprang sie hoch, gesellte sich zu den beiden, zu dritt liefen sie an mir vorbei zum Gartentor, über den abendlichen Sandweg zum Nachbargrundstück. Tante Lauras Haare wippten in einem Rhythmus, der zu Rock 'n' Roll paßte, zu sagen wir *Rock Around the Clock* von Bill Haley.

Frau Jeske verschränkte ihre Arme vor der Brust und verfolgte kopfschüttelnd die drei, die im Haus des Fischers verschwanden.

Wat dat nu soll, rief sie mir zu.

Als Antwort zuckte ich mit den Schultern, wischte Schuppen und Schleim in einen Lappen, den ich auf den Tisch schleuderte, und schlurfte auf die Frau zu. Was weiß ich, sagte ich.

Der Alte ist geradezu vernarrt, flüsterte sie, so hab ich den selten erlebt.

Vernarrt, in wen?

Da fragen Sie. Kaum war er vom Angeln zurück, mußte unbedingt die Abseite geräumt werden, sofort. Ich hatte sauberzumachen, die Spinnweben wurden weggesaugt, die Dielen geschrubbt und der Läufer wurde geklopft. Ich hab ja sonst nichts zu tun.

Ich hab versucht, ihm den Umzug auszureden. Glauben Sie mir.

Sie? Aber es ist doch Ihre Verwandte.

Sie kam völlig überraschend, beim Fischer hat sie ganz gut gewohnt. Da hätte sie auch bleiben sollen.

Ich verstehe nicht. Sie schüttelte den Kopf und flüsterte dann: Sagen Sie mal, diese Laura, so heißt sie wohl, geht sie wirklich auf die Sechzig zu?

Bald kehrten die drei mit Sack und Pack meiner Tante aufs Grundstück zurück, und – Frau Jeske wurde von ihrem Mann sanft zur Seite gedrängt – verschwanden im Haus, das vom Poltern der Schritte widerhallte. Katja rief laut nach den Knaben, beorderte sie nach nebenan, den Rest zu holen: Da stehen im Flur noch Beutel mit Schuhen und Wäsche, außerdem ein Koffer, ein großer Lederkoffer. Katja selbst tauchte wieder auf mit Bademantel und Handtüchern überm Arm sowie dem sogenannten Kulturbeutel, sie steuerte sicher an uns vorbei in die Laube. Endlich wohne ich bei euch, sagte Tante Laura. Indem sie sich durchs Haar fuhr, ließ sie ihren Blick prüfend reihum wandern, von Gesicht zu Gesicht, von Katja über die Jeskes, von Robert und Florian bis zu mir. Das müssen wir feiern, fügte sie hinzu, warum nicht beim Italiener an der Strandstraße. Ihr seid eingeladen.

Klar war, daß Katja und meine Söhne nicht gebeten werden mußten, sie waren Feuer und Flamme, schlenderten in die Laube, um sich fertigzumachen. Herr Jeske indes schwankte, er bekam von seiner Frau zu hören: Du machst dich lächerlich, Hein. In das Lokal gehen bloß Urlauber.

Das mag wohl so sein.

Du triffst keinen von uns, was sollen wir auch da.

Hm, lautete seine Antwort und dann: Ach was, einmal ist keinmal.

Frau Jeske erstarrte, als sei ein Baum durch sie hindurchgewachsen. Der Alte zog seine Uhr, ließ den Dekkel aufschnippen. Jeske nahm eine wichtige Miene an, er steckte die Uhr weg und lief an seiner Frau vorbei ins Haus.

Ich ließ den ausgenommenen und geschuppten Barsch, den ich am Schwanz hielt, vor Tante Laura pendeln. Der muß heute in die Pfanne, sagte ich, morgen schmeckt er nicht mehr halb so gut.

Du bietest uns allen Ernstes den einzigen Fisch an, den du gefangen hast. Den möchtest du wirklich mit uns teilen? Selbstloser Martin, du hast keine Chance, sagte sie und strich ihre Haare nach hinten, nicht die geringste Chance.

Wie sicher sie sich bereits jetzt gefühlt haben mußte, als könne sie in ihrer Umgebung nach Belieben schalten und walten, als vermochte niemand, ihr etwas anzuhaben.

Was willst du denn, sagte ich Tante Laura ins Gesicht, reicht's dir immer noch nicht.

Du verstehst mich nicht. Du hast keine Ahnung, was es heißt, eine Familie zu entbehren, du hast Frau und zwei Söhne, eine Arbeit, die dich ausfüllt, ein Heim, in dem du erwartet wirst. Wahrscheinlich sparst du längst für ein Haus, das du dir von deiner Firma bauen läßt, allein schon, um es besonderen Kunden vorführen zu können. Nennt man das nicht Reverenzobjekt? Ich hab meine Familie wiedergefunden und bin froh, so gut aufgenommen zu werden.

Alles Theater, Püppi, du weißt selbst, daß du Theater spielst.

Püppi, du hast wieder Püppi gesagt, das will ich noch mal hören. Komm, sag's, los, sag es. Du kannst mich gar nicht vergessen haben. Wenn du Püppi sagst, hast du nichts von uns vergessen. – Mit diesen Worten rückte sie wie zufällig näher an mich heran, so nah, daß ich die Wärme ihrer gebräunten Haut spürte.

Ich trau dir nicht, du hast was vor, sagte ich.

In diesem Augenblick trat Herr Jeske aus seinem Haus, er trug eine neue Cordhose und Windjacke, jene eigentlich den Sonntagen vorbehaltene Schiffermütze, deren Schirm sich blankgewienert präsentierte. Der Mann war nicht gewohnt zu warten, er gab den Ton an, lief zu Tante Laura und gemeinsam mit ihr auf sein Gartentor zu, meine Frau hastete ihnen hinterher, Florian suchte den Anschluß, ordnete im Gehen seine Arme in die Jackenärmel und rief tschüß, Papa, indes Robert feixend hinter ihm herlief. Keiner, aber auch keiner fragte, ob ich nicht mitkommen wolle. Hatten sie mich, der ich weiterhin stolz meinen Fisch hielt, überhaupt beachtet, freilich von Florian abgesehen?

Frau Jeske schickte kurzerhand die Haustür ins Schloß, so daß der laute Schlag die fünf eingeholt haben mußte.

Ich briet meinen Barsch in reichlich Margarine, nachdem ich ihn gesalzen, gepfeffert, in Mehl gewälzt hatte: ein weißer, fadenscheiniger Mantel. Das Fett, in das ich Kartoffeln schnitt, wurde mit Weißwein abgelöscht, dem ich zwischendurch zusprach, gleich aus der Flasche, und auch dem Fisch, den ich schließlich verspeiste, gab ich nach Kräften Gelegenheit zum Schwimmen. Was bleibt einem anderes übrig in einer Situation wie dieser. Mir fiel nichts ein. Ich ging später zu Rotwein über, blätterte in meinem Traumbuch und fand, daß gar nicht so viel dazu gehören muß, Träume zu verwirklichen. Manchmal lautet das Gebot der Stunde, ganz simpel Geduld aufzubringen und Zeit verstreichen zu lassen, ohne währenddessen irgendeine Entscheidung erzwingen zu wollen. Hatte nicht das Wort vom breitgesäßigen Aussitzen vor Jahren die Runde gemacht, mit dem ein Politiker, der seinerzeit amtierende Kanzler, bedacht wurde und das heute noch nachhallte? Es galt, ein paar Tage zu überstehen, danach waren die Ferien zu Ende und die Wege, die von Tante Laura und uns, würden sich wieder trennen.

Bevor ich einschlief, hörte ich die Kinder, aufgekratzt stapften sie ins Zimmer. Ich mußte ihnen die Worte nicht entlocken. Tante Laura und Katja hätten am Tisch Seite an Seite gesessen, ihre Köpfe im Rhythmus der italienischen Schnulzen gewiegt, die aus winzigen Lautsprechern neben Weinlaub aus Plastik und gläsernen Trauben auf die Besucher niederrieselten. Die Frauen hätten nur Augen füreinander gehabt, sie tauschten Happen, die sie sich gegenseitig unter Kichern in den Mund schoben. Katja hatte aus Tante Lauras Weinglas getrunken und die aus ihrem. Herr Jeske prostete unbestimmt über den Tisch, er trank als einziger Bier und moserte über die hohen Preise. Florian entgegnete, daß er überhaupt nichts zu bezahlen brauche. Trotzdem, lautete die mürrische Antwort des Mannes, nur weil ich es in der Kneipe trinke, muß es nicht viermal soviel kosten, Flasche ist Flasche, was denn sonst?

Florian erzählte mir, wie Robert sich an die Frauen gewandt habe, aber keine fand, die ihm zuhörte. Er hob irgendwann sein Glas, führte es an die Lippen, setzte es jedoch nicht an, sondern kippte den Rotwein in voller Absicht, während er den Blick von Tante Laura suchte, auf die weiße Tischdecke, die weitflächig bespritzt wurde. Was für ein Muster, rief er laut, ach was, grölte er, als sei er betrunken, ein schönes rotes Muster das. Florian lachte hell auf, was Robert mit dem Satz kommentierte: Ist doch so, oder? Die Frauen und Herr Jeske brachten kein Wort über ihre Lippen, obwohl die Münder bereits offenstanden. Die Gesellschaft erregte beträchtliches Aufsehen.

Tante Laura verlangte dann die Rechnung. Sie alle liefen die Strandstraße zurück, auf der nicht viel gesprochen wurde. Robert wagte einmal in die Nacht hineinzurufen: Sah wirklich nicht schlecht aus, so Rot auf Weiß, bekam aber von seiner Mutter einen Schwall gekeifter Flüche um die Ohren gehauen, daß er es vorzog zu schweigen. Die Jungen wurden in die Laube geschickt, die Frauen verschwanden in der Abseite, und Herr Jeske saß jetzt allein vor seinem Fernseher.

Was wollte Katja in der Abseite, der winzigen Kammer mit Dachschräge, zugestellt von Bett, Hocker und Schrank, einem Raum, der lediglich zum Übernachten gedacht war, und zwar für einen allein. Hatten die beiden sich soviel zu erzählen, daß sie nicht mehr voneinander lassen konnten?

Einer im Grunde unerklärlichen Eingebung folgend, fragte ich meine Söhne aus, fragte, wo sie gestanden hätten, bevor Florian ins Wasser fiel. Und wo, wo sei Tante Laura in diesem Moment gewesen, bei welchem der Jungen, oder war sie vorausgeeilt, um den Boddenkieker zu beobachten, wie er, ums Kap biegend, auf den Hafen zuhielt, und erst umgekehrt, als sie die Schreie hörte? Ich rührte in kaum verheilten Wunden.

Florian zuckte mit den Schultern, was wußte er schon noch, er hatte einen Stoß gespürt, wahrscheinlich eine Faust, ganz sicher aber jene entschlossene Bewegung in seinem Rücken, der er nichts entgegensetzen konnte. Nie gekannter Schrecken fuhr ihm in die Glieder und ließ sie erstarren, dann schloß sich eine Wand aus Wasser über seinem Kopf wie ein schwerer Deckel. Und Robert? Tante Laura hatte mit der Linken auf die andere Seite der Hafeneinfahrt gedeutet, sie erkundigte sich bei den Jungen über die vor Anker liegenden Zeesen, vielleicht ging es um die Farbe des Segeltuchs, weshalb es immer Dunkelrot sei, oder um die Form der Bootskörper. Jedenfalls rückten die drei in diesem Augenblick so nah zusammen, daß sie sich leicht berührten: Florian stand unmittelbar am Beckenrand, daneben, freilich ein wenig weiter fort vom Wasser, Robert und hinter den beiden ihre wißbegierige Tante.

Komm Robert, drängte ich, komm, sag schon.

Hör doch endlich auf, Martin. Ich war's nicht, und weshalb, weshalb sollte ich so was tun?

Ob es diesen Stoß wirklich gegeben hatte, danach fragte ich mich nicht mehr, aber warum weigerte ich mich eigentlich, eins und eins zusammenzuzählen.

Am anderen Morgen fand ich mich allein in unserem Ehebett wieder, Katjas Seite zeigte sich gänzlich unberührt. Von der Laube aus sah ich zum Fenster der Abseite hoch, die schwere hellbraune Gardine, die Blüten zierten, war zugezogen, mochte die Sonne so stark drängen, wie sie wollte. Schliefen die Frauen noch? Natürlich hatte Katja dort übernachtet, wo sonst. Vier Tage, die von den Ferien bleiben, was sind schon vier Tage – dieser Gedanke tröstete mich einigermaßen. Ich schlurfte durch den Flur, wo ich die undeutlich aus dem Zimmer dringenden Stimmen der Kinder vernahm. Im Bad hielt ich mein Gesicht unter die Brause, als könne das heiße Wasser, das über Stirn, Wangen, Kinn lief, meinen Verdruß fortspülen und im gurgelnden Abfluß mit dem Seifenschaum für immer verschwinden lassen. Ich sah das Wasser auf mich niederstürzen und konnte gar nicht genug davon bekommen, von dem Dampf, der mich einhüllte wie Nebel. In der Boxhagener Straße, im ganzen Viertel stand damals Nebel, in dem sich der Geruch nach Abgasen der Autos und der Rauch von Braunkohlenbriketts gesammelt hatte. Diese Gerüche begleiteten mich, wenn ich meinen Vater in seiner Garage im Hof besuchte, wo er sein Bier trank und manchmal Klavier spielte, wenn ich in Richtung Spree zum S-Bahnhof Warschauer Straße ging, mich über das Geländer der Brücke beugte und der Rauch der unter mir vorbeiratternden Dampflokomotiven einhüllte, oder mit der verbeulten Aluminiumkanne Milch kaufte bei Milch-Walther ein paar Häuserblöcke weiter. Dort konnte man zwischen Voll- und Magermilch wählen, die in Bottichen aus Metall sanfte Wellen schlug, und aus verschiedenen Sorten Weißkäse, der grobkörnig auf Marmorplatten geschichtet war und in dem Spachtel steckten. Durch meine gesamte Kindheit hindurch waren diese Gerüche bei mir, ja schienen zu den wichtigsten meiner Welt zu gehören. So schnell jedoch, wie ich meine Arbeit als Architekt verlor, lösten sich die Gerüche auf, so schnell und gründlich, als hätte es sie nie gegeben.

Nachdem ich die Brause abgedreht hatte, hörte ich ein munteres Plätschern von der Toilette, ein breit rauschendes, fast melodiöses Geräusch, das derart nur von Frauen kommt. Ich riß die Duschkabine auf, sah Tante Laura sehr aufrecht mit geschürztem Nachthemd und aneinandergedrückten Knien sitzen, die der schmale Stoffstreifen ihres aufgerollten Höschens kreuzte. Das Bild machte alles in allem einen anmutigen Eindruck, wenn er mich auch verwirrte. Hättest du nicht draußen warten können, sagte ich.

Ach du liebe Güte, entgegnete sie und strich die blonden Haare zurück, indessen es ungehemmt weiter plätscherte. Stört dich das etwa, Martin? Tu nicht so, dir ist's doch nicht neu.

Trotzdem, sagte ich und konnte den Blick nicht von dieser Frau lösen. Sie band ihn fest an sich, ich wußte nicht wodurch. Erst als sie sich erhob, hinter dem wie ein Vorhang herabhängenden Nachthemd das Höschen rasant nach oben beförderte – war's alles nicht bloß eine Inszenierung? –, erst dann wandte ich mich ab. Tante Laura schlenderte an mir leichtfüßig vorüber, um in der

Duschkabine zu verschwinden; das Nachthemd flog auf den Wannenrand.

Gleich danach bekam ich zu hören: Übrigens fährt deine Frau heute in die Stadt, die Jungen kommen mit.

Bei der Gluthitze, fiel mir ein zu sagen.

Eure Söhne werden neu eingekleidet.

Das mit einem Mal beginnende kräftige Rauschen der Brause verhinderte jede weitere Nachfrage.

Es gab keinen in meiner Familie, der mich nicht darum beneidete, mit Tante Laura allein zu sein. Katja begrüßte mich mit einem ausnehmend freundlichen Guten Morgen und einem feuchten Kuß auf die Wange. Sie tat so, als sei jede Erklärung überflüssig, schließlich war sie bei Laura gewesen, meiner Tante Laura, die zur Familie gehörte, weshalb sie ja bei uns wohnte. Ob Katja nun in der Abseite, nebenan bei unseren Kindern oder bei mir übernachtete – gab es tatsächlich einen Unterschied? Sie war ausgelassen und lachte viel, nur strafte Katja Robert mit Einsilbigkeit. Sobald wir nach dem Frühstück den Tisch abräumten, griff ich Katja an die Schulter und nahm sie zur Seite. Ich hab mit dir zu sprechen, verlangte ich. Es ist so viel passiert, daß wir uns die Zeit nehmen müssen.

Ja doch, erwiderte sie, warum nicht.

Ich meine, jetzt, bitte hör mir zu.

Aber das eilt nicht, Martin, oder? Wir müssen los.

Weshalb müßt ihr unbedingt in die Stadt. Haben die Kinder nicht genug anzuziehen?

Ach, was verstehst du denn davon, bekam ich zu hören. Es ist Lauras Idee, sie spendiert's. Wo sind denn die Autoschlüssel, hast du nicht die Schlüssel gesehen? Mit diesen Sätzen strebte sie von mir fort und in den Flur, kramte in den Taschen der Jacken, Kutten, Sommermäntel, die, zu einem unentwirrbaren Wust miteinander verbunden, von der Hakenleiste herabhingen, und stieß dann die Laubentür auf. Katja umkreiste den Wagen mehrmals und zögerte plötzlich beim Einsteigen, ihr fiel die Abfahrt sichtlich schwer, fragte wie nebenbei, ob Laura sie nicht beim Kauf begleiten könne, was meine Tante überhörte. Ich konnte beobachten, wie sie sich wegdrehte, Katja-Worte gegen ihre angehobene linke Schulter prallen ließ und ihre Ohren geradezu verschloß. Sie benötigte dazu kein Ohropax. Die Jungen murrten, aber die Aussicht auf neue Sachen machte es ihnen leichter, sich in die Polster zu werfen. Florian erkundigte sich bei mir, was ich unternehmen würde, mit Tante Laura, fügte er hinzu. Baden gehen, was sonst, meinte ich, worauf er erwiderte: Nicht schlecht, Papa, du hast's gut. Er zog den Schlag ins Schloß. Robert sagte gar nichts, er schaute kurz durch das Wageninnere zu der Frau neben mir, anschließend starr auf seiner Seite aus dem Fenster. Gab es auf dem Sand des ausgefahrenen Weges etwas Wichtiges zu sehen, was er bisher nicht entdeckt hatte?

Bald nachdem unser Auto um die Ecke gerollt war, schwang ich mich unlustig aufs Fahrrad, wartete am Gartenzaun auf Tante Laura, die Herrn Jeske in ein Gespräch verwickelte. Sein Gesicht hellte sich auf, als scheine die Sonne hinein. Die Frau des Hauses hatte sich bis jetzt nicht blicken lassen, es hieß, sie hüte krank das Bett. Ich vorweg, Tante Laura im Schlepptau, ging's endlich los, die Strandstraße hinunter über das zuckende Muster der Linden auf dem Asphalt. Angeln, ich hätte angeln gehen sollen, fiel mir ein, mit Herrn Jeske rausfahren und den Fischen nachstellen; ich hatte immerhin letztens gewonnen, warum sollte sich das nicht wiederholen lassen. Aber zum Angeln war es heute morgen, da ich erfuhr, was Tante Laura eingefädelt hatte, schon zu spät gewesen.

Sie sollte sich ruhig mühen, ich trat in die Pedale und machte Fahrt, niemand, aber auch niemand ergriff jetzt für sie Partei. Tante Laura im wehenden weißen Kleid hielt sich hartnäckig an meinem Hinterrad, freilich keuchend und mit glühendem Gesicht.

Ich rollte hoch auf den Damm, rechts lag die See, von leichtem Wellenschlag bewegt, links fiel das Land sanft ab und verlief sich in einem Erlenbruchwald. In der Luft hing frischer Salzgeruch, der sich mit der Würze von Heu und einem Kraut – war's Pfefferminze? – mischte. Hier oben wehte eine angenehme Brise, die vergessen ließ, wie stark die Sonne schien, die lange nicht ihren Zenit erreicht hatte. Es hätte ein heiterer Tag sein können.

Als ich zu unserer Stelle abbiegen wollte, meldete sich Tante Laura zu Wort. Nee, rief sie kurzatmig, noch 'n Stück.

Fußgänger tauchten kaum mehr auf, und die Fahrräder an den Strandaufgängen wurden immer weniger, bis ich stoppte und mein Rad durch den Sand ans Geländer neben den steil in die Dünen aufstrebenden Pfad schob. Wir legten uns nackt jeder auf seine Matte, in der Ferne lief der Eisverkäufer den Strand ab, die hellen Töne seiner Glocke schallten heran, er selbst würde sich nicht hierher verirren, es lohnte sich schlicht nicht für ihn. Eine Zeitlang blätterte ich in einem handlichen Buch, das den Titel *Kleine Häuser* trug, das Gebäude zeigte, die sich nicht zuletzt wegen ihrer geringen Größe geschickt in die Umgebung einfügten, über konzeptionelle Klarheit verfügten und einfach strukturiert waren. Extrem dünne Materialien traten an die Stelle der früher verwendeten und ermöglichten die bequeme Geräumigkeit. Ich ertappte mich dabei, Häuser nach diesem Prinzip für unsere Boddenlandschaft in Gedanken zu entwerfen und schreckte auf, als sich Tante Laura erhob. Sie bewegte sich auf das Wasser zu, schritt wie eine Ballettänzerin mit einem um die Hüfte geschlungenen Tuch, das sie effektvoll fallen ließ, bevor sie in die See ging, mit tastendem großen Zeh voran. Es sah aus, als habe sie ernstlich vor, auf dem Wasser zu laufen, und schien dann erstaunt, daß es nicht klappte. Sie schritt weiter, bis zur ersten Sandbank, von der aus sie wild mit den Armen fuchtelte und rief: Martin, komm endlich. Was hält sie so jung, fragte ich mich und fand keine Antwort, weder im steinigen Sand noch im Wasser, das so kalt war, daß ich den Eindruck hatte, mein plötzlich heftig schmerzender Körper tue es meinem Geschlecht gleich und schrumpfe in sich zusammen. Ich ließ mich prustend neben die breitbeinig stehende Frau, die ihre Hände in die Hüften stemmte, in die See gleiten, die mich bis auf den Kopf völlig bedeckte. Überall stieß ich an weiche nachgebende Massen, ich zuckte zusammen, versuchte sie fortzuschieben, was nur für einen Augenblick gelang, sie drängten immer wieder gegen mich.

Quallen, sagte ich, heute wimmelt es vor Quallen.

Na und, hörte ich von oben, die tun dir nichts. Sei doch nicht so zimperlich.

Ich blickte irritiert zu Tante Laura, dann auf meinen Körper, über den winzige Quallen strichen, von der Strömung getrieben, huschten sie dahin. Tante Laura hockte sich neben mich, kreiste über meiner Brust mit den Händen eines der runden, sich unaufhörlich öffnenden und wieder schließenden Tiere ein, deren Mitte violettes Gekröse bildete. Sobald Tante Lauras Hände sie fangen konnten, trieb der entstehende Wasserdruck das Tier fort. Sie ließ ihre Hände sinken, die Spitzen ihrer Finger streiften eine Weile durchs Wasser über meiner Brust und näherten sich dabei der nächsten Qualle. Ich hab sie, Martin, ich hab sie, rief Tante Laura.

Sie streckte mir ihre beiden, zu einer Kuhle geformten Hände entgegen, in der eine kleine Qualle in der Pfütze schwamm, die zusehends auslief.

Wie schön, sagte Tante Laura, sieht sie nicht wunderschön aus?

Laß ihr doch ihr Element, sonst ist sie verloren.

Verloren? Sie ist nur Wasser, was sonst, hieß die Antwort, die sie mir hinkreischte. Tante Lauras Züge verhärteten sich plötzlich, sie bekam ein Flattern in ihren Blick, der ins Leere ging, und der Rücken ihrer Nase ragte sehr schmal aus dem Gesicht. Nur Wasser, wiederholte sie, wie kann Wasser sterben? Und als wollte sie dafür den Beweis antreten, drückte sie zu, preßte die Handflächen schnell und ohne zu zögern gegeneinander, zerrieb mit sicheren Bewegungen das Tier. Sie lachte schrill auf und schrie: Siehst du, siehst du, nur Wasser, wenn es auch recht hübsch gewesen ist. Tante Laura hörte gar nicht auf zu lachen, betrachtete ihre Finger, schnupperte mehrmals daran, wusch sie und sank so dicht neben mich auf die Sandbank, daß ihre blonden, gelockten Haare mein Gesicht berührten.

Warum, fragte ich in ihr Lachen hinein.

Aber Martinchen, du hast es gewollt.

Ich, fragte ich.

Du traust dich nur nicht. Du traust dich vieles nicht, ich weiß es, das war damals so, und heute ist's nicht anders. Deine Püppi hat's für dich getan.

Meine Püppi? Du bist nicht meine Püppi. Was weiß ich, wer du bist. Kopfschüttelnd trat ich durch ein Meer von Quallen den Rückweg zum Strand an. Tante Laura watete ins Tiefe, um hinauszuschwimmen, so weit, bis ihr Kopf begann, ein kleiner, dunkler Punkt in der Ferne zu werden, den man im gleißenden Mittagslicht inmitten der Lichtreflexe mit bloßem Auge keinem Menschen zuordnen würde. Wieviel Meter hatte sie zwischen mich und sich gebracht? Ich beobachtete von meiner Matte aus ihr langsames, aber bestimmtes Entfernen, das etwas entschieden Energisches hatte, ich wünschte, sie würde nicht aufhören zu schwimmen: bis hinaus zur Fahrrinne, die in frostigen Wintern von Eisbrechern freigehalten werden muß, irgendwann wäre Dänemark in Sicht. Nicht aufhören, Tante Laura, nur zu!

Dieser Gedanke ließ in mir Gelassenheit einkehren, ich sank zurück und fiel in Schlaf, träumte ich was? Ich erwachte, als Wasser unter jähem Gekicher auf meinen Bauch tropfte. Noch ehe ich die Augen öffnete, wußte ich, Tante Laura hatte sich neben mir aufgebaut und wrang ihr Haar aus. Ihr blauangelaufener Körper zitterte und die nun sehr langen Brustwarzen standen steil ab und erinnerten an Klöppel, die aus Glocken herausragten. Aber so sehr sie auch pendelten, sie erzeugten keinen Ton. Was ich dagegen hörte, war der besorgte Satz, zu dem sich Tante Lauras Lippen öffneten: Du verbrennst ja. Du bist schon rot, und wie.

Sie spritzte mir mit der Geste vollkommener Selbstverständlichkeit Sonnenöl auf Schultern, Nacken, Rükken, achtete nicht auf meinen Einwand, daß ich nur Niveacreme nehme. Tante Laura entgegnete kurz: Schrulle, nichts als Schrulle. Sie verrieb die Flüssigkeit und drückte mir die Flasche in die Hand, legte den Kopf schräg auf die verschränkten Arme, nachdem sie die Haare aus dem Nacken geschleudert hatte.

Sie gab Anweisungen, wie Katja in dieser Situation auch: Hier etwas mehr Öl, dort, ja, dort kräftigeres Massieren, da intensivere Zuwendung, indes sanft, bloß sanft, am besten nur mit den Fingerspitzen. Verdrossen ging ich meinem Auftrag nach, hatte immerhin Gleiches mit Gleichem zu vergelten, und verfolgte, daß meine Tante, die die Augen geschlossen hielt, unter meinen Händen warm und weich wurde, ihre Züge sich zu einem versonnenen Lächeln formten.

Und jetzt das Kreuz des Südens, verlangte sie.

Was ist das, was, log ich und hatte natürlich zuvor schon daran denken müssen. Wenn man ihr sämtliche Bilder des südlichen Sternhimmels, die ihr Ein und Alles gewesen sind, auf die Haut gestrichen hat, kann man das natürlich nicht vergessen, selbst wenn es Jahrzehnte zurückliegt. Und ohne meinen Willen setzten die Finger vier Punkte, die miteinander verbunden wurden. Sie ergaben ein schiefes Kreuz.

Na also, sagte sie mit verzücktem Gesicht, ich wußte es doch.

Ich nahm die Worte als Ansporn und steigerte mich, hatte sogleich andere Bilder parat, weiter ging's mit Wassermann, Walfisch und Eridanus, die ich beharrlich auf Tante Lauras Schultern und Rücken zeichnete, die bald Gänsehaut zeigten. Nach getaner Pflicht ließ ich abrupt von ihr ab und sagte: Nun ist gut.

Gut? Fällt dir denn keines mehr ein. In ihrer Stimme lag grenzenlose Fassungslosigkeit, was sie auf jene Weise hilflos erscheinen ließ, die zu rühren vermag.

Wie steht es um Wasserschlange und Einhorn, Martin.

Für einen Moment schwankte ich und mußte schlukken, hatte sie nicht mehr Zuwendung verdient, so allein, wie sie war, niemand, wenn man ihr glauben konnte, kümmerte sich um sie. Jede weitere Berührung wiederum, ich wußte es, war gefährlich.

Hier ist niemand in der Nähe, wer soll uns schon sehen.

Hör auf. Das ist zwecklos.

Sie wandte sich mir zu, so nahe, daß ich ihren Parfümgeruch spürte, der vielleicht gar nicht abgespült werden konnte, selbst wenn man stundenlang im Wasser schwamm, oder zu übertünchen durch die Aromen des Sonnenöls. Du willst es, raunte sie, du traust dich nur nicht, ich hab's ja gesagt.

Ich tat es sonst nie, heute fiel mir nichts anderes ein, als am Strand Bier zu trinken. Auf dem Grund der Badetasche fand ich neben Wasserflaschen eine vergessene Büchse. Das Bier, das eigentlich nur furchtbar warmer Schaum war und überhaupt nicht den Durst löschte, erfüllte jedoch den einen Zweck. Tante Lauras Stimme ertönte nun wie aus größerer Entfernung, und den Worten war die Spitze genommen.

Tante Laura kramte so auffällig zwischen ihren Sachen, daß mir die Uhr, die sie zutage förderte, ins Auge springen mußte. Es war eine silberne Taschenuhr, deren Deckel eine vertraute Gravur zeigte. Ohne Zweifel gehörte sie Herrn Jeske, eine solche Uhr gab es kein zweites Mal. Wie war sie zu der Uhr gekommen? Tante Laura las laut ab: Halb zwei schon.

Wir packten zusammen und fuhren auf dem Damm zurück in den Ort, ihr Kleid flatterte im Wind wie eine Fahne. Am Kiosk kauften wir das Nötigste fürs Mittagessen und radelten weiter auf einem Sandweg in den Wald, wo wir hinter den ersten Bäumen auf unsere Matten fielen. Wir konnten hinter Feldern und Wiesen, auf denen Pferde grasten, einzelne Gehöfte ausmachen und dahinter als schmalen, hellblauen Streifen den Bodden. Während ich das Bier aufmachte, über dessen eiskaltem Glas sich ein feuchter Film ausgebreitet hatte, zog auf dem Wasser ein einsames Segelboot seine Bahn vom Hafen an unserer Angelstelle vorbei in Richtung Kap. Ich nahm einen Schluck, Hunger hatte ich nicht, mir war nur nach Trinken. Dafür aß Tante Laura mit unverhohlen gesundem Appetit, sie biß hastig in Hühnerbeine, aus den Mundwinkeln troff der Bratensaft, den sie mit dem Handrücken fortwischte. Sie verlangte nicht nach Wasser, ihr stand der Sinn nach Bier. Nein, eine ganze Flasche ist mir zuviel. Darf ich nicht mit dir teilen? Ach bitte, Martin.

Ich gab sie ihr, Tante Laura nahm einen Schluck, drückte das Glas gegen Stirn und Wangen, aß und setzte erneut an. Sie hatte einen kräftigen Zug, die Flasche präsentierte sie bald leer, indem sie sie mit enttäuschtem Gesicht umdrehte. Ich machte die nächste auf, trank und bot sie ihr an. Das Segelboot hatte das Kap erreicht, um es langsam, unendlich langsam zu passieren. Mußte das Boot gegen eine plötzlich aufkommende Strömung ankämpfen?

Tante Laura, nachdem sie wieder einen Schluck genommen hatte, entledigte sich, ohne Umstände zu machen und für mich völlig überraschend, ihres Kleides. Sie starrte vor sich hin, während sie die Knöpfe über ihrer Brust öffnete, sich bückte und zum Saum langte, den sie mit beiden Händen umfaßte und mit einer einzigen rasanten Bewegung über den Kopf streifte, als müsse sie genau das jetzt tun und hielte sie niemand und nichts davon ab. Mit gekonnten Griffen legte sie den Stoff zusammen und warf sich in Untersachen auf ihre Matte. Die Gegend ist zwar abgelegen – wer sollte schon vorbeikommen, dachte ich, aber sich am Strand auszuziehen ist schließlich was anderes als im Wald.

Ich beschloß, mich wie vorhin aufs Biertrinken zu konzentrieren, auf der Seite liegend, stützte ich mich auf den linken Arm, mit der rechten Hand hielt ich die Flasche, führte sie träge an den Mund und ließ die flüssige Kühle in mich einsickern, die mich mit wohltuender Mattigkeit erfüllte.

Was glaubst du, was Katja sagen würde, wenn sie uns hier liegen sieht.

Was soll sie schon sagen, entgegnete ich. Sie vertraut mir, und sie hat auch allen Grund dazu.

Und du ihr auch?

Es gab nie einen Anlaß, daran zu zweifeln.

Daß ich nicht lache, kreischte Tante Laura aus dem Wald in Richtung des Boddens. Ihre schrille Stimme jagte dem Boot nach, das sich längst hinter dem Kap befand.

Ich schickte ihr die Frage hinüber, wie sie das meine. Sagt man das einfach in den blauen Dunst hinein?

Tante Laura griff sich ihr Bier und sah mich an, als nähme sie Maß, setzte dann die Flasche an die Lippen, ihr Adamsapfel hüpfte in gieriger Unrast, während sie trank.

Das mußt du schon selbst herausfinden. Du gibst doch soviel darauf, uns Frauen zu verstehen. Dich interessiert, wie sie auf Stimmen von Männern reagieren, besonders natürlich auf deine eigene, wovon du beruflich profitierst, aber immerhin, du willst wissen, wovon Frauen träumen und was sie anregt. Wenn man bedenkt, daß die meisten Männer ihre Frauen kaum kennen, sich nicht einmal die Mühe machen, das Wesen an ihrer Seite zu erkunden, ich meine, über den Vorgang, der im Bett geschieht, hinaus, ist das, sagen wir mal, recht aufmerksam. Bloß deine eigene Frau, die bleibt dir ein Brief mit sieben Siegeln.

Meine Gedanken überschlugen sich: Was weiß Tante Laura wirklich, oder treibt sie ein Spiel mit mir. Gibt es für Katja neben mir einen anderen Mann, sämtliche Alarmglocken schellten. Ich hatte nie Verdacht geschöpft, sie kam zwar oft spät, eigentlich zu spät aus ihrer Werkstatt, was mit zusätzlichem Aufwand zur Reinigung der Räume begründet wurde, freilich konnte ich in der Verspätung noch die Suche nach Pünktlichkeit erkennen. Nie und nimmer reichte diese Zeit für ein Stelldichein, es sei denn – mir stockte der Atem –, sie arrangierte es während der Arbeit, jemand hatte Zutritt, vielleicht ein Patient, der von der Praxis den Weg in ihre Werkstatträume wußte. Waren Ärztin und Schwestern eingeweiht? Oder suchte sie in der Mittagspause mit jemandem die Parks in der Nähe auf, eine verschwiegene Stelle hinter Büschen und Hecken fände sich jederzeit. Ich hatte nie etwas gemerkt, das mich hätte mißtrauisch stimmen müssen, es gab keinen falschen Ton, keine Spur an ihrem Körper, die mir fremd gewesen wäre.

Auf Katja würde ich an deiner Stelle keine Rücksicht nehmen, sagte Tante Laura gelassen und lächelte komplizenhaft.

Ich wußte nicht, ob ich ihr bereits zu glauben begann. Doch nach diesen Worten begriff ich endlich und meinte, wenigstens einen Teil des Puzzles zusammensetzen zu können.

Du hast uns neulich nachts vom Garten aus durchs Fenster beobachtet, als wir zusammen im Bett lagen. Das Laken, das du wahrscheinlich wie eine Toga um dich gewunden und auf den Gehwegplatten verloren hattest, hat dich verraten. Aber wer wickelt sich in ein Laken und verliert es dann noch. Oder – ich tippte mit den Fingerspitzen der Rechten gegen meine Stirn – wolltest du eine Spur legen? Ja, eine Spur, rief ich, der Gedanke schoß mir eben jetzt in den Sinn, eine Spur, nur dazu erdacht, uns in helle Aufregung zu versetzen.

Du trinkst zuviel Bier, in dieser Hitze solltest du dich zurückhalten. Was verträgst du schon, das war damals nicht anders. Denk dran, ich hatte dich unter den Tisch getrunken. Tante Laura machte sich auf dem Rücken lang und klappte die Augenlider zu, die Hände fanden auf ihrem Bauch zueinander und verschränkten sich sofort.

Du hast uns zugesehen, sagte ich, die ganze Zeit über zugesehen. – Während meiner Worte ging ein krampfartiges Zucken durch ihre Lider, ein Tanz auf den Augäpfeln, als könnten sie sich nicht entscheiden, ob sie offen oder geschlossen sein wollten. Zugesehen, wiederholte ich leise, und begriffen, daß wir uns verstehen, Katja und ich. Du kannst es nicht ertragen, doch es ist nun mal so. Wir treiben es immer wieder, du mußt nur weg sein. Irgendwann wirst du uns hoffentlich verlassen haben.

Der letzte Satz war ein Fehler, natürlich, der vorletzte Satz ebenso und selbst der davor, obwohl er völlig stimmte und mit Sicherheit gerade deshalb besonders verhängnisvoll gewirkt haben wird. Ich weiß, ich hätte diese Sätze nicht sagen dürfen, sie müssen wie ein Schlag gegen ihren Kopf gewesen sein, aber ich sehe mir bis heute nicht nach, daß ich, ohne einen Vorwand zu suchen, aufstand, meine Sachen packte und grußlos ging. Ich hätte sagen können, sie habe weiß Gott nichts von ihrer Wirkung auf Männer eingebüßt, mir sei bloß übel, nichts weiter, oder daß sie warten solle, ich ginge mir nur kurz die Beine vertreten, oder irgend etwas Verbindliches, was man so sagt, um andere hinzuhalten. Im Berufsleben entschuldigt man sich dadurch, daß man Termine wahrzunehmen hat. Warum bitte schön nicht auch in den Ferien? Ich kam nicht einmal auf die Idee, einen Vorwand zu finden. Die leeren Flaschen klirrten im Stoffbeutel, den zu benutzen mir Katja längst untersagt hatte, diese Säcke sähen verboten aus, meinte sie, nicht einmal der Aufdruck, der für Poroton warb, einer für das moderne Bauen unentbehrlichen Ziegelsteinsorte, vermochte sie umzustimmen – die Flaschen jedenfalls klirrten, sobald ich das Rad durch den lockeren Sand des Weges schob, auf die Grasnarbe, und mich auf den Sattel schwang. Wenn ich geblieben wäre – alles hätte einen anderen Ausgang genommen, vielleicht.

In der prallen Sonne merkte ich, daß ich nicht mehr nüchtern war, kein Wunder, abgesehen davon, daß ich nichts gegessen hatte, trug meine Gemütsverfassung das ihre dazu bei. Ich steuerte mein Rad ständig in den Sand, mußte absteigen und neu ansetzen, dann erreichte ich einen der Hauptwege, der mich zu Jeskes Haus führte.

Bevor mir die Augen zufielen, fragte ich mich wieder, wie sie an die Uhr des Alten gekommen war. Hatte er sie ihr geschenkt, weshalb? Ich schlief fest, bis mich die Stimmen der Kinder weckten. Es war noch hell, Florian und Robert stürmten ins Zimmer, das Rascheln ihrer Karstadt- und Kaufhoftüten, die sie triumphierend vor sich her schwenkten, schien mir den Schädel brechen zu wollen. Verschwitzt und mit roten Gesichtern förderten sie Sachen zutage, die sie um sich herum auf die Betten stapelten, sich schließlich erschöpft dazwischen setzten, jedoch die Kraft fanden, Hände und Arme auf sie zu werfen wie auf eine Eroberung.

Heiß, sagte Robert, so eine Hitze, was Florian mit dem Ruf ergänzte: Hat sich aber gelohnt, dank Tante Laura.

Wo ist denn eure Mutter, fragte ich, warum kommt sie nicht her.

Wo schon, bekam ich von Florian zu hören.

Nachdem die Jungen den Auftrag erhalten hatten, den Tisch zu decken, ging ich mit schalem Geschmack im Mund über den Hof, die steile Treppe hinauf und klopfte an der Tür. Nichts, kein Geräusch drang als Antwort nach draußen. Ich drückte die Klinke, in dem kleinen Raum, der wirklich neben dem Bett gerade einen Kleiderschrank aufnehmen konnte und nun durch Tante Lauras Taschen und Koffer gänzlich vollgestellt war, befand sich niemand.

Die Fahrräder von Katja und Tante Laura waren verschwunden, ich beschloß, mit meinen Söhnen essen zu gehen, wer wußte schon, wohin die Frauen gefahren waren und vor allem, wann sie zurückkehrten. Natürlich wunderte ich mich, daß Katja nicht vorbeischaute, doch Laura und sie, so sagte ich mir, hatten sich schließlich den ganzen Tag nicht gesehen – offenbar zuviel für sie. Ich konnte gespannt sein, was Tante Laura ihr erzählte. Würde ich's zu hören bekommen? Die Kinder hatten meinen Auftrag zum Tischdecken zwar vernommen, waren aber noch dabei zu klären, wer von ihnen beginnt. Ich mußte sie nicht überreden, wir rollten durch die nachlassende Hitze des Tages die Strandstraße runter, meine Söhne vor mir, die sich für die Robbe am Aufgang zur erst vor einigen Jahren wiedererrichteten Seebrücke entschieden. Der unverstellte Blick vom Fenster aus auf das abendliche Meer, in dessen Wellengekräusel sich die blutrot leuchtende Sonne zu stürzen im Begriff war, verhalf uns zu keinem Gespräch, ebenfalls nicht das Essen, das keine Wünsche offenließ. Ich bestellte Fisch, was sonst, wenn ich an der See war, die Jungen verlangten Pizza oder

Spaghetti. Jeder ließ sich von seinen Gedanken aus dem mit dunklem Holz und schweren Stoffen eingerichteten Gastraum forttragen, meine Söhne, ich mußte nicht hellsehen können, sicher zu Tante Laura, ich selbst zu meiner Frau, deren Nähe ich gerade jetzt vermißte. Ich trank, wie's zum Fisch Usus ist, Weißwein, der sofort wirkte, schickte gleich ein nächstes Glas hinterher, und merkte, daß ich genug hatte: Der Wein traf weiterhin auf Bier und verbrüderte sich herzlich mit ihm. Ich stützte meinen Kopf in die rechte Hand, entzündete ein Zigarillo und schaute lächelnd hinaus. Ab morgen hatten wir noch drei Tage, drei Tage, die es zu überstehen galt, auf die die Bezeichnung Urlaub sich verbot. Sie erinnerten mich an die Armee, was gab es Einfacheres: Die Zeit zerrann für den Soldaten, man mußte lediglich warten können, allerdings hatte man nebenher Wache zu schieben, in Panzern mitzufahren und zu schießen – das Übliche eben, das man ziemlich schnell beherrschte: Routine, nicht mehr, weil tatsächlich niemand an einen Krieg glaubte, die Soldaten nicht, und die Offiziere auch nicht. Die Zeit, das flüchtige, manchmal wiederum phlegmatische Ding, war das Problem, vielleicht ist die Zeit im ganzen Leben das Problem, weil sie einen zwingt, sie entweder verstreichen zu lassen oder zu nutzen. Bei der Armee mußte sie nur vernichtet werden, weil es nichts, tatsächlich nichts Sinnvolles gab, was man mit ihr hätte anfangen können. Das einzige, was für mich dort Sinn bekam, war der allabendliche Akt, mit dem das Tagevernichten dokumentiert wurde. Ich nahm eine Schere und schnitt von meinem Maßband, das weder Feldwebel Littinsky noch Leutnant Jugelt bei mir fanden und die verbleibenden hundertfünfzig Tage zählte, jeweils das letzte Feld mit der Ziffer ab. Der Tag galt damit als *abgearbeitet*, die darauffolgenden Minuten gingen bereits zu Lasten des neuen Tages, man konnte geradezu zusehen, wie sie verrannen.

Ich schüttelte den Kopf über mich, soweit war es mit mir gekommen, daß ich den Urlaub mit meiner Armeezeit verglich! Ich ließ das Zigarillo ausgehen, rauchte also kalt weiter, beschloß, es die ganze Zeit über im Mund zu behalten, bis zum Schluß, bis zum Ende der Ferien, freilich kam es nachts auf den Tisch oder als Lesezeichen ins jeweilige Buch, beim Essen klemmte ich es hinters Ohr. Florian und Robert nahmen mich auf ihrer Tour durch den im Dunklen liegenden Ort mit, ohne mich in ihre sonstigen Wege einzuweihen. Wir fuhren zum Bodden, am Kiosk vorbei, der bereits dichtgemacht hatte, sahen vom Hafen aus die lange Reihe der angeleinten Boote, auf Deck die Kapitäne mit ihren Gästen, alle mit Bierflaschen vorm Bauch. Am Kap entlang führte ein schmaler Weg durch Wiesen, an Schilfstreifen vorüber, unter verloren wirkendem Geschrei stiegen Vögel in den nächtlichen Himmel. Unvermittelt tauchten aus der Dunkelheit Leiber auf, wir mußten bremsen, um nicht in sie hineinzufahren. Wir waren umringt von Rindern, die sich wegen der aufkommenden Kühle eng zu Gruppen zusammengestellt hatten und dampften. Durch uns erschreckt, kam Bewegung in die Tiere, sie hoben die Köpfe, während ihre Nüstern bebten, die Ohren nervös ihre Stellung veränderten. Gaben sich die Rinder Zeichen?

Komm, Papa, flüsterte Florian, wir müssen umkehren.

Ach was, die tun uns nichts, was sollen die uns denn tun, gab ich als Antwort, ohne recht zu wissen, ob ich meinen Worten Glauben schenken konnte. Forsch, um den Kindern zu beweisen, daß wir nichts zu befürchten hätten, versuchte ich mein Rad voranzuschieben in Richtung der vor uns zusammenrückenden, in Dampf gehüllten Leiber, die überhaupt nicht daran dachten, Platz zu machen, sondern gesenkten Hauptes, auf denen gewaltige Hörner saßen, auf uns zuschritten, von den Seiten zu uns heran drängten, daß wir ihre warme Nähe riechen konnten. Es bestand keine Frage, sie hatten den Weidenzaun überwunden.

Ich kehre um, Martin, hörte ich in meinem Rücken, und Florian sagte gar nichts, ich vernahm nur das Klappern der beiden Fahrräder, die einen Bogen über die bucklige Wiese zurück zu machten. Ach, sagte ich noch, kommt mir nur nach, als das Tier, das sich mir am nahesten befand – war's ein Bulle? –, direkt auf mich zustrebte. Ich wich erschrocken aus, ließ die Hände vom Rad, daß es scheppernd in die Wiese fiel, und machte einen Schritt nach hinten, drehte den Kopf und sah meine Kinder nicht mehr, nur überall diese Leiber, die sich mir unaufhörlich näherten, ich hatte keine Ahnung, weshalb. Ruhig, bleib ruhig, versuchte ich mir einzureden, während ich mit weit ausgestreckten, besänftigenden Armen rückwärts stapfte. Aber gleichgültig wohin ich mich wandte, die mir zusetzenden Rinder wichen nicht zur Seite, ich wußte nicht weiter, verharrte regungslos, als ließe sich damit das Schlimmste abwenden; vielleicht, so meine Hoffnung, nahmen sie mich, wenn ich still stand, gar nicht wahr. Erst ein Ruf, die helle, aufgeregte Stimme von Florian, wies mir die Richtung: Los, Papa, komm, komm. Ich folgte diesen vier Worten augenblicklich, die einer Erlösung glichen, hetzte einfach los, rannte an den Tieren vorbei, so wie man Slalom läuft, durch kniehohes, nasses Gras, setzte über einen Graben, querte den Weg, streifte mit den Händen scharfblättriges Schilf und machte weiter vorn meine Söhne auf ihren Rädern aus, auf die ich, so schnell ich konnte, zuhastete. In meinem Rücken hörte ich Getrappel von Hufen, das zwar immer ferner wurde, mich jedoch nicht innehalten ließ. Ich sprang breitbeinig auf Roberts Gepäckträger und trieb den Jungen mit Rufen an wie ein Reiter sein Pferd. Allmählich machten wir Fahrt, Florian voran, und schafften so viel Abstand zwischen den Rindern und uns, daß wir nichts mehr zu befürchten hatten.

Mußte jemand benachrichtigt werden, die Polizei oder wer? Und mein Fahrrad, was war mit dem Rad? Florian meinte, es rieche streng, ob ich den Rindern so nah gewesen sei, daß ich schon ihren Geruch angenommen hätte. Wir hielten unter einer Laterne.

Schöne Bescherung, rief Robert und grinste breit. Mein rechtes Bein zeigte sich bis zum Knie von einer stinkenden, grünlichbraunen Masse überzogen. Irgendwo mußte ich in einen Fladen geraten sein, an dem ich nun eifrig herumpolkte, ihn aber nicht abstreifen konnte.

Florian lachte lauthals in die Dunkelheit. Ach kommt mir nur hinterher, ahmte er mich nach, was soll schon passieren.

Ja, ja, sagte ich mit wippendem Zigarillo im Mund und lachte mit meinem Sohn, wer hat sich denn als erster aus dem Staub gemacht und seinen Vater im Stich gelassen.

Florian hörte nicht auf: Immer geradeaus, das ist der beste Weg, wo bleibt ihr bloß.

Lärmend fuhren wir auf Jeskes Grundstück, spielten zwei Stunden Rommé, bei dem ich ständig gewann, bis wir in unsere Betten fielen. Aus dem Fenster der Abseite drang durch die mit Blumen besetzte Gardine gedämpftes Licht, wenn ich ins Haus gegangen wäre und geklopft hätte, hätte ich die Wirtsfamilie wach gemacht. Katja ließ sich die ganze Nacht nicht blicken.

Ich fand mein Fahrrad nicht, weder auf dem schmalen Weg noch in den kahlgefressenen und von den Rindern verlassenen Wiesen, die Tiere waren offenbar in aller Frühe zu einem anderen Standort gekarrt worden. Dieser klare Morgen bot eine weite Sicht, ich lief den Weg ab, mein Drahtesel blieb verschwunden: ein gar nicht mal so preiswertes Dürkopp, tadellos in Schuß. War es von jemandem mitgenommen worden?

Ich gab verdrossen auf, lenkte jedoch meinen Schritt am Schilf vorbei zum Bodden, einige Meter entfernt ragten blanke Metallteile steil aus dem flachen Wasser, in denen ich bald darauf Lenker und Pedal erkannte –, Teile, daran gab's nicht zu rütteln, meines Rads. Aber es verdiente den Namen nicht mehr: Speichen und Felgen zeigten sich geborsten, Schutzbleche verbeult, die Gabel erwies sich als verbogen und der Sattel als zerfleddert, die Innereien unter der Kunstlederhaut mußten mit unbeirrtem Eifer herausgefetzt worden sein, damit das Gefährt ganz sicher nicht mehr benutzt werden konnte. Lag darin wirklich die Absicht? Und wer steckte dahinter, wer? Ein kruder Gedanke, den ich kaum zu Ende zu denken wagte: Waren es die Rinder, die sich, weil sie mich nicht erwischt hatten, an meinem Fahrrad ihr Mütchen kühlten. Ich lachte laut auf. Es mußte ein Fest für sie sein, was sonst, indem sie nacheinander auf meinem Rad den Weg muhend und schnaufend fuhren bis zum fernen Kiefernwäldchen hinauf, in dem ich gestern mittag mit Tante Laura gelegen hatte, und wieder zurück, die Hörner spitz in die Luft ragend, den Schwanz senkrecht aufgerichtet, dessen haarige Spitze im Wind flatterte: ein Rinderfest eben. Wissen wir, was Tiere tun, wenn sie sich von uns Menschen unbeobachtet fühlen. Daß sie uns genau im Blick haben, daran besteht kein Zweifel, die Tiere im Zoo etwa verkümmerten, wenn wir ihnen als Besucher nicht Abwechslung böten. Einige Arten immerhin versuchen, uns zu imitieren, warum nicht auch Rinder? Anschließend, kaum daß sie genug hatten, machten sie dem Fahrzeug den Garaus. Vielleicht sprangen sie noch darauf herum, führten so etwas wie einen Veitstanz auf, schlugen auf dem Metall ihr Wasser ab und wälzten es mit vereinten Kräften in den Bodden.

Was für ein Unsinn! Morgendliche Spaziergänger werden sich einen vermeintlichen Jux erlaubt haben, gab's überhaupt eine andere Möglichkeit?

Gleichwohl, ich hievte mein Rad, vielmehr das, was von ihm übriggeblieben war und von dem in langen Fäden Wasserpflanzen herunterhingen, auf das von Robert und schob es nach Hause, auf Jeskes Grundstück.

Katja hatte sofort die passende Begrüßung parat: Natürlich, so was passiert, wenn man betrunken durch die Gegend kurvt.

Betrunken, sagte ich, was für ein Wort. So schlimm war es wirklich nicht.

Laura hat mir genug erzählt, mein Lieber, am hellichten Tag, du warst nicht zu bremsen. Die Kinder mußten dich wecken, und abends hast du gleich weitergemacht. Wir haben zwar Urlaub, aber deshalb muß man ja wohl nicht derart übertreiben. Übrigens stinkt dein Fahrrad, nach Vieh, würde ich sagen.

Ich zuckte mit den Schultern. Sie hatte recht, von dem Metallhaufen ging ein durchdringender Gestank aus, den ich ihr nicht erklären konnte. Von den Rindern heute nacht wird sie erfahren haben, dachte ich, wenn du mehr erwähnst, macht sie sich über dich lustig, was sonst, sie kann gar nicht anders. Außerdem, das Urteil war längst gesprochen, daran ließ sich nicht rütteln, wahrscheinlich in der letzten Nacht verhandelt. Sogar Zeugen gab es, die sich auf Zuruf bereit hielten, rumorten sie alle in der Küche? Wenigstens zum Frühstück wurde ich zugelassen, Katja blieb mir gegenüber sitzen. Ihr volles schwarzes, in Wellen auf die Schultern fallendes Haar gab einen wunderbaren Schimmer ab. Sagt man nicht, das Haar von Frauen sei ein Spiegel ihres Innenlebens – Katja war eine blühende Frau, die die Zeit hier an der Küste in vollen Zügen genoß. Vielleicht, dachte ich, sollte ich nur einfach großzügig sein, was ist schon geschehen, und bald gehört sie mir ja wieder allein.

Während sie mir Kaffee einschenkte und mit Milch die große Tasse auffüllte genauso wie jeden Morgen zu Hause bei leise laufendem Radio vor dem Küchenfenster, wo sie die Brote für unsere Kinder packte und uns schließlich mit dem Kuß auf drei Männerwangen in den Tag hinausschickte – währenddessen also schnitt ich ein Brötchen auf und meinte, daß es an der Zeit wäre für ein paar Worte. Ich sagte nicht: passende Worte.

Was ist denn, Martin.

Tante Laura, sagte ich und nahm das Zigarillo aus dem Mund, du weißt nichts von ihr. Ich kam nicht dazu, dir viel über sie zu .erzählen, es ist mir auch auf eine gewisse Weise unangenehm –

Ich kenne sie, schnitt sie mir den Satz ab, ich hab sie doch kennengelernt, deine Tante.

Meine Tante, raunte ich und sah mich um, du hast keine Ahnung. Ich denke, nein, ich bin mir jetzt sicher, sie hat Florian ins Wasser gestoßen, neulich in den Bodden.

Tante Laura? Wie kommst du auf Laura, fragte sie hastig.

Ich bin sicher. Sie stand genau hinter ihm, und der Junge hat die Hand gespürt. Es bleibt nur sie.

Florian, du weißt, wie er ist, sagte Katja, er hält seine Phantasie oftmals für die Wirklichkeit selbst. Du kannst dem Jungen nicht alles glauben.

Ich nehm's ihm ab, Katja.

Weshalb, weshalb sollte sie so etwas tun?

Tante Laura will uns auseinanderbringen, um jeden Preis, erklärte ich.

Der Mund meiner Frau klaffte auf, um nach einer Weile den erwarteten Satz zu entlassen: Dir paßt es nicht mit uns beiden.

Bitte, rief ich mit gedämpfter Stimme, vertrau mir, ich kann nicht abschätzen, was sie noch plant, man muß mit allem rechnen. – Ich griff zum Äußersten und legte so viel Gewicht in meine flüsternden Worte, daß sie ganz schwer wurden: Sie galt als, sagen wir, nicht ganz zurechnungsfähig, es klingt merkwürdig, ich weiß, aber sie fuhr mit ihrem Mann umher, obwohl er schon tot war.

Du erzählst und erzählst, und dein Kaffee wird bereits kalt sein, hörte ich Tante Lauras Stimme übertrieben laut in unser Schweigen einfallen, wobei Katjas Schweigen ein gänzlich anderes war als meines. Tante Laura, die plötzlich am Tisch stand und sich zu uns setzte, genauer neben Katja, und uns unerwartet mit dem Geruch ihres Parfums erreichte wie mit einer Intimität, um die man nicht ersucht hat, bot mir ihren schmalen Nasenrücken und zog ihre Augenbraue hoch: ein hauchdünner blonder Winkel in ihrer Stirn. Katja bekam Tante Lauras Hand auf den Unterarm gelegt, und langsam, für mich zunächst kaum merklich, bewegte sie ihre Fingerspitzen auf und ab. Es erweckte den Anschein von Zufälligkeit, meine Frau lachte mich voller Unschuld an, entzog ihren Arm, strich darüber, wohl kaum, als wolle sie Tante Lauras Hand darauf ungeschehen machen. Katjas Augen schlossen sich kurz und öffneten sich einen schmalen Spaltbreit. Mir mußte niemand erzählen, was mit ihr passierte; es nagte, wenn ich ihn überhaupt gesät haben sollte, kein Zweifel mehr in ihr.

Tante Laura richtete es so ein, daß wir, meine Frau und ich, nicht mehr allein waren. Sie wich den ganzen Tag über nicht von Katjas Seite. Ich suchte, um mich ihnen anschließen zu können, den Fahrradverleih auf, mein lädiertes Rad neben mir herschiebend.

Was ist denn das. So was habe ich überhaupt noch nicht gesehen, sagte der Mann, hob mit der Linken seine rote Mütze am Schirm hoch, auf dem Ferrari stand, furchte mit der anderen Hand durch sein schütteres weißblondes Haar. – Vom Hinfallen kommt das aber nicht.

Nein, sagte ich, hingefallen bin ich auch nicht. Ich hab's nur liegengelassen.

Liegengelassen?

Draußen, auf der Weide am Kap.

Er trat mißmutig mit der Fußspitze gegen den stinkenden Metallhaufen, von dem immer noch Wasserpflanzen herabhingen, furchte wieder sein Haar und schaute dann zu mir. Die Züge des Mannes verloren jede Entspanntheit, glaubte er, ich erlaube mir mit ihm einen üblen Scherz?

Was genau passiert ist – ich ahne es nicht mal, versuchte ich zu erläutern. Klingt komisch, nicht, doch als ich es heute morgen holte, sah es so aus.

Komisch, ich weiß ja nicht. Auf der Wiese am Kap, sagen Sie, da gibt's nur Rindviecher.

Ja, sagte ich, 'ne Menge.

Wer sollte das Rad derart zurichten? Da muß jemand viel Wut gehabt haben.

Ich zuckte mit den Schultern, während er nochmals gegen den Haufen trat und seine Mütze zurückschob. Sehr viel Wut, wiederholte der Mann, und es war nicht deutlich, ob er für sich sprach oder mich meinte.

Diese zerstörerische Kraft, dachte ich beklommen, richtete sie sich gegen mich, oder war ich bloß Teil einer Konstellation, in die ich zufällig geraten war? Ich verkaufte ihm den, wie er sagte, Schrott für wenig Geld und war froh, nicht draufzahlen zu müssen. Als ich ein Fahrrad mietete und auf die Frage des Mannes antwortete: Für, Moment, ja, zwei Tage, am dritten reisen wir ab, atmete ich auf. Zwei Tage, das war nichts, das war gar nichts, die vergingen nebenher, ohne sich weiter anzustrengen. Übermorgen ist schon alles vorbei, überlegte ich.

Wir rollten einige Kilometer, Tante Laura, von Katja und den Jungen umschwirrt, gab das Tempo an und bestimmte, wo gehalten wurde, um an den Strand zu stapfen, der sich hier tatsächlich als besonders breit erwies. Wir waren in diesem Bereich für uns, lasen ein wenig, dösten auf den Bastmatten, bis die beiden Frauen beschlossen, spazierenzugehen. Die Kinder, die sich nun mit mir begnügen mußten, sprangen ins Wasser, das Schaumkronen trug, ich kam, nachdem ich mein Zigarillo ins Buch geklemmt hatte, gemächlich hinterher, holte Florian und Robert ein, und gemeinsam, ohne daß wir drei uns abgesprochen hätten, ließen wir die Buhnen hinter uns, die Sandbänke, schwammen, hatten wir ein Ziel?

Wir alle trafen gleichzeitig an unserem Strandplatz ein, Tante Laura klaubte die Uhr aus ihrer Tasche und ließ den Deckel aufschnippen, der die Zeit mit gnadenloser Entschlossenheit preisgab.

Diese Uhr, kenne ich die nicht, fragte ich.

Ich hab sie von Herrn Jeske, lautete die Antwort, tja, im wahrsten Sinne des Wortes *geerbt*. – Und während sie das Prachtexemplar verstaute, meinte sie: Der macht aus seinem Herzen keine Mördergrube.

Wir aßen in einem dieser neu errichteten Restaurants zu Mittag, die sich vollendet in die Landschaft einpassen: flach und mit Reetdächern, über die sich jahrhundertealte Laubbäume ausbreiten, mit Zuwegen aus kleinen Feldsteinen, Hecken aus Kirschlorbeer und Thuja. Aber je weniger sie auffallen, desto teurer sind sie.

Tante Laura konnte nicht von ihrer Uhr lassen, plazierte sie neben den Teller, wischte mit der Hand über das Gehäuse, als müsse es ständig poliert werden, und erfreute sich am Aufklappen des Deckels.

Die Uhr –, sagte Florian.

Ein starkes Stück, ergänzte Robert und nickte anerkennend. Die gehört doch Herrn Jeske, setzte Florian fort, oder?

Hat, entgegnete Tante Laura, hat gehört.

Er hat sie dir geschenkt? fragte Florian weiter.

Natürlich.

Ach so, und warum, warum verschenkt er die?

Er wollte mir eben etwas geben, es sollte was Besonderes sein, zur Erinnerung. Er hat ja sonst niemanden – genauso wie ich.

Heute ließ ich Bier aus, kümmerte mich nicht um Wein, der hier reichlich von seinen besseren Sorten vertreten wurde, blieb eisern bei sprudelndem Mineralwasser, um Katja zu besänftigen. Tante Laura bestand darauf zu bezahlen, ich verweigerte es ihr nicht – was mir in Anbetracht der Preise auch nicht schwerfiel. Katja, auf die es ankam, hatte nur Augen und Sinn für meine Tante. Lag's an mir, hätte ich um Katja kämpfen sollen? Selbst jetzt wüßte ich nicht, wie.

Die Jungen, die bereits die dritte Cola aus Gläsern schlürften, in denen langsam schmelzende Eisbrocken und Zitronenscheiben schaukelten, merkten, daß sie abgemeldet waren, maulten, und so trennten wir uns von den Frauen. Ich fuhr mit Florian und Robert in den nächsten Ort, obwohl sie gut allein zurechtgekommen wären, aber wo sollte der Vater hin? Noch an diesem Tisch, auf dem die Teller mit den Speiseresten, die zusammengeknüllten Stoffservietten und diverse Gläser dicht an dicht das weiße Tuch bedeckten, oder schon zuvor beim ausgiebigen Spaziergang am Strand oder spätestens auf dem Heimweg müssen sie, Tante Laura und Katja, sich auf ihre Fahrt geeinigt haben. Doch was heißt geeinigt, Tante Laura hat gesagt, was man sich unbedingt ansehen müsse, und Katja, die zwar alles kannte, sich wiederum geehrt gefühlt haben wird, eingeladen worden zu sein, hat ahnungslos zugestimmt. Wie sollte es sonst gewesen sein.

Eine Tour, sagte Katja jedenfalls am Abend.

Warum, fragte ich.

Warum, warum, eine Tour eben, Martin, hierhin und dorthin, warum nicht.

Ja, weshalb nicht.

Der Urlaub ist übermorgen zu Ende, stellte sie fest, dann sieht mich ein Jahr lang nur meine gekachelte Werkstatt mit den Zahnmodellen. – In Katjas Augen lag ein Glanz wie auf ihrem Haar, das schwarz und locker auf ihre zierlichen Schultern fiel, ohne dort Ruhe zu finden. Wann fahren wir los, wann, rief sie Tante Laura zu und wandte den Kopf in ihre Richtung, die dabei war, in der Laube zu verschwinden.

Was für eine Frage, früh natürlich, wir haben viel vor.

Wohin genau soll's denn gehen, wollte ich wissen.

Wird nicht verraten, so kam es kurz und knapp zurück. Tante Laura nahm auf klackenden Absatzschuhen ihren Weg in die Laube wieder auf und ließ uns nun doch allein.

Ich nutzte die Chance, den Zweifel nochmals zu säen.

Du Miesepeter du, lautete prompt Katjas Antwort. – Aber Laura, hast du gesagt, Laura fuhr ihren Mann umher, ihren toten Mann?

Frag sie, wenn du's nicht glaubst.

Was soll das beweisen?

Mach, was du willst. Ich traue ihr nicht, hörst du, sagte ich.

Du übertreibst.

Dann denk an Florian.

Ach, meinte sie und unterstrich das Dreibuchstabenwort mit einer wegwerfenden Handbewegung. Ihren Kopf dagegen stellte sie leicht schräg wie ein Vogel, wenn man ihn anspricht, und ich sah ihre Stirn kraus werden, als spiegele sie, wie meine Frau überlegte, wie Für und Wider miteinander rangen, Wenn und Aber stritten, wie Ja gegen Nein abgewogen wurde, damit eines von beiden verworfen werden konnte. Das Resultat teilte Katja mir auch gleich darauf mit.

Ach, hieß es erneut, nun jedoch mit geglätteter Stirn.

Ich ließ meine Hand nach ihrem Unterarm tasten und schließlich auf ihm liegen, Katja schob ihre Hand auf meine, ich dachte schon, um sie fortzuscheuchen, aber sie wurde gedrückt, herzlich gedrückt.

Die Toilettenspülung hallte nach draußen, ich hörte die Absatzschuhe den Flur entlangklacken, ein rasches und ebenso entschlossenes Kommen. Katja und Tante Laura zogen sich bald in die Abseite zurück, die Kinder und ich setzten unser Rommé-Spiel fort, mir klebte das Glück unaufhörlich an den Händen, ich konnte nichts dafür.

Am nächsten Morgen war die Gardine am Fenster der Abseite bereits aufgezogen und Tante Lauras rotes Auto mitsamt den beiden Frauen fort, die lautlos das Grundstück verlassen haben mußten. Florian und ich kauften Brötchen, er entschied sich für Springdorn, weil der einfach besser sei als Kahl, wie mein Sohn mit Kennermiene sagte. Ich erntete wegen meines im Mundwinkel wippenden Zigarillos einen tadelnden Blick der Verkäuferin, die in hellgrauer Wickelschürze steckte.

Ich rauche kalt, meinte ich erklären zu müssen und versuchte, aufgeräumt zu klingen, was mir nicht gelang.

Rauchen ist Rauchen, schmetterte sie mir mit melodisch rollendem R über die Theke zu, während sie das Wechselgeld auf den Teller warf.

Sobald die Jungen nach dem Frühstück mißmutig davongezogen waren – Tante Laura fehlte ihnen, und mit mir allein wollten sie nicht den ganzen Tag zubringen –, nahm ich mir den Hafen vor, sah den Boddenkieker gerade auslaufen und auf das Kap zuhalten, das Weiß des langgestreckten Körpers verblaßte im Sonnenglast. Später lief Herr Jeske ein, den Motor abgestellt, hielt der Kahn gleichmäßig langsamer werdend exakt auf den Schlipp in der betonierten Bucht zu.

Indem ich den Wagen unter den Kahn schob und in den Schuppen bugsierte, richtete sich der Alte neben dem Eingang auf und schüttelte den Kopf. Wird immer schlimmer, sagte er, zwei kleine Zander – und drei Stunden hab ick schwer gearbeitet. Ach, wat säch ick. Seine rechte Hand, der der gewohnte Weg nicht auszutreiben war, öffnete beflissen die Cordjacke, strich die Kunstlederweste beiseite und nestelte in der Brusttasche des karierten Hemdes, kam jedoch unverrichteter Dinge zurück. Am linken Handgelenk blinkte eine Armbanduhr. – Ein bißchen mehr als drei Stunden sogar, verbesserte er mit Blick auf die Zeiger, ohne ein Wort über das Schicksal seines silbernen Prachtstücks zu verlieren.

Ahnte der Alte, in wessen Hände er sein Erbe gelegt hatte?

Jeske verstaute die Fische auf seinem Gepäckträger, er gab das Tempo an: Wie immer nahm er den kleinen, vom Regen ausgewaschenen Sandweg, der neben dem Haus Helgoland anstieg, wo man das Frühstück längst beendet und das Mittagessen noch nicht in Angriff genommen hatte. Die Kellner und Serviererinnen – sämtlich Saisonkräfte, ab Oktober gab's hier an der Küste kaum Arbeit – suchten sich einen Platz auf der Bank, sie rauchten und streckten der Sonne das Gesicht entgegen. Ich folgte Jeske und mußte mich wieder anstrengen, um mithalten zu können.

Weil mir ohne meine Familie nichts weiter einfiel, übernahm ich Jeskes Fische, stellte mich mit freiem Oberkörper an den Tisch, preßte dem ersten Zander meine Finger in die dunkelroten Kiemen und begann zu schaben. Sofort glitzerte von den Schuppen mein ganzer Körper, der nun nach Fisch roch, die Fliegen umkreisten mich und setzten sich wie ein zuckender grüner Pelz auf die über die Platte verstreuten Eingeweide. Das Messer trennte mit einer kräftigen Bewegung den Kopf vom Körper, das

Zandermaul öffnete sich in dem Augenblick, da die Wirbel mit einem leisen Knacken auseinandersprangen.

Ich döste nachher im Schatten, ging ins Haus, um einen Schnaps zu kippen, sprang erneut in die Laube und blieb eine ganze Weile drin; ich setzte mich gleich an den Kühlschrank, damit ich die Flasche Wodka griffbereit hatte. Mit den Kindern aß ich den einen Fisch, Jeskes Zander, freilich mußte mit reichlich Gemüse gestreckt werden.

Was ich an diesem Tag unternahm, weiß ich nicht mehr, nur noch, daß ich mehrmals dachte, die beiden Frauen ließen aber schamlos lange auf sich warten: gegen elf, als niemand mehr Karten spielen wollte, Robert lustlos zusammenzählte und das Ergebnis gar nicht verkündete, weil es immer bloß einen Sieger gab, dann um Mitternacht, da ich nach einem weiteren Blick zum dunklen Fenster der Abseite ins Bett sank, und später, vielleicht gegen zwei, während es Sturm klopfte, wenn es das gibt.

Florian hatte Tage zuvor vom Parkplatz Sieben Linden erzählt, an dem man vorbeikommt, sobald man mit dem Fahrrad über den Plattenweg zum Leuchtturm fährt, Sieben Linden, obwohl in dem alten Wald dort keine Linden zu sehen sind. Das ist der richtige Ort für ein Geheimnis, wie das klingt, hatte er geraunt, das klingt verschwiegen und abgelegen, wo man was vergraben kann, im Mondschein, einen Schatz vielleicht, oder sich heimlich mit jemandem trifft.

Seine Worte waren ein Orakel, wir ahnten's nicht mal. Vom Parkplatz führt ein kurzer, kaum befestigter, leicht ansteigender Weg auf die Asphaltstraße, die hier gerade, ausgesprochen gerade vorbeiläuft. Um einen der Straßenbäume an der Zufahrt hatte sich Tante Lauras Auto mit all seinem Blech geschlungen, über das es verfügte, und seinen Motor mitten hineingerammt. Ich sah Tage danach die Fotos und schaute mir auch die mit roten Lackplättchen gesprenkelte Stelle im entrindeten, hellen Holz an, die einem im Grunde nichts sagte, wenn man nicht wußte, was passiert war. Ich lief um den Baum herum – ein Baum wie jeder andere an dieser Straße.

Ich war zu aufgeregt, der Alte brachte uns, nachdem er geklopft hatte, ins Krankenhaus der Kreisstadt, ständig mußte er die gleichen Sätze sagen: Ich weiß weiter nichts, wirklich nicht. Sie haben nur angerufen und nach Ihnen gefragt. Was weiß ich, wie man auf Sie gekommen ist.

Ich hatte ein frisches Zigarillo angesteckt und die Luft im Wagen derart blau gemacht, daß Jeske den Rauch von seinen Augen wegwedeln mußte, schließlich das Fenster herunterkurbelte, ich steckte ein weiteres an, warf den Stummel im Krankenhaus in eine Ecke, um nie wieder eins in den Mund zu nehmen. Der Geruch der zimtbraunen Zigarillos, der mir nicht oft genug in der Nase stehen konnte, verursachte mir fortan Übelkeit, die halbvolle Blechschachtel wanderte in irgendeinen Abfalleimer.

Im Flur, in dem noch Licht brannte wie in weiten Teilen des übrigen Gebäudes, obwohl der Tag allmählich aufzog, durfte ich meinen Arm um Florian legen, der sich mit den Handrücken die Augen wischte und dessen Körper von Erschütterungen erfaßt wurde. Robert dagegen schüttelte meinen Arm ab, riß sich los, einem Tier gleich, das man einfangen will, und stand sehr aufrecht neben mir: ein Abbild seiner Mutter. Warum begriff ich's erst jetzt. Der Unfall hatte im Krankenhaus für Aufsehen gesorgt, soviel passiert in einer Nacht in dieser abgelegenen Gegend nicht. Wir kamen schnell auf die richtige Station, zum zuständigen Arzt, der sagte: Henny, Katja Henny, ja, der Unfall bei Sieben Linden.

Sagen Sie mir, wie's um meine Frau steht.

Nehmen Sie Platz, meinte er.

Was ist mit meiner Frau, rief ich und blieb hartnäckig neben dem Stuhl, freilich mit weichen Knien, die Arme vor der Brust verschränkt und flankiert von meinen Söhnen. Meine Frau, schrie ich. Ich schrie: Wo ist meine Frau, nun rücken Sie schon mit der Sprache raus.

Beruhigen Sie sich. Er holte tief Luft, um fortzufahren: Man kann nicht viel sagen, sie hatte Gehirnblutungen, wir mußten operieren. Koma, Frau Henny liegt jetzt im Koma.

Es glich einem Urteil, die dicken Lippen des Richters leuchteten rot, während über sie das Wort Koma schlüpfte. Er trug unter dem Baumwollkittel ein hellblaues Hemd, auf der Brust hing ein Schild mit seinem Namen, den ich las und erneut las und mir doch nicht merken konnte. Der Mann strich sich durch sein kurzes graues Haar, das sich sofort wieder aufrichtete. Glück, meinte der Richter, sie können mir glauben, sie hatte Glück.

Katja lag in einem Einzelzimmer, das Bett wurde von allerlei Ständern mit herabhängenden Gerätschaften und Behältern umrahmt, ein Monitor am Kopfende flackerte. Es roch nach Medizin, ich suchte nach dem Geruch meiner Frau, deren Kopf ein Verband verhüllte, über den sich ein weißes dünnes Gewebe zog, das an einen Strumpf denken ließ. Dennoch bemerkte ich, daß die Haare geschoren waren, ein schwarzer, feucht anmutender Schimmer lag wie Schweiß auf der Haut. Die verwirrenden, farbigen Kabel und Schläuche, die eine Verbindung zwischen ihrem Körper und den Apparaturen herstellten, hoben und senkten sich in jenem gleichmäßigen Rhythmus, in dem sich ihr Brustkorb bewegte. Sie atmet, wenigstens das, dachte ich, wer atmet lebt. Mir fielen die eingefallenen, gelbbraunen Wangen auf sowie die Lider, die zuckend auf den Augen lagen und nicht auf uns reagierten, sondern auf die Sprache ihres Inneren, die wir nicht einmal ahnen konnten. Ich ließ den Kindern den Vortritt, die sich zögernd und auf Zehenspitzen dem Bett näherten, als bestünde die Gefahr, daß sie ihre Mutter wecken könnten. Sie flüsterten sich etwas zu, dessen Sinn mir verborgen blieb. Das

Bett war viel zu groß für Katja, warum hatte man dieses gewaltige Bett ausgesucht, in dem jeder verloren wirken mußte. Oder gab es in diesem Haus keine normalen Betten, was war das für ein Haus, in dem man im Zustand äußerster Wehrlosigkeit in zu groß gezimmerte Betten getan wird. Lag sie hier überhaupt am richtigen Ort, und was war das für ein Personal, das so unglaubliche Fehler machte? Es dauerte eine Weile, in der wir drei regungslos vor Katja standen, bis mir auffiel, sie erschien geradezu körperlich reduziert, nicht daß etwas fehlte, ich war sicher, Beine, Arme und Schultern und Kopf, alles vollständig und an der richtigen Stelle vor mir zu haben, freilich überall um ein bestimmtes Maß geschrumpft. Merkten es die Kinder auch?

Auf dem Flur stellte sich der Arzt neben uns ans Fenster, das auf die Boddenseite hinauslief, den man in der Ferne ausmachen konnte. Das Licht des längst erwachenden Tages verlor sein eintöniges Grau und erhielt mit der Sonne kräftig Farbe.

Koma, sagte ich und kam nicht weiter. Mir fielen die Worte nicht ein, als seien sie auf dem Weg zwischen Hirn und Lippen irgendwo hängengeblieben. Wollte ich überhaupt etwas fragen?

Schlaf, die Griechen nannten diesen Zustand tiefen Schlaf, der morgen endet oder in zehn Jahren oder aber nie mehr. Man kann nichts Genaues sagen, Herr Henny.

Ich blieb mit meinem Blick draußen, auf gesichertem Terrain. Auf dem Bodden kannte ich mich aus, es gab kaum eine Bucht, in der wir nicht mit Jeskes Kahn gestanden hatten, und wir hatten jedes Wetter erlebt, das man nur haben kann; glattes, völlig glattes Wasser, aus dem schmerzhaft für die Augen und den ganzen Körper die Sonne herausschlug; Regen, den wir kauernd zwischen den Sitzbrettern unter einer Plane ertrugen, auf die das Wasser goß, wir hatten den Eindruck, jemand schüttete fortdauernd einen Eimer nach dem anderen darüber aus, ich wurde so naß, daß Katja oben auf dem Grundstück alle meine Kleidungsstücke zum Trocknen auf die Leine hängen mußte und den Badeofen anheizte, damit ich zum Aufwärmen in die Wanne steigen konnte; Sturm mit mannshohen Wellen, die uns weit draußen überraschten und die man nur auf dem Meer vermutete, ich schöpfte mit einer Büchse Wasser aus dem Kahn, während Jeske in dem Auf und Ab den Motor anzuwerfen versuchte, was ihm schließlich gelang, das Boot jedoch scheinbar gar nicht vom Fleck brachte, daß wir meinten, der Anker sei nicht gelichtet.

Ich hörte Stimmen wie durchs Telefon, in denen ich die meiner Kinder erkannte. Und Tante Laura, wo ist Tante Laura, fragte die helle Stimme. Von ihr sagen Sie gar nichts. Eben, schloß sich die andere an, was ist mit Tante Laura?

II

Wilmersdorf zählt zu den nobelsten Stadtbezirken Berlins; gerahmt von Schöneberg, Steglitz, von Dahlem und Charlottenburg, gehört er, wie alle genannten, zum Westen der Stadt. Ich bin in den letzten Jahren oft durchgefahren, ohne in dieser Gegend nennenswert zu tun gehabt zu haben, wo ich, um genau zu sein, nur zwei Häuser verkauft habe, was schade ist. Die Produkte meiner Firma kann ich wirklich empfehlen, sie sind solide, machen, obwohl sie relativ preiswert sind, was her und man kann sich in ihnen wohlfühlen. Bei uns sind Klagen selten.

Alles in allem brauchte ich mit der S-Bahn eine halbe Stunde nach Wilmersdorf – mein Auto hatte ich zur Reparatur geben müssen –, und was bedeutet eine Fahrtzeit von einer halben Stunde für diese Stadt.

Die Termine an diesem Tag hatte ich bereits hinter mir, bis auf ein Treffen mit einem Bauherrn am Abend, da ich am späten Nachmittag mit der S-Bahn auf dem Ring bis Heidelberger Platz ratterte, die Stufen vom kleinen, tadellos restaurierten Bahnhof nach oben auf die Mecklenburgische Straße nahm, über die der Verkehr dahindonnerte, dem ich mich linker Hand anschloß, freilich auf dem Trottoir, wo ich mich fast allein wiederfand. Ich umklammerte meinen Blumenstrauß – neun hellgelbe und violette, langstielige Schwertlilien – derart, als hielte ich mich an ihnen fest, sobald der riesige Gebäudekomplex des Krankenhauses zwischen den vom Staub des Sommers kalkgrauen Blättern der Bäume auftauchte, die im leichten Wind flatterten.

Ich hatte meine Frau hierher verlegen lassen, mit Hilfe unserer Versicherung ging das so reibungslos, wie es das Werbeblatt versprach, das man mir im Krankenhaus an der See in die Hand drückte. Ich mußte mich im Grunde um nichts kümmern, bis zum Schluß, bis der Hubschrauber mit betäubendem Lärm abhob. Er gewann sehr schnell an Höhe und zog einen weiten Bogen am Saum des Boddens entlang, es hatte den Anschein, man beabsichtige, ihr, Katja, noch einen furiosen Ausblick zu gewähren, bevor es nach Berlin ging. Ich wollte sie in meiner Nähe haben, aber es war mehr, als diese Worte meinen, der unerbittliche Richter mit den wulstigen roten Lippen, dessen Namen ich mir nicht einprägen konnte, hatte mir am Flurfenster erklärt, was es mit dem Koma auf sich hat. Die Krankheit mag noch so mysteriös erscheinen, sagte er gegen die Glasscheibe, hinter der sich in der Ferne das Gewässer ausbreitete, sicher ist auf jeden Fall, daß der Patient auf Zuwendung reagiert. Ihre Frau zeigt's nicht, sie ist nicht in der Lage, es Ihnen zu zeigen, doch Ihre Stimme dringt zu ihr durch. Sprechen Sie auf sie ein, erzählen Sie ihr auch, was sie schon kennt, sie muß sich an ihre frühere Welt erinnern. Wer sich erinnert, weiß, wer er ist und woher er kommt. Er kann auch immer wieder einen Weg finden, auf dem er zurückkehrt.

Er schaute andauernd nach draußen, schwieg und steckte beide Hände in die Hosentaschen. Sie werden ja sehen, sagte er mit gelassener Eindringlichkeit, versprechen Sie sich aber nichts.

Der junge Mann an der Theke im Eingang, der linkisch den Computer befragte und dabei seine fettigen Haare aus der Stirn wischte, verwies mich unerwartet routiniert in den dritten Stock, Katjas Zimmer trug die Nummer 314. Der Raum, den ich mit Schutzkittel und Schuhschonern zu betreten hatte, war durch einen Sichtschirm geteilt, im vorderen Bereich erkannte ich trotz des Verbandes und der verwirrenden Anhäufung von Apparaturen, des ebenso flimmernden wie fiependen Monitors sofort meine Frau, den schwarzen Film, der sich über ihre Kopfhaut zog. Waren ihre Haare nicht schon ein klein wenig gewachsen? Die Krankenschwester, eine dickliche Person, hantierte an einem Behälter, der am Kopfende des Bettes an einem Gestell hing, richtete den Schlauch, der zum Arm von Katja verlief und in ihm verschwand. Ich mußte mich vom Blumenstrauß trennen, streckte ihn nach kurzem Gruß der Schwester entgegen, die mich schulterzuckend und mit herablassendem Lächeln ansah, aber dennoch hinausschlenderte und schließlich mit einer Vase zurückkehrte. Bitte schön, sagte sie mit jenem Akzent, der sie unverkennbar als Ausländerin auswies, ich tippte auf Türkin. Erst da ich die Schwertlilien in der Vase auf Katjas Nachtschrank zurechtzupfte, verstand ich die Schwester. Wem denn, wem sollten meine Blumen das Herz erwärmen?

Ich spürte den Geruch meiner Frau, wahrscheinlich täuschte ich mich, doch für einen Moment, nachdem ich mich zu Katja auf die Bettkante gesetzt und zu ihr hinabgebeugt hatte, glaubte ich, es röche nach geronnener Milch und nach Moschus. Und plötzlich war nichts geschehen, zumindest nichts von Belang. Meine Frau lag neben mir wie sonst auch, die paar Strippen und Geräte übersah ich und tupfte behutsam mit Zeige- und Mittelfinger über ihre zuckenden Augenlider, strich gegen die Wuchsrichtung der Brauen, um sie aufzurichten, fuhr über ihr immer noch bräunliches Gesicht. Die Haut erinnerte an Pergamentpapier, das sich zum Bersten straff über die Knochen spannte und dabei so dünn wurde, daß es scheinbar den Blick ins Innere erlaubte. Was hätte ich darum gegeben, zu sehen, was darin vorging. Hatte sie mich erkannt, an meiner Stimme oder an der Art, wie ich mich setze, an der Nähe meines Körpers, an dessen Wärme? Oder blieb ich Katja fremd? Die Blumen, fiel mir ein, welche Frau vergißt schon ihre Hochzeitsblumen. Also sagte ich: Schwertlilien, ich hab dir einen Strauß gelber und violetter Schwertlilien mitgebracht, sie machen sich prächtig neben dir. Ich grüßte möglichst unbefangen von den beiden Kindern und verschwieg, daß Florian nicht mehr reden konnte, daß er, von der Stunde an, zu der wir von der Ostsee zurückgekehrt, in unseren heimischen vier Wänden waren, kein Wort mehr über die Lippen brachte. Er verstand Robert und mich, sprach aber höchstens mit den Fliegen, die bei dieser Hitze die von der Decke herabhängende Lampe stereotyp umkreisten.

Wir kommen zurecht, wirklich, sagte ich und versprach, die Jungen demnächst mitzubringen, sie haben ja Ferien, Katja, und jede Menge Zeit, von Hausaufgaben ist keine Rede. Während ich zu erzählen begann – und ich wußte genau, wo ich anzufangen hatte –, versuchte ich mir vorzustellen, was mit meinen Sätzen geschah, die, ein beharrlich fortdauernder Wortfluß, über Ohren und Poren der Haut, vielleicht auch mit ihrem Atem in sie eindrangen. Ich stellte mir meine Worte als Ablagerungen in einem Meer vor, als Sedimentbrocken, die, nachdem sie hineingefallen und langsam gesunken waren, sich auf dem unübersichtlichen Grund verlieren und, wenn überhaupt, erst dann bemerkt werden, sobald sie sich wie ein Fels durch die Wasseroberfläche schieben. Ich erzählte von einer Musik, die aus dem Nebenzimmer über meine Schulhefte schallte, hartpeitschender Rock 'n' Roll, der mir seltsam wie ein Fremdkörper vorkam, mich provozierte und eine passende Antwort erhalten mußte. Ich schnippte meinen Füller aufs Papier und drückte die Tasten vom immer bereitstehenden Tonbandgerät. Die mich wie in einem gewaltigen Strom mitreißenden Rolling Stones hatten einen Sänger namens Bill Haley zu übertönen, die dramatischen Doors waren einzig dazu da, gegen Elvis Presley anzutreten, Led Zeppelin, vor Kraft strotzend, laut, heftig und dennoch von unerhörter Zärtlichkeit, nahm es mit Chuck Berry auf, Jimi Hendrix sang mit rauchig-tiefer Stimme und spielte virtuos zielstrebig gegen Little Richard an. Ich hielt Jethro Tull und Simon and Garfunkel für alle Fälle bereit.

So oft die Rock-'n'-Roll-Klänge raumgreifend eindrangen – der Plattenspieler der Frau, die sich vor kurzem in Vaters Zimmer eingenistet hatte, in dem nach seinem Tod niemand mehr wohnte, stand gegen mein Tonbandgerät auf verlorenem Posten. Die Wände und Dielen vibrierten, so daß das Zimmer keine festen Konturen mehr besaß, die Längen- und Breitenausdehnungen begannen in nervösen Zyklen zu schwanken, die Höhe wuchs und wuchs und stürzte wieder in sich zusammen – konnte ich noch meine Gedanken zusammenhalten?

Püppi ziehe zu uns, dann sind wir nicht mehr allein, hatte Mutter vor einigen Tagen verkündet, nachdem sie aus der Redaktion gekommen war, wo sie als Korrektorin arbeitete. Wir gingen in Vaters Zimmer, das unmittelbar neben der Tür zum Hausflur lag, so daß man bemerkte, wenn jemand die Wohnung betrat oder verließ. Vater hatte nicht oft im ehelichen Schlafzimmer, sondern auf seiner Liege übernachtet, ich hörte ihn durch die Wand hindurch schnarchen. Mutter lief die Dielen ab, vier, fünf Schritte bis zum Fenster, das auf die lärmende Boxhagener wies, die sich parallel zur Frankfurter Allee hinzieht, und die gleiche Anzahl Schritte wieder zurück, setzte sich auf Vaters Stuhl am Schreibtisch, die aufgestützten Ellbogen hielten den Kopf, und starrte ausdauernd an die weiße Wand, zeichneten sich dort Bilder ab?

Die Püppi? Aber Martin, Püppi ist meine Schwester, Laura natürlich, Tante Laura, wer denn sonst, die hast du kennengelernt, vor ein paar Jahren in deinen Ferien.

Ich erinnerte mich vage an eine junge Frau, die in einem Haus in der Nähe der verschlafenen Stadt im Spreewald wohnte, an Langeweile auf Spaziergängen durch glutheiße Straßen, an Gekicher zwischen den beiden Frauen. Mutters Schwester zog es nach Berlin, und sie brauchte eine Bleibe, um hier arbeiten zu können; das Gesetz für das östliche Berlin lautete damals: ohne Wohnung keine Arbeit und umgekehrt. Sie ging am zeitigen Nachmittag, bald nachdem sie aufgestanden war, in eine Gaststätte kellnern und kam spät in der Nacht zurück. Bei uns roch es seit ihrem Einzug nach einem Gemisch aus Tabakqualm, Essen und Bratfett, ein Geruch, der unausrottbar in alle Zimmer gekrochen war, sich in Tapeten und Möbel einnistete, in Teppiche und Kleider, ja hatten wir nicht schon selbst diesen Gestank angenommen? In der Schule ertappte ich mich dabei, daß ich beim Schreiben die Nase an den Ärmel meines Hemdes hielt und unauffällig den Blick meiner Nachbarn suchte. Ohne es mir ausdrücklich vorzunehmen, hielt ich Abstand zu meinen Mitschülern. Im Badezimmer befand sich die Quelle dieser Gerüche, wo über der Wanne Wäsche zum Trocknen hing, die trotz des Waschens nie aufhörte, den üblen Kneipenbrodem zu verströmen, die seidenen schwarzen Strümpfe, durch die ich scheu meine Hände streichen ließ, es war, als spielte ich in einem munterfließenden Bach mit Wasser. Von der Leine sanken en gros schwarze Höschen herab, deren feine Wölbungen mein Blick nachzeichnete, sich darin verfing und weigerte, woandershin zu wollen. Schließlich entdeckte ich ein Kleidungsstück, ich kannte den Namen für den Hauch aus elastischem Stoff mit Spitzenbesatz nicht, sagte man Leibchen dazu? Ich hatte zur letzten Generation der männlichen Leibchenträger gehört, die Gummibänder mit den Schnallen für Strümpfe wanden sich immer dick und hellbraun über meine Beine. Mitunter lösten sich die Strümpfe, sie rollten zu dicken Wülsten auf die Schuhe hinunter und darüber hinaus bis zu den Sohlen und schleiften auf den Wegen, Huckel unter den Schuhen bildend, und die Bänder und Schnallen, Strapse, fiel mir ein, Strapse nannte man das, schlenkerten zwischen meinen Schenkeln. Ich mochte gar nicht zu Ende denken, woran die erinnerten. Meine Mutter gewährte mir keine Chance, sie zeigte sich gnadenlos, ich mußte dieses hautfarbene Leibchen umbinden, bis ich, wie sie sagte, herausgewachsen sei. Alles, ich gab alles darum, schnell erwachsen zu sein oder wenigstens größer als jetzt, um diesem beschämenden Zustand, dem Status des Kindes, zu entgehen. Meine Nachbarin also, die Leibchenträgerin, wie mochte sie darin aussehen?

Tante Lauras Gaststätte hatte mittwochs Ruhetag; nebenan hörte ich nichts, kein Rumoren, kein Rock-'n'-Roll-Klang tönte herüber, sie feierte schlafend mit ihrer Gaststätte den einen freien Tag in der Woche. Während ich über den Hausarbeiten saß, klopfte sie an meiner Tür – seit wann klopfte man bei mir? –, wartete auf meinen Ruf, stand aber sofort mitten im Zimmer und suchte sich als einzig möglichen Platz mein Bett, auf das sie rücklings sank, die Beine, die in Jeans steckten, ließ sie spielerisch in der Luft wirbeln. Sie trug einen dünnen Pullover, deren Ärmel die Hände bis zum Ansatz der Finger verhüllte.

Warum höre ich heute keine Musik, fragte sie.

Nicht nötig, ich höre ja keine von dir, lautete meine Erwiderung.

Tante Laura warf ihre Stirn in Falten und zog ihre linke Augenbraue auf eine Weise hoch, für die ich später das Wort unnachahmlich fand. Tante Laura verlangte Ten Years After von mir. Was für eine lächerlich einfache Aufgabe, Ten Years After gehörte zu meinem täglichen Programm wie der Gang zur Straßenbahn, um in die Schule zu fahren, wie das Zählen der Stationen bis zum Ausstieg, der Schritte bis zur Schule. Ich wandte mich meinem Tonband zu, konnte sofort mit dem Gitarrenteppich von *I'm Going Home* aufwarten, ich stellte lauter, die Wände und Dielen begannen augenblicklich zu vibrieren. Seit wann kannte jemand aus ihrer Generation Ten Years After? Für meine Mutter war diese Musik nur Lärm, mein Vater hatte sie nie erlebt, ich bin mir nicht sicher, wie er reagiert hätte, er kannte sich in der Musik aus, war schließlich Pianist, beherrschte die landläufige Klassik, hatte das Klavierspiel aber an den Nagel gehängt. Tante Laura, was hatte jemand, der ausschließlich Rock 'n' Roll hörte, mit meiner Musik zu schaffen?

Sie schleuderte ihre blonden lockigen Haare auf den Rücken, zupfte mit spitzen Fingern eine Zigarette aus der Schachtel und steckte sie an, nachdem sie mich kurz taxiert hatte. – Verpetz mich bloß nicht, ja? sagte sie und öffnete das Fenster einen Spaltbreit. Deine Mutter hat was dagegen, dabei hat dein Vater doch auch geraucht.

Pfeife, immer nur Pfeife, und das in seinem Schuppen, hier oben nie.

Sie spitzte ihre vollen Lippen, um mir den Rauch entgegenzublasen, der mich wenige Augenblicke später wie eine hellgraue Glocke umhüllte, durch die ihre Stimme dennoch deutlich drang: Na ja, der Rauch ist der gleiche, oder nicht?

Schon, sagte ich. Aber ich kenne bloß Zigaretten.

Sie schlug sich mit der flachen Hand gegen die Stirn. Natürlich, hab ich ganz vergessen, sagte sie, um mir die Schachtel zu reichen, zu der ich so selbstverständlich langte, als wär's zu meinem Tonbandgerät. Tante Laura schleuderte mir eine Schachtel Streichhölzer gegen die Brust, ich zündete meine Zigarette an, an der ich souverän zog und die ich ebenso hielt, dann lässig die Asche auf ein aus dem Abfallkorb gezogenes Blatt Papier abklopfend, was ich meinem Besuch abguckte. Ich versiegelte mir mit verkniffenen Lippen den Mund, um das Husten zu unterdrücken, der Qualm meiner ersten Zigarette sickerte mir bis ins Gedärm, stieg ins Hirn und ließ meine Gedanken wirr tanzen. Tante Laura fragte nach Vaters Schreibtisch, nach dem schwarzen klobigen Ding, das ihr das Zimmer zur Hälfte zustelle, eine Zumutung das, mußte ich hören, und ob ich, weil ich schließlich der Erbe sei und der Tisch möglicherweise für mich wichtig, ob ich also was dagegen einwenden würde, wenn der verschwände. Ich sagte nichts, kein brauchbares Wort wollte mir gelingen; ich schüttelte nur einfältig meinen Kopf, sorgsam darauf achtend, meine Haltung nicht zu verlieren.

An einem der nächsten Tage wuchteten die beiden Frauen den Schreibtisch meines Vaters über die knarrenden Holztreppen durchs Haus, an den drängelnden Mitmietern vorbei, von Treppenabsatz zu Treppenabsatz hinunter auf den Hof: Mutter in Kittelschürze gebückt voran, die den Schreibtisch in ihrem Rücken festklammerte, Laura aufrecht, das Möbelstück an ihrem Bauch scheuernd. Mein Gesicht nah am Fenster, beschlug das Glas vom Atem, ich sah die beiden Frauen über den Hof schlurfen und im Schatten der Pappeln im Schuppen verschwinden, wo neben der Werkbank Vaters Klavier stand, dessen Deckel niemand mehr aufklappte.

Über die Kante der gewaltigen Platte des Schreibtischs lief ein Muster, das aus einem immer wiederkehrenden Palmenmotiv bestand, es tauchte in den gedrechselten Füßen und bedeutend vergrößert in den zwei Türen erneut auf, von denen es reliefartig hervorragte, gerahmt von einer Leiste, über die ich als Kind mit den Fingern gefahren war. Ich hatte Sonntag vormittags auf einem alten Kontorstuhl an diesem Schreibtisch gesessen und überlegt, was ich malen sollte. Vater streckte sich in seinem Ohrensessel aus und las in jener Zeitung, die Mutter korrigiert hatte, er fragte gegen die weiße Wand des aufgeschlagenen Papiers: Na, keine Idee?

Ich mußte gar nicht auf die Türen blicken, um mir Palmen vorzunehmen. Beim Malen erkundigte ich mich nach dem Klavier unten im Schuppen.

Was, fragte Vater und sank hinter seiner Zeitung tiefer in den Sessel.

Das Klavier, sagte ich, warum spielst du nicht mehr? – An Sommerabenden waren früher manchmal durch die offenen Fenster nie gehörte Töne aus dem Schuppen aufgestiegen.

Ist zu lange her, sagte er.

Warum versuchst du's nicht noch mal. Ich male ja auch.

Er lachte laut, daß die Zeitung wackelte. Malen kommt aber leise daher, sagte er und dann: Das Klavierspiel ist nicht jedermanns Sache. Muß ja auch nicht, gibt andere schöne Dinge auf der Welt, man kann beispielsweise den Fernseher einschalten und gut ist's. Außerdem habe ich verlernt, wie es geht.

Er hatte seinen Beruf aufgegeben, weil er meinte, seinen eigenen Ansprüchen nicht zu genügen. Doch weshalb spielte er nicht oben, sozusagen für den Hausgebrauch?

Im Schuppen schlugen die Frauen mit Äxten emsig Wände aus dem Schreibtisch heraus, trennten Füße ab, brachten die Platte zum Splittern und alles auf jene Größe, die sich für den Kachelofen eignete. Mit jedem dieser mit beharrlicher Unerbittlichkeit geführten Schläge verlor ich etwas, wofür ich keinen Namen wußte.

Während ich Katjas Kopf in den Arm nahm, sorgfältig darauf bedacht, keinen der in meiner Frau verschwindenden Schläuche zu stören, und ihren Körper in sanftem Rhythmus wiegte, versprach ich, bald wiederzukommen, strich ihr zum Abschied über die zuckenden Lider und erhob mich. Im Hinausgehen richtete ich die Schwertlilien in der Vase aus, bis ich zufrieden sein konnte, und blickte mich fragend nach Katja um, trat dann ohne zu winken auf den Flur.

Mit dem Verkauf des jeweiligen Hauses ist meine Arbeit eigentlich abgeschlossen, alles andere, die Innengestaltung und die Anlage des Gartens, liegt einzig in der Hand des Bauherrn. Aber wenn ich Unsicherheiten bei ihm spüre, trete ich auf den Plan, ich rate zu ungewöhnlichen Lösungen, besser gesagt, zu Lösungen, die nicht gerade dem gängigen Trend zuzurechnen sind und empfehle Individualität. Das überzeugt jedesmal. Es gibt keinen Grund, nicht exotische Motive zu erwägen bei der Gestaltung von Paneelen und Bordüren in Küchen, Bädern, in Fluren und Kellern. Ja, warum nicht Palmen, fällt mir oft genug zu sagen ein. Natürlich liegt die Gefahr der Platitüde oder gar des Kitsches nahe, das ist nicht zu leugnen, doch hängt es nicht immer davon ab, wie sich der bauliche Kontext darstellt und vor allem wie geistig unabhängig die Eigentümer sind, um dem zu entgehen? Ob Tante Laura sich damals zu Palmen in ihrem Haus entschlossen hätte, gesetzt den Fall, sie wäre zu einem gekommen? Ich bin sicher, sie, nicht Herr Wegner, ihr Mann, hätte die Entscheidung gefällt, obwohl selbst er, der eine staatstragende Mission erfüllte, geglaubt hätte, er habe sich durchgesetzt – ein wahres Kunststück, das alle Frauen beherrschen.

Am Abend rief Katjas Vater an. Ich hatte ihn sofort informiert, noch an der Ostsee. Er zeigte sich gefaßt und wollte morgen oder übermorgen ins Krankenhaus fahren, um, so sagte er, von seiner Tochter Abschied zu nehmen.

Ich konnte ihn mir auf der anderen Seite der Leitung vorstellen, wie er den Knoten seiner Krawatte zurechtrückte, die zu straff saß. Ich kannte ihn nicht anders als mit gestreifter Krawatte. Der Vater meiner Frau wartete einen Atemzug lang, bevor er weitersprach. Er wollte wissen, ob nur die unmittelbaren Verwandten Zutritt hätten, Katjas Mutter war schon vor einiger Zeit verstorben, er hatte wieder geheiratet und plante, seine neue Frau mitzubringen. Wir sahen uns sonst zu den Feiertagen, seitdem die Enkel größer waren, immer seltener. Ich sagte, daß ich es nicht genau wüßte, ich allerdings nirgends meinen Ausweis vorzeigen mußte.

Meine Antwort beruhigte ihn, er fragte, wie ich mit den Kindern zurechtkäme und ob ich irgend etwas brauche, versprach, mich zu besuchen und legte auf.

Ich kam spät von einer Baustelle, die Paretzer Straße lag bereits still, vor dem Eingang zum Krankenhaus reihte sich auf beiden Seiten Auto an Auto. An dem jungen Mann an der Information eilte ich grußlos vorüber, betrat den Fahrstuhl, drückte auf der vertikalen Leiste von den fünf vorhandenen Zahlen die Drei. Ich hätte diesen Weg, als wäre ich ihn bereits sehr oft gegangen, mit geschlossenen Augen zurücklegen können: Von dem mit einem deutlichen Ruck haltenden Fahrstuhl ging's in den flachen, schmalen Flur, der eine Linkskurve beschreibt, dann weiter geradeaus bis zur Schleuse.

Hinter der Tür hinten rechts, bevor ein anderer Gebäudekomplex beginnt, liegt Katja. Die Nummer auf dem Türblatt mußte ich gar nicht lesen, ich wußte, daß es die 314 war. Die Ärztin hatte einen ungewöhnlich festen Händedruck. Sie sei, rief sie, gemeinsam mit ihren Kollegen für die Intensivstation zuständig, also auch für meine Frau. Für die Dauer ihres Aufenthalts, fügte sie hinzu. Ihr Blick unter den stark getuschten Wimpern heftete sich an meinen. Wenn ich Fragen hätte, begann sie den Satz, ohne ihn fortzusetzen, und steckte ihre Hände in die Kitteltaschen. Ich traf sie danach noch ein paarmal, ohne mit ihr nennenswert ins Gespräch gekommen zu sein.

Katja befand sich allein im Zimmer. Im hinteren Teil, der von dem Sichtschirm abgetrennt wurde, vermutete ich eine weitere Patientin. Von ihr habe ich während der ganzen Zeit bis heute nie etwas bemerkt. Außer Atem setzte ich mich auf Katjas Bett und wischte mir mit dem Hemdsärmel den Schweiß von der Stirn, bevor ich mich zu ihr beugte, um ihr zur Begrüßung den Finger über die Augenbrauen zu führen, die Lider zuckten, war's ein Zeichen des Erkennens? Ich hatte schon Angst, nicht mehr eingelassen zu werden, wußte ich denn, ob sie hier irgendwann eine Tür absperren. Konnte man denn zu beliebiger Zeit dieses Haus betreten?

Ich hatte in diesem Zimmer auf den vertrauten Geruch meiner Frau gehofft, was ich aber die ganze Zeit über roch, war ausschließlich der Inhalt meiner Aktentasche. Ich ließ den Verschluß aufschnappen und förderte den Plastikbeutel zutage, der den unterwegs gekauften Döner enthielt. Das ganze Zimmer war erfüllt vom Geruch nach Fleisch, Zwiebeln und Knoblauch. Stört dich das? erkundigte ich mich, bei Knoblauch rümpfst du immer die Nase. Ich weiß gar nicht, ob Essen hier erlaubt ist, doch ich kam den ganzen Tag über nicht dazu. Ich lehnte mich gierig kauend zurück ans Bettgestell zu ihren Füßen, und während mich die beruhigende Gewißheit, satt zu werden, in jede Faser meines Körpers hinein erfüllte, begann ich mit der Frage: Wo war ich stehengeblieben?

Meinen Vater hatte ich gefunden, sagte ich, als ich ihn im Schuppen, wo wir auch unseren Wagen unterstellten, stolz mit meinem Schulaufsatz besuchte, den er unterschreiben sollte. Das Thema lautete: Wie stelle ich mir das Jahr 2000 vor. Wir liebten alle unsere Erde und fuhren dennoch zum Mond, aus Straßenkehricht konnte man Kupfer gewinnen, vielleicht sogar Gold, und: Niemand wurde mehr krank. Unter meine letzte Zeile hatte die Lehrerin eine Eins gesetzt, die rot wie ein Signal leuchtete. Mein Vater lag, nein, er hockte in sich zusammengesunken auf dem Boden, den lückenlos Biertulpen balancierende Berliner Bären bedeckten, über die man zum Klavier ebenso wie zum Schraubstock und den an den Seiten angebrachten Regalen gelangen konnte – ein Gehen auf Hunderten Berliner Bären, die Kronkorken zierten. Vater hatte sie in jahrelanger Arbeit in den Boden aus Holz und Steinsand getrieben und natürlich auch jede einzelne Bierflasche selbst ausgetrunken, jeden Tag mit schönem Regelmaß drei, kaum mehr. Deshalb mußte man ihn nicht Trinker nennen, wer das tut, hat keine Ahnung. Er hockte auf seinem Fußboden: die Augen aufgerissen, die Gesichtszüge erstarrt, seine rechte Hand krampfte über dem Herzen, als hätte sie den rasenden Muskel aus dem Brustkorb herausreißen wollen, um sich der Pein zu entledigen. Ich erschrak abgrundtief, wobei mir die dicht und mit Tinte beschriebenen Blätter meines Aufsatzes aus der Hand glitten. Ich wollte Hilfe holen, lief los, schlich dann aber zu meinem Vater zurück, um ihn nicht allein zu lassen, ich dachte, gemeinsam fällt es uns beiden leichter, meinem Vater und mir. Ich sank neben ihn auf den von Metall schimmernden Boden und wurde plötzlich ganz ruhig. Ich merkte, daß ich nichts mehr am Zustand meines Vaters ändern konnte, und wagte, ihn zu berühren, sein Gesicht strahlte schon keine Wärme mehr aus.

So schnell, sagte ich zu Katja, das geht so unglaublich schnell, und wartete auf etwas von ihr, vielleicht auf einen Augenaufschlag, auf ein Heben und Senken des Arms, mitsamt des daraus wachsenden Schlauchs, obwohl selbstverständlich nichts, wie ich sogleich wußte, absolut keine Reaktion von ihr ausgehen konnte.

Abend für Abend hatte sich Vater angezogen, fuhr ich fort. Er schlüpfte in den grauen Kittel, der in der Kammer neben dem Wohnzimmer hing, lief, als ginge er zur Arbeit nach Oberschöneweide ins Funkwerk Köpenick, wo er in der Verwaltung angestellt war, lief also runter in den Schuppen, nach dem Auto zu sehen, so sagte er, das er nur an den Wochenenden vom Hof kutschierte.

Du mit deinem Auto, meinte meine Mutter, es rollt auch, ohne daß du es ansiehst. Dabei wußte sie ganz genau, ich war sicher, daß er nicht nur des Wagens wegen mit sicherem Schritt dem Schuppen zustrebte. Vom Fenster aus sah ich ihn manchmal unter den Pappeln, sehr aufrecht und hager, die Hände steckten in den Taschen des Kittels, die schütteren Haare erhoben sich im Wind. Vater, der vor sich hin starrte, gab es auf, sie wieder zurechtzulegen. Der Tabakpfeife mit dem flachen Kopf entströmte in dichten Wolken Qualm, ab und an verschwand der Mann im Schuppen. Er trank nie im Freien, die Nachbarn, die wie selbstverständlich zu ihm stießen, widmeten sich ebenso im Inneren seines Schuppens ihren Flaschen, begutachteten sie dabei Vaters Klavier?

Biertrinker ziehen Biertrinker an, wahrscheinlich geht's nach dem sich ausbreitenden satten, von Alkohol angereicherten Dunst, der wie ein unwiderstehlicher Magnet wirken muß, oder dem vollklingenden, zischenden Geräusch, das beim Aufhebeln von Bierflaschen entsteht, was nichts anderes ist als ein Verständigungscode zwischen Gleichgesinnten. Ein Albtraum für jeden Bauherrn – und er ist nicht unbegründet – liegt in der Vorstellung, einer seiner Nachbarn eröffnet in der Garage eine Verkaufsstelle für Bier, die dann betrieben wird, wenn die Supermärkte geschlossen sind und den Männern von ihrer Familie Ausgang gewährt wird. Man glaubt gar nicht, wie viele Männer es hinaustreibt unter dem Vorwand, eine Kleinigkeit zu besorgen, Kinder auszuführen oder den Hund an die frische Luft zu bringen. An diesen improvisierten Kiosken bildet sich eine Traube von Bierflaschen haltenden, palavernden Männern, die, weil sie es gemütlich haben wollen, von passender Musik unter blinkenden Lichterketten berieselt werden.

Weder Stuhl noch Hocker hatte Vater angeschafft, er saß auf der Werkbank und zog aus den Schubfächern die Flaschen. Natürlich wischte er regelmäßig, vielleicht jeden Tag, mit dem Tuch über sein Klavier, damit es matt und ernst glänzte. Die Regale boten einen überwältigenden Anblick, vom Boden bis zur Decke leuchtete das tiefe Blau der Blechbüchsen aus den Westpaketen mit der schwungvollen weißen Aufschrift Nivea – ein Farbton, der wie ausgesucht zu dem Braun des Klaviers paßte. Die Büchsen hatte er randvoll mit immer den gleichen Kronkorken gefüllt, als wären sie ein bewahrenswerter Schatz. Meine Mutter rührte sie nicht an, auch nach seinem Tod nicht, wie sie den ganzen Schuppen mit einer Art Ehrfurcht behandelte, an der ihr sonst nimmermüder Drang nach Ordnung abprallte. Tante Laura waren die Kronkorken völlig egal, schnuppe, hätte sie gesagt, wenn man sie gefragt hätte, ist mir doch schnuppe das Zeug. An einem Nachmittag im Herbst, an dem ein schneidender Wind über den Hof fegte, lange nach Vaters Tod, suchte ich für mein Fahrrad nach einem Schraubenschlüssel. Ich hob den Deckel des eingestaubten Instruments und probierte eine Melodie, nichts Bestimmtes, nur ein bißchen Klimpern, ließ es aber wieder, weil sich die Töne nicht zueinander fügen wollten; sie hatten mir nie gehorcht. Ich stieß beim Kramen auf die Sammlung. Entschlossen leerte ich Büchse für Büchse in die mit Asche halb gefüllte Mülltonne am Schuppen auf dem Hof. Die Nivea-Büchsen trat ich bis auf einige, die ich heute noch in meinem Keller für Schrauben und Nägel benutze, platt, indem ich mit beiden Füßen kräftig daraufsprang. Ich schickte das zusammengedrückte Blech hinterher in das Gemisch aus Kronkorken und Asche, die durch den Wind in Schwaden herausgeblasen wurde und sich auf die Betonplatten, die Blätter der Pappeln senkte.

Ein Gebumse, man hört's bis oben in der Wohnung, sagte Tante Laura und schlenderte in den Schuppen, um sich auf die Werkbank zu schwingen und Zigaretten aus den Taschen der engen Jeans zu ziehen. Sie steckte die Zigaretten an, eine für sie, eine für mich, die sie mir hinhielt, ohne mich anzusehen. Ich federte vom Boden ab und kam neben ihr zu sitzen, gemeinsam rauchten wir, die Ellbogen auf die Oberschenkel gestützt, und schnippten die Asche auf das Stück Holz der Werkbank zwischen uns. Sie schwieg, zog den Rauch ein und blies ihn heftig aus. Mit der Hand wedelte sie die Asche auf dem Holz auseinander und malte in den grauen staubigen Grund vier Punkte, die ein schiefes Kreuz ergaben. Die hellsten Sterne, sichtbar südlich des sechsundzwanzigsten Grads südlicher Breite, sagte sie, Kreuz des Südens genannt. Sie malte einen Baum an den Rand, der beim genauen Betrachten nichts anderes als eine Palme war.

Eine Palme, Tante Laura?

Ich bin Laura. Wie oft hab ich dir das schon gesagt. Oder nenn mich Püppi.

Ja, ja. Aber eine Palme? beharrte ich.

Was sonst, lautete die Antwort, sie malte weiter, malte zu jedem Stern einen solchen Baum. Unter diesem Sternbild gibt's Palmen, was denkst du denn. Man muß wissen, was einen erwartet.

Ich nickte, ohne zu ahnen, was sie meinte.

Tage später zog sie mich in ihr Zimmer, gleich nachdem ich in die Wohnung geschlüpft war und meine Schultasche fallengelassen hatte. Ich trat in eine Wolke aus Parfüm und Musik, aus der neben einer einschmeichelnden Melodie, die sofort Zugang zu mir fand, weich wie lauer Nieselregen die Worte *Love Me Tender* drangen.

Elvis, sagte sie und streckte den Zeigefinger ihrer Rechten in die Höhe, die eben noch ihren roten Bademantel zusammengehalten hatte, Elvis Aaron Presley, wiederholte sie. Der Bademantel schlug augenblicklich auseinander und gab Narben von Windpocken unter ihren Schlüsselbeinen preis, von denen ich mich nicht losreißen konnte, als wären sie, sagen wir, Spitzen von einem Unterhemd. Tante Laura unternahm gar nicht erst den Versuch, den Mantel wieder zu schließen, sie brauchte beide Hände, um uns mit Zigaretten und Feuer zu versorgen.

Während mir die Tränen in die brennenden Augen schossen und ich mir den Mund mit der Faust verschloß, damit das Husten nicht nach außen konnte, erzählte sie. Hatte sie mich dazu abgepaßt? Kennst du Kiefernwälder, ich meine, hast du jemals im Sommer Kiefernwälder erlebt, wenn der Nadelboden warm ist und das Holz, und aus den Bäumen strömt Harz. Die Borke wickelt sich zu Bändern ab, die raschelnd gegen die Stämme schlagen.

War's eine Frage, ich starrte auf ihre Narben und hörte Tante Laura gleich darauf weitererzählen, von ihrem Freund – nichts Ernstes, ein Schulfreund, weißt du –, mit dem sie sich zum Pilzesammeln verabredet, dann aber, mit dem Rücken auf dem Boden, den Wolken zugesehen hätte, die sich zwischen dem bewegten Grün ein atemloses Rennen lieferten. – Das Rauschen der Kiefern, ich hör's aus allem raus, ich merke, ob Fichtenwälder rauschen oder Mischwälder, in denen die Blätter der Birken und Buchen säuseln, was an Stimmen erinnert. Aber Martin, sagte sie und rückte dicht, ganz dicht an mein Gesicht heran, in das hinein sie ihre Worte hauchte, Martin, kannst du dir vorstellen, wie Palmenwälder rauschen?

Was war mit ihr los, wieso interessierten sie Wälder, die einzig aus Palmen bestanden. Gab es die überhaupt?

In dem Jahr vorm Abitur traf man mich kaum noch zu Hause an, ich fuhr nach Karlshorst ins Klubhaus, die Stirnseite des riesigen Saals nahm die Bühne auf. Ich schaute meist nur den Musikern zu, die gegen das unaufhaltsame Gedröhn der nahe am Haus vorbeiziehenden S-Bahnen und Fernzüge anspielten. Ich beneidete sie um ihr gemeinsames Tun, jeder stand für sich, mit dem unverwechselbaren Timbre seiner Stimme, mit seinem Instrument, das nur er und niemand sonst so und nicht anders beherrschte. Doch sie stimmten sich aufeinander ein: Blicke, die den Einsatz forderten, ein Lächeln, das ermutigte, fortzufahren, Gesten, die Einhalt geboten, ein

Wippen des Körpers aus den Knien heraus, das den Takt angab und den anderen Signal war, einzufallen, bis sich jeder auf dieselbe Art bewegte, und eine Musik ertönte, die die Summe der Bemühungen aller war.

Auf der Toilette zog ein schmächtiger älterer Mann in weißem Kittel, von dem ich hörte, er heiße Rudi Riebe, an den an den Becken stehenden Männern vorüber, postierte sich, indem er seine rechte Hand aufhielt, neben der Flurtür und sagte fortwährend Sprüche auf wie: Wer nicht mehr im hohen Bogen kann, trete dichter an das Becken ran. Wir mußten beim Lachen aufpassen, um das Becken zu treffen. Rudi Riebe sprach sich in Form, je häufiger ihm Münzen in die Hand gedrückt wurden, desto mehr Sprüche meinte er bieten zu müssen, und mit sich überschlagender Stimme rief er durch den überfüllten Raum: Was suchst du Witze an der Wand, den größten hältst du in der Hand.

Sommers ging's weiter raus, mit dem Bus zum Müggelsee, zu einem Ausflugsrestaurant namens Rübezahl, wo in einer Holzbaracke getanzt wurde. Oder ich fuhr auf die Freilichtbühne nach Friedrichshagen. Women, you need …, rief der Sänger, der den Frontmann von Led Zeppelin darstellte, dessen Stimme sich weit in den nächtlichen Himmel erhob, wo im Scheinwerferlicht der Rauch unzähliger Zigaretten aufstieg; nach einer Pause schrie der Sänger wie besessen: … love, das O so lange dehnend, wie ihm Atem zur Verfügung stand, bis es schließlich im Wirbel des Schlagzeugs unterging. Das Mädchen neben mir, das ich nach Hause bringen wollte, hieß Irmtraud. Sie müsse nach Weißensee, bekam ich zu hören.

Weißensee?

Liegt doch beinahe auf deinem Weg.

Auf der Bank in der S-Bahn führte ich meinen Arm um ihre Schultern, als habe das so zu sein, und strich ihre langen strähnigen Haare hinter das Ohr zurück. Sie erschrak, sowie ich ihren Blick im Fenster fand, der neugierig auf mir lag. Wir liefen dann in ein unüberschaubares, von Peitschenlampen beleuchtetes Neubauviertel, in dem sich asphaltierte Straßen und Plätze mitsamt der Bäume, Büsche, Rasenflächen ständig und in gleichen Abständen wiederholten. Dieses in sich geschlossene Neubauquartier war eine Stadt mitten in Berlin. Vom Beton der Plattenbauten, durch die Irmtraud, die meine Hand ergriffen hatte, ihren Schleichpfad wußte, ging eine alles erfassende Gewalt aus. Aus den offenen Fenstern hämmerte Musik über das Areal, eine Frau kreischte: Du Hund, du verfluchter, rennst wieder zu der.

Irmi schloß ihre Haustür auf, drückte den Lichtknopf und lehnte sich an die Wand des Flurs, den Hinterkopf in das blasse Blumenmeer der Tapete eingetaucht und die Augen zugeklappt. Das Licht verlosch mit einem hallenden Klacken, so schnell, daß es mich überraschte. Das Mädchen schlug sofort ihre flache Hand auf den Schalter und grinste verschmitzt, ich wartete darauf, daß es wieder dunkel wurde, hielt ihren Arm fest, mit dem sie zum Schalter langen konnte, und küßte sie. Den aufblitzenden Gedanken daran, die üblen Gerüche meiner Wohnung auszudünsten, vergaß ich in dem Augenblick, als sie mich umarmte und ihre Lippen auf meine preßte.

Tante Laura, kurz vor mir vom Dienst gekommen, hatte mich gehört, kaum daß ich die Klinke der Wohnungstür losgelassen hatte und mich hineinschleichen wollte, um meine Mutter nicht zu wecken. Tante Laura lotste mich in ihr Zimmer mit der geflüsterten Bemerkung, daß sie mir unbedingt Bilder zeigen müsse. Du weißt schon, sagte sie.

Ach, ist doch spät.

Aber nicht für den südlichen Sternhimmel.

Ich bin eine Stunde gelaufen, die S-Bahn ist nicht mehr gefahren.

Beispielsweise der Wassermann, was für ein Sternbild! erwiderte sie auf ihrem Bett, wo sie im Schneidersitz Platz genommen hatte. Sie winkte mich heran und malte, ohne Atlanten oder ähnliches zu bemühen, mehrere Punkte auf einen Zeitungsrand, die sie miteinander verband. Vor mir entstand ein Gebilde, das an ein Dreieck erinnerte, von dessen Spitze eine Linie wie ein Schwanz fortwuchs.

Geometrie, Tante Laura, aber ein Wassermann?

Natürlich mußt du dir einiges dazudenken, es ist immer so, ganz gleich, was man dir vorsetzt: Ohne eigene Gedanken bleibt's nackt. Mit dieser Bemerkung warf sie erneut Punkte aufs Papier, die sie miteinander zu einem Viereck verband, von dem sich auf beiden Seiten gezackte Linien weit entfernten. Walfisch, erklärte sie und beugte sich scheinbar weltvergessen über ihr Werk, sogleich begann sie mit der nächsten Figur, die lebhaft über den Zeitungsrand auf den Tisch kroch und kein Ende finden wollte. Tante Lauras Kommentar lautete: Wasserschlange.

Spitzen ihrer blonden Haare streiften mein Gesicht, in diesem Augenblick schob sich der Morgen ins Fenster, und in das hervorbrechende Sonnenlicht mischte sich das Gedröhn der Boxhagener Straße. Ich dachte nur noch an mein Bett, riß mich hoch und schwankte zur Tür. Weißt du, sagte sie und unterbrach dadurch meinen Schritt, alles andere, was man so braucht, lernt man schnell, wenn man woanders wohnt, sagen wir im Süden, meinetwegen in Lateinamerika. Aber was man am Himmel sieht, darauf muß man sich vorher einstellen.

Als ich überlegte, in welcher Welt sie wohl lebe, in der man die Mauer vergißt, hörte ich die Frage: Und wie heißt sie, deine Freundin?

Ich wartete, bis meine Sätze verhallt waren, strich dann erst Katja über Stirn und Wangen, die sich weiterhin bräunlich zeigten. Das fettige Papier des Döners und die Tüte brachte ich in den Papierkorb in der Toilette und gab den Schwertlilien Wasser, die nach wie vor kräftig gelb und violett leuchteten und aufrecht in der Vase standen. Ich war sicher, daß Katja die Blumen nicht sah, aber ob sie sie vielleicht roch? In der Tür rief ich einen Gruß, der möglichst selbstverständlich klingen sollte, und verabschiedete mich, bis zum nächsten Mal.

Robert hatte mir kein Zeichen gegeben, daß er mitkommen wollte, bei Florian mußte ich nachforschen, wie die Dinge standen – bei beiden hielt sich die Scheu vor allem Kranken mit dem Drang, ihre Mutter wiederzusehen, die Waage. Ich konnte sie verstehen; wenn ich gewußt hätte, was mich damals im Schuppen erwartete, ich hätte meinem Vater nicht begegnen wollen, der Tod mit der Geste des Endgültigen besaß für mich noch vollkommen seinen Schrecken. Und ich hätte mir dieses Bild, das letzte Bild des Vaters, das ihn zusammengesunken auf den mit seinen Kronkorken gepflasterten Boden zeigte, erspart. Wie würde das letzte Bild sein, das unsere Kinder von ihrer Mutter bekämen? Ich brachte die beiden mit ins Krankenhaus. In ihren Schuhschonern und den für sie viel zu großen Kitteln tappten sie zögernd durchs Zimmer, ließen sich von den medizinischen Apparaturen rund um die Patientin, den Ständern, Schläuchen und dem Monitor beeindrucken – warum sollte es ihnen anders gehen als mir. Die Kinder setzten sich erst, nachdem ich sie aufgefordert hatte; steif nahmen sie auf der Bettkante Platz, Florian schaukelte vorsichtig mit den Beinen über dem glänzenden Linoleum.

Ihr wißt ja, eure Mutter, sagen wir mal, schläft nur, ihr müßt jedoch keine Sorge haben, sie wach zu machen, das schafft so schnell niemand, erklärte ich und merkte an ihren Gesichtern, daß sie mir nicht glaubten. Ich gab vor, die Toilette aufzusuchen, wollte die zwei indes mit Katja allein lassen. Vielleicht finden sie irgendeine gemeinsame Sprache, dachte ich und lief zum anderen Ende des Flurs, öffnete im Kabinenraum das Fenster aus Chinchillaglas. Den weitläufigen Hof furchten mit Splitt bestreute Wege, die Bänke und flach gehaltene Buchsbaumhecken rainten. Gegenüber erhoben sich im nachhinein angebaute Gebäudeteile, in deren Fenstern sich die Abendsonne so stark spiegelte, daß ich meine Hand über die Augen hielt. Die Wände waren grau verputzt worden – der typische Rauhputz Westberlins, mit dem in den Sechzigern ganze Straßenzüge bedacht wurden, nachdem die Hauseigentümer Putten, Karyatiden und sämtliches Zierwerk der vorangegangenen Jahrhunderte abgeschlagen und für diesen barbarischen Akt vom Senat Prämien erhalten hatten. Der Preis für diese modische Attitüde ist eine kaum zu überbietende Eintönigkeit.

Während ich zurückkehrte, flüsterte Robert seinem Bruder etwas zu, obwohl er wußte, daß er von ihm keine Antwort erhalten würde. Florian forschte nach Fliegen im Zimmer, als hätten sie ihm was zu sagen. Die Jungen rückten näher an ihre Mutter heran, jeder auf einer anderen Seite des Bettes, der ältere tippte gegen Katjas nackten Unterarm.

Robert, du kannst ihr erzählen, wie es dir geht. Sie nimmt's auf, auch wenn es nicht so wirkt.

Ich? meinte er mit gesenkter Stimme.

Wer denn sonst?

Also gut. Was soll ich sagen?

Was schon. Erzähl, was bei uns passiert und ob wir zurechtkommen, erzähl einfach.

Er wartete ab, ließ seine Augen wandern: von mir zu seiner Mutter, dann zu Florian und wieder zurück zu mir, ein Blick gleich eines unaufhörlich fahrenden Karussells. Robert schloß die Augen, als würde ihm schwindlig, faßte nochmals nach dem Arm seiner Mutter, um ihn augenblicklich wieder loszulassen, und schnellte hoch. Sie versteht doch nichts, das ist völlig sinnlos, Martin, rief er so heftig, daß er über sich selbst erschrak, Florian fuhr zusammen und starrte seinen Bruder an. Einzig Katja ließ sich nicht beirren, blieb bei ihren ruhigen Atemzügen, dem entspannten, beharrlich der Decke zugewandten Gesicht.

Was kann man ihr schon sagen, sinnlos das alles, wiederholte unser großer Sohn, stand mit linkisch wirkenden Armen neben dem Bett und wußte nicht weiter.

Ich mußte schlucken und fühlte mich getroffen, zweifelte plötzlich an mir selbst und meiner Mission, meinte, daß er recht haben könnte so wie Katjas Vater auch, vielleicht hastete ich einer Normalität hinterher, die es nicht mehr geben würde, im Grunde nichts anderes als eine Schimäre war. Ich Narr ich, was hatte ich in diesem Krankenhaus verloren. Weshalb vergaß ich, mich um meine Kinder zu kümmern, mit denen ich allein dastand. Schau dir Florian an, dachte ich, was aus ihm geworden ist, er braucht dich, um zu seiner Sprache zurückzufinden. Es ist höchste Zeit, mich den realen Dingen zu stellen, bevor wir drei uns verlieren. Wie soll ich allein meine Arbeit, unsere Kinder und den Haushalt bewältigen – nicht nur für ein paar Tage, sondern für sehr lange, womöglich mein ganzes Leben, ich Narr. Muß ich mich, so brutal es klingt, bereits jetzt um eine andere Frau kümmern?

Selbst diese Frage hatte ich mir allein zu beantworten. Ich hatte von Frauen gehört, die kurz vor ihrem sicheren Ende mit ihrem Ehemann alles, aber auch alles regelten, bis hin zu ihrer Nachfolgerin, die nach ausgiebig beratschlagtem Für und Wider aus dem Freundes- und Bekanntenkreis ausgewählt wurde, und erst dann, wenn der Mann hoch und heilig schwor, sich an die Abmachung zu halten, schlossen sie befriedigt für immer die Augen.

Ich bedauerte, daß ich mein Zigarillo im Krankenhaus an der Küste in die Flurecke geschleudert und mir voreilig, so meinte ich nun, vorgenommen hatte, mir keines mehr zu gönnen. Was gäbe ich jetzt für ein Zigarillo.

Und du, sagte ich mißmutig zu Florian, denkst du auch, daß es sinnlos ist, mit eurer Mutter zu sprechen? Mit dieser Bemerkung fand ich mich wieder an Katjas Seite.

Ihm war kein Laut zu entlocken, selbstverständlich, mußte man leider sagen, er schaute mich ausdruckslos an, sprang als Antwort vom Bett und hastete zu Robert. Ich zuckte mit den Schultern, für den Anfang konnte man von den Kindern wohl nicht viel mehr erwarten. Fahrt schon mal, verabschiedete ich sie, wir sehen uns zu Hause.

Ich legte mich neben Katja, zog mit dem Zeigefinger, nachdem die Jungen erleichtert die Tür geschlossen hatten, meiner Frau gegen den Strich über die Augenbrauen. Durchfuhr ihr Körper ein Schauer? Ich raunte ihr zu: Diese Kinder! Was will man da sagen. Es wird Zeit, daß du zurückkehrst, du siehst ja selbst, was los ist.

In dem Moment traten zwei Schwestern in blauen Anzügen ohne zu klopfen ein, dabei einen Gruß murmelnd. Sie warfen einen Blick auf den Monitor, überprüften den Sitz der Schläuche und bedeuteten mir aufzustehen. Die eine der beiden war untersetzt, sie sagte, indem sie die Decke zurückschlug, sie müßten Frau Henny jetzt waschen, ich könne draußen warten, auf dem Flur. Die schlanke Schwester, der ein rosafarbener Bindfaden den Pferdeschwanz zusammenhielt, stopfte geschäftig eine Unterlage aus Gummi unter Katja und hob forsch ihr Nachthemd bis zu den Achseln. Das ist meine Frau, sagte ich und nahm auf einem Hocker Platz, ich bleibe hier. Die Schwestern schien das nicht zu interessieren, sie hatten gesagt, was gesagt werden mußte, nun aber ihrer Aufgabe nachzugehen. Die beiden führten den nassen Lappen über Katjas Leib und scherten sich nicht um mich, als wäre ich gar nicht mehr anwesend.

Als Katja wieder zugedeckt im Bett lag – ihr Gesicht schimmerte so blank wie das eines Kindes nach dem Bad –, meinte ich zu den Schwestern, da ich jeden Tag etwa um diese Zeit hier sei und mit meiner Frau spräche, um genau zu sein: auf sie einspräche, könne ich sie auch waschen. Das ist ebenfalls Zuwendung, sagte ich.

Die untersetzte meinte, während sie hinter dem Sichtschirm verschwand, es käme zwar nicht alle Tage vor, aber wenn ich unbedingt wolle, weshalb sollte sich's nicht regeln lassen.

Solange ich die beiden Schwestern am Bett der Frau nebenan rumoren hörte, schwieg ich, schurrte den Hokker heran und tätschelte lediglich Katjas Handrücken. Nachdem sie gegangen waren, suchte ich, die Ellbogen auf der Matratze aufgestützt, sofort Katjas Ohr.

Am zeitigen Morgen verließ ich Tante Lauras Zimmer, sagte ich übergangslos und ohne nachdenken zu müssen, wo ich aufgehört hatte. In der Küche lehnte meine Mutter gegen die Spüle und hielt mit beiden Händen ihre Tasse Kaffee, die sie täglich trank, bevor sie sich auf den Weg in die Redaktion machte. Noch ehe ich meine Anwesenheit am Sonntag um diese Zeit erklären mußte, wandte sie sich ab, auch für mich Kaffee aufzubrühen, in den sie mit Schwung etwas Milch kippte. Dir wird schlecht, flüsterte sie am Tisch, was da gedruckt wird, schlecht wird dir bei den Jubelarien. Die werden immer schlimmer. Und ich muß das alles Korrektur lesen. Aber du weißt Bescheid. Bei den letzten Worten legte sie den Finger auf ihre Lippen.

Ich nickte, wir schlürften und schauten aus dem Küchenfenster in den Hof, wo neben den Pappeln nach wie vor unser Schuppen stand.

Warum hörst du nicht auf, erkundigte ich mich.

Warum, warum, wenn das so einfach wäre. Soll ich wieder zurück an die Schule? Außerdem ändert sich dadurch nichts, überhaupt nichts. Sie nahm einen weiteren Schluck. Was soll man machen.

Tante Laura überfiel mich bald wieder mit der Frage nach dem Namen meiner Freundin.

Wozu willst du das wissen? Irmtraud heißt sie, antwortete ich, ohne zu überlegen, und ärgerte mich sofort über mich selbst, daß ich den Namen preisgegeben hatte.

Das ist *vor* dir gewesen, Katja, unterbrach ich meinen in Gang gekommenen Erzählstrom, Jahre vor dir, vergiß es bitte nicht, bei allem, was du zu hören bekommst.

Irmtraud, so, stellte Tante Laura fest. Wie weit bist du mit ihr?

Ach, wich ich aus, war nichts weiter.

Nichts weiter, nichts weiter, rief sie und zog eine Augenbraue hoch. Ihr habt's doch schon miteinander gehabt.

Ich lenkte augenblicklich ab: Welche Sternbilder vom südlichen Himmel kenne ich noch nicht?

Keine Frau gibt sich auf Dauer mit Sternbildern zufrieden, mein Lieber, die lassen sich nicht anfassen. Es ist nichts dagegen einzuwenden, daß du sie ihr zeigst, im Gegenteil, jede Frau wird dich dafür bewundern. Aber vielmehr interessiert sie, daß du aufmerksam bist für das, was *sie* dir zeigt. Und sie will hören, daß es dir gefällt. Sie betrachtet sich ständig kritisch im Spiegel und hockt sich mindestens einmal in ihrem Leben nackt darüber, um den Schlamassel zwischen ihren Beinen zu sehen, und hofft, daß du nicht aufgibst, danach zu suchen, auch wenn sie es im Grunde nicht verstehen kann, weil sie selbst es nicht begehrenswert findet.

Als große Kinder, so Tante Laura, hätten sie die Gegend unsicher gemacht. Sie zogen durch die dämmrigen Straßen von Haus zu Haus, klingelten und liefen davon, übermütig Sprüche in die geöffneten Fenster posaunend.

Sie schoben lose Zaunlatten von unbewohnten Grundstücken beiseite, traten verrosteten Maschendrahtzaun nieder und huschten auf fremdes Gelände, das ihnen verboten gewesen war. – Wer kümmerte sich schon darum. Die Truppe arbeitete sich durch mannshohe, bei jedem Schritt knackende Ruten von Sonnenregen wie durch einen Dschungel, rissen Stachelbeeren, Johannisbeeren von den Sträuchern, stopften die Hosentaschen mit Birnen voll. In den Kellern der zerbombten Häuser, von denen rauchgeschwärzte Wände mit den Buchstaben LSR für Luftschutzraum aufragten und die kein Dach mehr zu tragen hatten, entfachten die Kinder Feuer, um das sie sich scharten. Sie, Tante Laura, war das einzige Mädchen. Ihr fiel es nur auf, wenn sie sich ausziehen sollte. Die Stimmen verstummten, lediglich das Reißen des Holzes in den Flammen hörten sie oder die spitzen Töne der Ratten, als sie selbstverständlich – schließlich kannte sie jeden einzelnen – ihren Rock schürzte und ihnen das zeigte, was sie selbst Schlamassel nannte.

Es war ihr dann doch zu dumm, herumzustehen. Sie begann, leichthin nach einer ungehörten Melodie zu tanzen und brachte, worauf alles hinauslief, die Beine auf durchaus graziöse Weise auseinander, was für eine Pirouette gereicht hätte, gar für einen Spagat. Tante Laura hatte das Zeug zur Tänzerin. Sie genoß die Aufmerksamkeit, die ihr sonst nicht entgegengebracht wurde, und sah in den Augen jenes unverhohlene Verlangen, von dem sie mir später berichten sollte. Optische Wesen, die Männer, sagte sie. Die einzige, die Tante Laura in die Quere kam, war ihre Schwester Ruth, die sie mit erstaunlichem Spürsinn überall aufstöberte. Tante Laura mochte sich noch so sehr von ihrer Truppe verleugnen lassen und verstecken – es nutzte nichts, Ruth kannte bald ihre Orte, ihre Tricks und zog sie nach Hause, an den Haaren manchmal, wenn's ihr zu spät geworden war.

Tante Laura begann, während sie erzählte, Sternbilder zu zeichnen, ich erfuhr von Becher, Rabe und Großem Hund. Sie blickte auf und malte als Draufgabe ein Bild dazu. Weil du's bist, sagte sie, Steinbock. Nun ist aber gut.

Tante Laura wurde bei einem kurzen Fronturlaub ihres Vaters in der einzigen Nacht, die dem Paar blieb, gezeugt. Ruth, meine Mutter, lag wach in ihrem Bett, das ebenfalls im Schlafzimmer stand. Zur Feier des Tages gab es am Nachmittag eine Rarität, jemand hatte Bohnenkaffee aufgetrieben, von dem Ruth, das große, elfjährige Mädchen, eine halbe Tasse kosten durfte und ihr deshalb die Augen nachts nicht zufallen wollten. Sie hörte, nachdem die tuschelnden Eltern auf Zehenspitzen ins Ehebett geschlichen waren, ein ungewohntes Geräusch, ein sich beharrlich steigerndes rhythmisches Knarren, das die Luft erzittern und das Mädchen voller Erwartung ihren Kopf heben ließ. Ruth schläft, raunte der sich zwischen den aufgestellten Beinen seiner Frau bewegende Vater, um diese genauso wie sich selbst zu beruhigen. Sie schläft, schläft, hauchte er seiner Frau ins Ohr, indessen sich der Blick von Mutter und Tochter an der Schulter des Vaters vorbei begegnete und sie ihn nicht voneinander lösen konnten, auch nicht als die Mutter für einen winzigen Moment aufschrie.

Was denn, was tut ihr weh? dachte das Mädchen.

Der erste Tag des Jahres 1945 war klirrend kalt, die Sonne schien so prächtig, daß die Eisblumen am Schlafzimmerfenster leuchteten und Ruth mit dem Finger die Blüten nachzeichnete. Sie polkte den Frost ab, um hinaussehen zu können. In den kleinen Löchern erkannte das Mädchen die Apfelbäume im Garten, hinter dem Zaun die Straße, die zu den wenigen bereits gepflasterten gehörte. Der Schnee dämmte jedes Geräusch, die Motoren der Autos und das Getrappel der Pferdehufe. Die Vögel waren völlig verschwunden, wer wußte, wohin. Gegen Mittag wurde Tante Laura geboren, im selben Bett, in dem sie gezeugt wurde. In derselben Stunde starb ihre Mutter. Der Vater erhielt keinen Urlaub, aber kaum daß sich Mitte April seine Einheit aufgelöst hatte, floh er: vor seinen Leuten und vor den durchgebrochenen Russen, die sich wie die Flut nach einem Dammbruch ins Land ergossen. Er schaffte es, nachts laufend und tagsüber in Wäldern und Scheunen schlafend, bis in den Nachbarort, wurde jedoch auf einem Feldweg von den Russen ergriffen und mit anderen deutschen Soldaten in einen Güterzug verfrachtet. Er schrieb auf ein Stück Papier, was mit ihm geschehen war, und vertraute seinen Zettel dem Fahrtwind an. Bekannte fanden diesen Fetzen am Waldrand in der Nähe des Bahndamms und gaben ihn in seinem Haus ab, wo sich Verwandte um die Mädchen kümmerten. Es war ein Lebenszeichen, das hoffen ließ. Aber der Vater kam nicht zurück, er arbeitete in der Ukraine, im Steinkohlebergwerk, wurde zu einer Woche Bau verurteilt, weil er eine Handvoll Sauerkohl gestohlen hatte und erfror oder verhungerte in dem schrundigen Loch. Niemand kann das genau sagen.

Wer der Zeugung eines Verwandten beigewohnt hat, entwickelt womöglich stärkere Familienbande als andere, selbst wenn er nicht bis ins letzte begreift, was im Bett geschehen ist, hatte Tante Laura erklärt. Indessen kommt mit elf bei Mädchen die Ahnung dem Wissen beträchtlich nah. Ruth wuchs in die Rolle der Mutter hinein, die sie so ausfüllte, als wäre Tante Laura tatsächlich ihre Tochter. Ruth wagte erst eigene Wege, nachdem sie meinen Vater kennengelernt hatte, den angehenden Pianisten aus Berlin, der natürlich wie jeder Berliner nicht wegwollte aus der Hauptstadt. Suchte Ruth den Pianisten in meinem Vater?

Und Irmtraud? Zurück also zu Irmi. Ich kann nicht immer kommen, hatte sie gesagt, jeden Tag in der Woche krieg ich nicht frei. Wir trafen uns am Frankfurter Tor und schlenderten am Bersarinplatz vorbei in die Dimitroffstraße und diese hinunter bis zur Schönhauser Allee, wo wir unter dem Magistratsschirm an Konnopkes Imbiß Currywurst aßen – die beste Ostberlins, heute bin ich sicher, ganz Berlins. Und wie eine Zugabe gab's das Gedröhn der zur Hochbahn gewordenen dottergelben U-Bahn über uns. Wir hasteten die Stufen hoch und in einen Wagen hinein, mit dem wir stadteinwärts fuhren und der sogleich in die Unterwelt abtauchte. Danach kam Senefelderplatz, anschließend Rosa-Luxemburg-Platz und Alexanderplatz. Klosterstraße, Märkisches Museum, Spittelmarkt, Hausvogteiplatz, Stadtmitte – so die nächsten Stationen, die ultimativ letzte hieß Otto-Grotewohl-Straße. Die Mauer war bis unter die Erde gewachsen. Die warme Luft roch nach einem Gemisch aus Maschinenöl und Staub, die im Betonboden eingegossenen Eisenspäne reflektierten tausendfach das Lampenlicht. Wir sprangen über den Bahnsteig in den auf der gegenüberliegenden Seite wartenden Zug, in dem wir dieselbe Strecke zurück in Angriff nahmen, über Dimitroffstraße hinaus, über Schönhauser Allee bis Pankow-Vinetastraße. Von dort ging's wieder in die andere Richtung bis zur Endhaltestelle und so fort. Der Eintritt betrug zwanzig Pfennige, der uns gestattete, quer durchs halbe Berlin zu pendeln, ohne aus dem Fenster sehen zu müssen, die Namen der Stationen kannten wir auswendig. Wir rückten dicht in eine Ecke, Irmis Lippen wollten nicht aufhören, nach Curry und Ketchup zu schmecken.

Irgendwann brauchte die Bahn ihre Nachtruhe. Wir wußten nicht, wohin mit uns, gingen ziellos umher, warfen uns kurzerhand auf eine Holzbank im Schatten eines dieser Bahnhöfe, von den Schienen drang der Singsang ferner Züge.

Du mußt aufpassen, raunte sie, nachdem sie mir geholfen hatte, ihre Jeans auszuziehen, die sie sorgfältig faltete und über die Lehne legte. Die Sandaletten standen zum Paar zusammengestellt wie unterm Bett. Versprich mir, daß du aufpaßt, versprich es, ich will jetzt nicht noch ein Kind.

Ein Kind, was hatten wir in diesem Moment damit zu schaffen? Ich war so sehr mit mir beschäftigt, daß ich erst spät begriff, der Gedanke sich dann jedoch zwischen Irmtraud und mich wie eine unsichtbare Wand schob. Der Gedanke begleitete mich, als wir die Straßenzüge abgingen, in die nur Licht fiel, wenn ein frühes Auto seinen Weg suchte. Sie hat ein Kind. Na klar, sie kann nicht immer fort, wer weiß, wer sich um ihren Nachwuchs kümmert, dachte ich und dann: Wo ist der Vater, oder gibt's keinen?

Er hat uns verlassen, bekam ich zu hören. Und nach einer Weile sagte sie: Wir wollten in den Urlaub fahren, er holte das Auto, das wir einige Blöcke weiter geparkt hatten. Ich trug Koffer und Taschen herunter vor den Eingang, unsere Tochter an der Hand, und wartete auf ihn. Da knatterte auch schon unser Wagen auf uns zu, hinter ihm die aufsteigende Abgasfahne, ich bückte mich nach einer Tasche und trug sie zu der Stelle am Bordstein, an der er halten würde. Aber er fuhr weiter, einfach weiter und an uns vorbei. Es gab kein Wort vorher, nichts.

Wegen einer anderen oder weshalb, was heißt das, verlassen?

So was kommt vor, daß Männer Frauen verlassen. Irmtraud wurde einsilbig, vertröstete mich auf irgendwann, wollte mich jedoch bald ihrer Tochter vorstellen, sie heiße Regina.

Die Königin, sagte ich.

Irmi schlang ihren Arm um meine Taille, zog mich an sich heran, und zügig ging's in ihr Neubauviertel, in dem uns ein unvergleichliches Vogelgezwitscher entgegenschlug: ein triumphaler Empfang, der nur uns galt.

Hellblau ist meine Lieblingsfarbe, meinte Irmi. Sie schenkte mir ein Glas aus Böhmen, das hellblau war und einen Goldrand besaß, eine Vase, ebenso geeignet zum Trinken. Es erhielt einen Platz auf meinem Schreibtisch, wo es das Licht einfing und selbst nachts zu leuchten schien.

Die Hitze ließ unter heftigem Geknall die Tapete in meinem Zimmer unaufhörlich von der Wand springen, lauter als die Straßenbahn, deren Lärm durchs offene Fenster drang.

Von nebenan suchte sich Elvis Presley seinen Weg in mein Zimmer, und noch ehe ich ihm mit Deep Purple Einhalt gebieten konnte, selbstverständlich mit *Child in Time,* einem Titel, der mir nahesteht, wie du weißt, Katja – der King verlangt ein entsprechendes Pendant –, huschte Tante Laura in mein Zimmer und schwang sich aufs Bett, wo sie den Schneidersitz einnahm. Ich setzte mich neben sie, aus ihren Poren brach Schweiß, mochte sie ihn fortwischen, so oft sie wollte, er sammelte sich doch am Kinn, rann am Hals hinab, überwand Schlüsselbeine und mit Windpockennarben verzierte Regionen darunter, um im Ausschnitt ihrer Bluse zu verschwinden, die unregelmäßig wachsende, dunkle Flecken zeigte. Bald fiel das Wort vom Baden gehen, niemand wußte nachher, wer es zuerst ins Spiel gebracht hatte, plötzlich jedenfalls stand fest: Wir verbringen den Nachmittag gemeinsam und nirgendwo anders als am See.

Ich trug Jeans, wie immer Levis – kurze Hosen verboten sich von selbst –, und schlüpfte in die neuen Clarks, Wildlederstiefel mit Fransen, was alles mit den Westpaketen kam. Kaum daß wir die schräg vor unserem Haus haltende Straßenbahn bestiegen hatten, glaubte ich bei jedem Schritt, das Glucksen des Schweißes in meinen Schuhen zu hören. Wir fuhren am Funkwerk Köpenick vorbei, in dem dunkelroten Klinkerbau unmittelbar an der Brücke über die Spree hatte mein Vater gearbeitet, und wechselten in Schöneweide in die S-Bahn. Nach drei Stationen waren wir am See, wählten nicht das Freibad, breiteten statt dessen unsere Decke etwas abseits an einer Bucht aus. Das Weiß der Segelboote blinkte vor einem blaugrauen Himmel, das Sirren von Motoren erfüllte ununterbrochen die Luft, zu dem sich das Prusten der Schwimmer gesellte, die ihre Bahnen zogen.

Das Kreuz des Südens, sagte Tante Laura, nachdem wir im Wasser waren und ich mich mit Niveacreme eingerieben hatte, die ich schon damals einsteckte, wenn's zum Baden ging. Tante Laura drehte sich auf den Bauch und kommentierte die Worte mit dem Zeigefinger, der auf ihren Rücken deutete.

Ich stippte zielsicher beidseitig des Verschlusses vom Bikinioberteil vier Punkte in ihre Haut, weiße, sich schnell wieder mit Farbe füllende Male, die ich miteinander verband, was ein schiefes Kreuz ergab, und ich fragte, ob es richtig sei, um sofort hinzuzufügen: Die hellsten Sterne südlich des sechsundzwanzigsten Grads südlicher Breite. Als Antwort durchfuhr sie ein Schauer, und ihren Körper überzog Gänsehaut. Aber sie schüttelte den Kopf, daß ihre Locken über die Schultern fegten, und sagte: Das war zu schnell, ich hab's nicht ganz mitbekommen.

Ich verband die Punkte nun, wie vom Phlegma befallen, ließ die Fingerspitzen meiner rechten Hand über die Haut gleiten, ich spürte jeden Leberfleck, glaubte, kein Härchen auszulassen, und wieder sprach ihr Körper Bände.

Ja, Katja, ich gestehe es, von ihr hab ich's. Nicht, daß es mit Tante Laura wie bei dir gewesen wäre, jede Frau reagiert anders, bei manchen bleibt der Körper stumm, andere wiederum vergessen, wo sie sind, vermögen nicht mal ihren Namen herzusagen, wenn man sie in diesem Augenblick danach fragte. Bei uns beiden, Katja, ist alles anders, du hast recht, man sollte das nicht vergleichen, nicht mit dir und mir.

Und nun den Wassermann, den Wassermann, rief Tante Laura ungeduldig. Sie richtete sich auf, ihr Bauch zeigte Druckspuren von Zweigen und Kienäpfeln; ohne sich umzuschauen streifte sie ihr Bikinihöschen ab und wies auf ihr Hinterteil. Ich verstand nicht, meinte sie wirklich, worauf sie zeigte? Zögernd versah ich es mit mehreren Punkten, die, miteinander verbunden, eine Fläche ergaben, die an ein Dreieck erinnerte, aus dessen Spitze eine abstehende Linie fortwuchs.

Hast, verlangte Tante Laura, sollte mir ein Fremdwort bleiben. Ich verweilte so lange, wie es das Sternbild hergab, wurde dann mutiger, wartete ihre Aufforderungen nicht ab, um, freilich auf wechselndem Terrain, von selbst zu Rabe, Wasserschlange und Becher zu wechseln, was Tante Laura zu einem beredten Schweigen brachte, das Schauer um Schauer anhielt. Meine Hand erkundigte sich nicht bei mir nach Irmi, meine Hand bestand starrsinnig auf ihrem Eigenleben und wollte immer noch mehr von Tante Laura, was ihr auch auf weiten Flächen, in Dikkichten und verborgensten Winkeln zur Genüge gewährt wurde, wo ich nicht müde wurde, die Sternkreiszeichen des südlichen Himmels zu skizzieren.

Keine Bemerkung von ihr, keine Geste drängten mich aus meiner Badehose heraus, nur die Tatsache, daß ich Tante Laura plötzlich nicht allein nackt lassen wollte. Durch unsere gemeinsame Blöße gehörten wir zusammen. Ich hatte keinen Blick für die vereinzelten Leute um uns herum und für die schwächer werdende Sonne, die völlig unspektakulär hinter herabhängenden Erlenzweigen ins Wasser schlug, das begann, sich zu kräuseln. Der Windzug vertrieb die Hitze aus der Luft. Ich war mit den Sternbildern auf wechselnden Untergründen beschäftigt – ein Werk, das mich vollkommen ausfüllte.

Kaum wieder in der Wohnung, griff sich Tante Laura ihre Umhängetasche, zog die Augenbraue auf jene Art hoch, die ich unverwechselbar nenne, und verschwand mit den Worten: Mein einziger freier Tag, Martin. Bis heute nacht.

Ich erhob mich von Katjas Bett und bog meinen Oberkörper durch, reckte mich nach Kräften, wobei ich die Hände in mein Kreuz drückte und unverhohlen laut gähnte. Mein Blick schwenkte erschrocken wieder auf Katja, hielt lange an ihr fest, die die Bettdecke regelmäßig auf und ab bewegte. Sie ist so tapfer, dachte ich, meine Frau treibt ihren Brustkorb an mit einer durch nichts aufzuhaltenden Kraft, wieviel davon in ihr drin ist, habe ich niemals geahnt, und sagte prompt: Entschuldige. Erst dann schloß ich die Tür hinter mir.

Florian tat anderntags, als hätte er nicht verstanden, daß er mit seinem Bruder den Abendbrottisch abräumen soll. War er nicht mehr offen für mich oder verstellte er sich, um sich vor mißliebiger Arbeit zu drücken?

Na jut, maulte Robert, aber morjen is der Winzling dran.

Florian hätte früher protestiert, aber er biß nur von seinem Butterbrot ab und kaute ungerührt vor sich hin. Davon, ich war sicher, sollte ich Katja nichts berichten.

Im Krankenhaus, meinem mittlerweile zweiten Heim, sank ich auf Katjas Bett und erzählte von dem abendlichen Termin, der mir gestern noch bevorgestanden hatte. Kein Bauherr, nein, ein Weinvertreter klingelte bei mir, der mich vor Tagen geködert hatte. Ich hätte was gewonnen, sagte er am Telefon mit unverkennbar sächsischer Zunge, mit meiner zurückgesandten Werbekarte bei einer Verlosung: ein Satz Küchenmesser samt Schleifstab und sogar mit Plastikbrett. Werbekarte? Ich erinnerte mich nicht. Natürlich könne er mir alles mit herzlichem Glückwunsch seines Weinhauses, das den klangvollen französischen Namen Chateau Mont d'Isabelle trug, in die Hand drücken, doch eine Verkostung seiner edlen Tropfen würde ich nicht bereuen. Ein fülliger Mann Ende Fünfzig nahm schwitzend auf dem Küchenstuhl mir gegenüber Platz, auf dem du immer sitzt, Katja, und ließ seinen Bauch hemmungslos als kräftige Wulst über den Gürtel rutschen, ohne seine Weste auch nur ansatzweise kaschierend darüberzuziehen. Betrachtete er in mir den schon gewonnenen Kunden, vor dem man seine Rolle nicht mehr zu spielen braucht?

Der Mann kramte in seinem Koffer, förderte zunächst die eingeschweißten Messer zutage, die er mir feist grinsend über den Tisch zuschob, dann den Wein. Auf meine Bemerkung, daß nur trockener in Frage käme, runzelte er die Stirn, aus der er seine grauen Locken strich, er hätte jede Menge lieblichen, der sehr gern getrunken würde.

Damit kommen wir nicht ins Geschäft, sagte ich kurz angebunden.

Mild kann man auch dazu sagen, ergänzte er.

Als wäre trockener nicht auch mild.

Wer trinkt schon trockenen, stellte er fest. Aber bitte schön, wie Sie wollen, so versuchte er zu vermitteln und bot Weißwein nach meinem Geschmack an, er hatte sage und schreibe *eine* Flasche dabei.

Aus welcher Gegend, fragte ich und deutete auf die Frankreichkarte, die das Papier schmückte, das er wie ein Tischtuch ausgebreitet hatte.

Er zuckte mit den Schultern.

Ich meine, man weiß den Wein ganz anders zu würdigen, wenn man erfährt, woher er stammt.

Ich mach das noch nicht lange. Aber die Gegend wird schon ansprechend sein – bei dem Wein. Übrigens paßt der nicht schlecht zu Fisch.

Zu Fisch, Katja! Das war das Schlüsselwort, mit dem hatte er mich, obwohl es, bei Lichte betrachtet, die banalste Bemerkung war, die man machen konnte. Welcher trockene Weißwein paßt nicht zu Fisch? Ich wurde gleich an Jeske, an unseren Ort und die Ostsee erinnert, der erst am Schluß nach all den Jahren zum Unglücksort geworden war. Der Alte und ich, wir zwei Angler brachten die Fische an, die Zander und Barsche, die ich uns fürs Abendessen in die Pfanne warf. Natürlich brauchen wir wieder Wein. Ich probierte, der Händler hatte recht, der Wein war ein Erlebnis. Obwohl ich keine anderen Sorten zur Auswahl hatte, bestellte ich ohne zu zögern und nach dem Preis zu fragen drei Kisten. Wenn alles vorbei ist, ich meine, wenn du's überstanden hast, sagen wir im nächsten Sommer, nehmen wir unseren eigenen Wein mit hoch an die See: Guten Weißwein bekommt man nicht überall. Wir werden wieder draußen sitzen, am Gartentisch, auf dem die brennenden Kerzen stehen, alles wird wie immer sein.

Während der Händler den Bestellschein ausfüllte – er mußte den Namen des Weins umständlich ablesen und Buchstabe für Buchstabe in seine Liste eintragen, wobei die herausgestreckte Zunge jeden Strich zu kommentieren schien –, dämmerte mir, daß wir zwei den gleichen Beruf haben. Ich verkaufe Häuser, er Wein, und wir beide bringen Träume an den Mann, oder von mir aus an die Frau. Ob er von seiner Profession weiß?

Auf meine Frage, was er vorher getrieben habe, unterbrach er sein Malen. Als der Maschinenbau in seiner Region zusammenbrach, baute er den Vertrieb von Reinigungsmitteln auf. – Ich sage immer, erklärte er, vom Heim bis zur Haut alles in einer Hand. Vor einiger Zeit setzte in dem Metier eine Flaute ein, da wurde ihm die Vertretung von Wein angeboten. Warum nicht auch Rebensaft, dachte er sich. Man müsse sich eben einarbeiten, bis zur Rente sei es nicht weit. Er schob mir das Papier zu, auf das ich meinen Namen kritzelte, anschließend wollte er sich auf den Weg nach Dresden machen.

Heute noch bis nach Sachsen, fragte ich ungläubig.

Ach, die paar Kilometer. Berlin gehört zu meinem Einzugsbereich. Ich bin so oft hier, daß man mich schon fast Berliner nennen könnte.

Das fehlte noch. So schnell geht's ja zum Glück nicht, sagte ich zu Katja und schlug die Decke zurück, zog ihr, freilich mit einiger Mühe, das Nachthemd aus, nachdem ich wie tags zuvor die beiden Schwestern in ihren blauen Anzügen Schüssel und Lappen parat gelegt hatte. Ich erschrak über die Beine, die Knie, so dünn und blaß hatte ich sie nie erlebt, wie überhaupt der ganze Körper wieder viel zu klein für das Bett zu sein schien, er verschwand geradezu auf der weißen Ebene des Lakens. Ich fuhr mit dem Lappen über ihr Gesicht, ihren Körper, die Brüste, den Bauch, wischte mit ausgewrungenem Lappen, bald mit dem Handtuch nach. Das Nachthemd überzustreifen, war bei weitem komplizierter, als es auszuziehen. Ich nahm Katja in die Arme, schaukelte sie wie ein Kind, ich hielt sie ganz fest und legte mich zu ihr ins Bett, um ihr die Fingernägel zu schneiden. Die Ränder hagelten aufs Laken und durch den Raum auf den vor Sauberkeit spiegelnden Boden.

Mein einziger freier Tag, Martin. Tschüß, bis heute nacht.

Damit war Tante Laura aus der Wohnung verschwunden, und sie tauchte auch wirklich vor dem Morgengrauen auf. Ich weiß es genau. Sie schlich sich leise in mein Zimmer und ohne viel Federlesens zu mir ins Bett, wie ich mich in deines hier im Krankenhaus gelegt habe, allerdings beförderte sie nach und nach erst ihre Jeans, dann ihren Pullover, später den Rest hinaus. Ihre Haare rochen weiterhin nach Küche und Zigarettenrauch, ein gemeines Gemisch, das sich in mein Kissen einnistete. Während ich Tante Laura auf Verlangen Sternbilder auf die Haut strich, suchte sie mein Ohr. Ich erfuhr von einem Mann, den sie vor ein paar Stunden kennengelernt und der sie mit dem Motorrad bis vor die Haustür gebracht hatte. Der Kerl, der seine dicken Haare schulterlang trug, wußte so amüsant zu erzählen, daß Tante Laura die ganze Zeit über lachte, er hatte Bergbau studiert, genauer Tiefbohrtechnik – ein Verfahren, mit dem man nach Erdöl und Gas schürft. Morgen, morgen wollte er wieder anklopfen, also heute. Was passiert war? Nichts, zumindest nichts von Belang. Sie sagte: Warum auch? Er hat keinen erkennbaren Sinn für den Süden.

Tante Laura antwortete meinen Händen mit einem einzigen Schauer, der nicht enden wollte. Aber wo, fragte sie, wo Martin gibt's hierzulande Erdöl?

Wem sollte sie's sonst erzählen. Ruth vielleicht? Ihre große Schwester, hätte es gern wissen wollen, aber einmal Mutter – immer Mutter. Wenn man ihr den kleinen Finger reichte, nahm sie die ganze Hand und wäre ihr unweigerlich wie früher in die Quere gekommen. Tante Laura wäre nicht mehr froh geworden.

Im letzten Schulsommer hörte ich jeden Tag im Radio *25 or 6 to 4* von der Rockgruppe Chicago, dieser hinreißende Bläsersatz ließ mich für einige Minuten innehalten. Ich drehte auf und schickte den Titel in das Leben der Straße hinunter, wo alles – Straßenbahnen und die knisternde Elektrizität in den Oberleitungen, die Autos mit ihren Motoren und die von ihnen ausgespieenen Abgaswolken, die Lastwagen und Passanten und Kohlekarrenfahrer, die Fahrer, die die Milchkästen klappernd auf das Trottoir wuchteten, die Fleischer, auf den Rücken die ausgebluteten Schweinehälften, die Radfahrer, die aus der Eckkneipe Torkelnden und die Bauarbeiter und der von ihnen abgeschlagene Putz – wo alles sich nach dem Rhythmus von *25 or 6 to 4* zu bewegen schien.

Eines Tages war Irmis Glas verschwunden. Hatte ich es gedankenverloren woanders hingestellt, ins Regal hinter die Bücher, in meinen Schrank, gehörte es inzwischen zum unübersichtlichen Bestand des Küchengeschirrs? Ich konnte suchen und suchen, es blieb verloren. Meine Mutter zuckte zerstreut mit den Schultern, Tante Laura fragte: Ein Glas, was für ein Glas? Ich schrieb Irmi, erhielt jedoch keine Nachricht, verabredete mich mit ihr in der Freilichtbühne in Friedrichshagen, wo wir uns zum ersten Mal gesehen hatten, sie erschien nicht. Ich kritzelte süße Worte auf eine Postkarte, ihre Tochter Regina wollte ich endlich kennenlernen, hatten wir's nicht ausgemacht? Ich erinnerte sie: Regina heißt Königin.

Aber keine Nachricht von ihr traf ein, an Telefon war nicht zu denken: weder bei ihr noch bei uns. Irgendwann zwischen den Prüfungen machte ich mich auf den Weg, fand ihren Schleichpfad nicht, mußte Block um Block abklappern, verirrte mich in all dem Grün, das den Beton zuwucherte, bis ich unvermittelt vor ihrem Hauseingang stand. Auf das Klingeln reagierte niemand, ich versuchte mit einem Nachbarn hineinzuschlüpfen, der wiederum erst was von mir wissen wollte. Ich ließ abgebrüht fallen, ich sei ein Verwandter von Irmtraud Kaufmann, ein entfernter Cousin. Später fiel mir ein, daß ein Cousin gar nicht entfernt sein kann, entweder man ist es oder nicht. Hinter der Tür tat sich nichts, ich mochte Sturm klingeln, soviel ich wollte, erst da ich mit meinen Fäusten unerbittlich gegen die Tür hämmerte, ein wahres Tremolo, begann ein Kind dahinter zu greinen, und ich erkannte Irmtrauds Stimme, die kreischte: Mensch, hau ab.

Ich bin's, Martin, rief ich und merkte nicht, daß ich das Treppenhaus beschallte, in dem an allen Ecken und Enden die Ohren gespitzt wurden. Martin, wiederholte ich.

Leine ziehen sollst du, sonst rufen wir die Polizei.

Meine Fäuste sanken langsam nach unten, ich trat dicht, ganz dicht an die Tür heran, unmittelbar dahinter, ich spürte es, wartete Irmtraud mit ebenso flatterndem

Atem wie ich. Ich flüsterte ihren Namen, murmelte Irmi an die Holztapete, mit der das Türblatt beklebt war, mein Zeigefinger folgte den in ihrem Regelmaß verwirrenden Linien der Maserung.

Nach einer Weile wurde die Tür sehr langsam aufgezogen, eine Frau mittleren Alters in einer geblümten Kittelschürze schob sich vor mich und sagte leise, daß es außer uns beiden niemand sonst hören konnte: Nehmen Sie doch Vernunft an, meine Tochter will Sie nicht mehr sehen –

Aber warum denn, unterbrach ich sie.

Na hören Sie mal, sagte die Frau und schüttelte den Kopf, als verstünde sie nicht recht. Das müssen Sie wirklich am besten wissen. Haben Sie denn Ihren Brief vergessen? Also so was auch.

Die Antwort auf ihre Frage war ebenfalls eine Frage: Ein Brief, was für ein Brief?

Ich bitte Sie, gehen Sie jetzt. – Danach wurde die Tür ins Schloß gestoßen, ebenso leise und wiederum bestimmt, wie die Frau gesprochen hatte.

Ich blieb stehen, die Maserung unmittelbar vor meinem Blick, der die Linien entlanghastete, meine Gedanken im Schlepptau. Was meinte sie? Mein Weg zu Irmtraud war ausschließlich gelb: Postkarten, Ansichtskarten, Telegramme und natürlich Briefe – was denn sonst? Hatte ich etwas geschrieben, was Irmtraud dazu bringen konnte, mich fortzuscheuchen?

Kaum zurück aus ihrem Restaurant, schlüpfte Tante Laura wieder in mein Bett und schmiegte sich an mich. Aber meine Hand war mißmutig und zeigte sich fahrig: Wassermann – was war das, Becher – nie gehört, Rabe – ach, was soll's.

Wie kann man nur so vergeßlich sein, Martin.

Morgen habe ich Russischprüfung, sagte ich mit müder Stimme, schriftliche Übersetzung. Hilft mir vielleicht das Kreuz des Südens dabei?

Tante Laura hatte sofort eine Erwiderung parat: Ich an deiner Stelle würde Irmtraud vergessen. Die ist nichts für dich. Sie hat schon ein Kind, und es wird immer das Kind eines anderen sein. Sie ließ, ich war ganz sicher, dabei eine Augenbraue nach oben schnellen.

Als ich mein Abschlußzeugnis nach Hause brachte, wollte Tante Laura mit mir feiern, ich trank Cola, sie zog eine Flasche Wodka unter ihrem Pullover hervor, die sie vor Ruth versteckt hatte wie eine Konterbande. Am besten ist es, wenn man's mischt, sagte sie und lachte, nimm einen Schluck. Darauf setzte sie die Flasche Wodka an, griff sich mein Gesicht und drückte entschlossen ihre Lippen, die sie einen Spaltbreit auftat, auf meine. Den Wodka spülte sie in meinen ebenfalls geöffneten Mund, wie meine Cola in ihren floß. Wir waren damit beschäftigt zu schlucken, ohne zu sprudeln, die Lippen blieben länger als nötig aufeinander. Sobald ich die Wirkung des Wodkas spürte, hörte ich auf, Tante Laura dagegen leerte die ganze Flasche, ohne weiterhin Cola zu bemühen. Ihre Bewegungen verrieten nichts vom Alkohol, ihre Stimme blieb vollkommen klar.

Sie kam jede Nacht zu mir, riß mich mit ihren Erzählungen aus dem Schlaf und fragte mich nebenher die Sternbilder ab. Den Tiefbohrer, der, wie sich herausstellte, gar nicht in seinem Beruf arbeitete, sondern Gedichte schrieb, die er zu veröffentlichen begann, traf sie nicht mehr. Er hätte vielleicht die Erde durchbohren können, bis zum anderen Ende, künftig geschah es höchstens metaphorisch. Ein Koch wurde nicht zuletzt wegen seiner Neigung zu exotischen Gerichten sein Nachfolger. Der hagere Mann übernahm als Leiter eine kleine Gaststätte, wo er chinesische Küche anbot. Chinesisch ist gut und schön, doch wie wär's mit mexikanisch, argentinisch, vielleicht mit brasilianisch, fragte Tante Laura. Das wird sich zeigen, erwiderte er. Der Koch verschwand von der

Bildfläche, er hatte einer Hochzeitsgesellschaft gestattet, das obligatorische Honecker-Bild von der Wand zu nehmen. Es störe beim Essen, hatte man ihm erklärt. Obwohl die Leute unter sich blieben, mußte sein Vergehen durchgesickert sein.

Tante Laura und ich, wir schliefen von nun an miteinander. Mein Gott, ich war gerade achtzehn.

Ich schnippte die abgeschnittenen Fingernägel aus Katjas Bett und strich Laken und Decke glatt, nachdem ich aufgestanden war. Meine Blumen, die sich zwar aufrecht in der Vase hielten, deren gelbe und violette Blüten aber zwischen den Fingern knisterten wie Papier und nach nichts mehr rochen, auch nicht nach Krankenhaus, stopfte ich in den Abfalleimer. Ich schenkte meiner Frau einen flüchtigen Kuß auf die Wange, so wie sonst, wenn ich mich zur Arbeit verabschiedete, und rief ihren Namen, während ich die Tür schloß.

Schon am späten Nachmittag des nächsten Tages saß ich wieder hier, auf einem Hocker neben ihrem Bett, ich hatte mir für heute einiges vorgenommen, wozu ich Muße brauchte. Meine beiden Termine hatten nicht mal den Vormittag komplett gefüllt, die beruflichen Verabredungen, ich mußte es mir eingestehen, nahmen rapide ab. An dieser Trendwende war ich nicht unschuldig, vielleicht brachte ich den Bauherrn nicht die nötige souveräne Beharrlichkeit entgegen – ich hatte ja im Grunde immer weniger Zeit, abends, manchmal wesentlich früher war ich im Krankenhaus und nicht auf Baustellen oder in Wohnungen potentieller Kunden, die nur eins im Sinn hatten: heraus aus ihren gemieteten und zu eng befundenen vier Wänden. Der Weinhändler, mein, wenn man so will, Kollege nahm weite Wege in Kauf, um auch nur ein paar Kisten Wein loszuschlagen – unsereiner band seine Gedanken an die Paretzer Straße in Wilmersdorf und hatte seinen Ehrgeiz verloren, was den Verkauf von Häusern anbelangt. Die Bauherren, allen voran deren Frauen, witterten, daß sie nicht die erste Geige bei mir spielten, und natürlich war ich in dieser Stadt nicht der einzige Hausverkäufer.

Zur Begrüßung hatte ich Katja über die Augenbrauen geblasen, die im Windzug kaum merklich bebten. Sie erkannte mich, ich war mir ganz sicher, nur konnte sie es mir nicht zu verstehen geben. Ich starrte sie an, wie man jemanden ansieht, den man lange nicht gesehen hat, wollte mich aber nicht verzetteln, beugte mich ihr auf meinem Hocker entgegen und zupfte entschlossen Katjas Ohr von Haarsträhnen frei.

Ich hielt den Zeitpunkt für gekommen, Markus Wegner ins Spiel zu bringen. Tante Laura hatte mich bis ins kleinste eingeweiht, auf alle meine Fragen ausführlich geantwortet.

Wegner, Redakteur bei einem westdeutschen Sender, wo ebenfalls seine Frau arbeitete, fuhr, aus Hannover kommend, nach Westberlin weiter und von dort in den Ostteil der Stadt, der im Sommer 1973 in eine Art Ausnahmezustand geraten war. Die Einheimischen mieden nach Kräften das Zentrum, S-Bahnen und Busse konnte man nicht mehr betreten, ohne massiv zu drängeln oder gar handgreiflich werden zu müssen, viele Straßen waren für die alltägliche Geschäftigkeit nicht zu gebrauchen, ganz abgesehen davon, daß man riesige Areale für Demonstrationen gesperrt hatte. Der Staat hatte zu einem Fest geladen, das er selbst Festival nannte, doch offiziell nicht englisch ausgesprochen wurde, sondern etwa so: Festiwaal.

Am ersten Tag der Weltfestspiele schob sich Wegner über den verstopften Alexanderplatz, hörte Diskussionen in den verschiedensten Gruppen zu und fand sich wegen der großen Offenheit wieder einmal in seiner

Meinung bestätigt, der Sozialismus sei der wahre Hort der Liberalität. Am Abend besuchte er mit den jungen Leuten aus Westdeutschland die kubanische Abordnung, von der sie einige kennengelernt hatten, der Inselstaat genoß nicht zuletzt wegen seines Staatschefs ihre ungeteilte Sympathie. Im Keller des Studentenwohnheims, wo auf der Tanzfläche eine einzelne schwarze Frau ihre ausladenden, in engen Jeans steckenden Hüften zu karibischen Rhythmen bewegte, erzählte ihm ein westdeutscher Maoist, er sei aus zutiefst parteilicher Überzeugung hierher gefahren und hätte sogar eine Rede vorbereitet gehabt, die er dann gar nicht hätte halten dürfen, sondern nur einen in der obersten Etage dieses Landes verfaßten Text, wie alle anderen seiner Genossen auch. Dieser Text hätte natürlich niemals seine eigene Sicht vermitteln können, von seiner Sprache ganz zu schweigen, weshalb er darauf verzichtete, ihn zu verlesen. Er hätte gedacht, im Arbeiter- und Bauernparadies angekommen zu sein, nun aber fühle er sich verzweifelt, wisse nicht so recht, ob er mit einem systemimmanenten oder lediglich zeitlich begrenzten Phänomen konfrontiert worden sei.

Weder noch, sagte Markus Wegner, es muß sich um ein Mißverständnis handeln.

An dem Abend lernte er eine Rumänin kennen, die sich mit einigen ihrer Landsleute in diesen Keller verlaufen hatte und unaufhörlich nach ihrem Freund Dinu fragte, während sie aufgeregt durch ihre strähnigen, blondgefärbten Haare fuhr.

Dinu, fragte Markus Wegner.

Dinu Regmann, sagte die Frau.

Er zuckte mit den Schultern und tanzte mit ihr neben der Kubanerin. Markus Wegner tanzte mit ihr die ganze Nacht hindurch, bis in ihr Zimmer hinein, das sie mit zwei anderen Frauen teilte, die gerade zum Demonstrieren aufbrachen, als die beiden ins Bett sanken. Erst am Abend fiel ihm ein, daß er ihren Namen noch nicht wußte. Daniela Ciubao war Sängerin an einem Theater in Thüringen, sie hatte eine samtene Altstimme mit phänomenalem Volumen, demgegenüber einen geradezu zerbrechlich wirkenden Körper, den er zu verletzen meinte, wenn er in sie drang und es dennoch nicht lassen konnte.

Bine, foarte bine, sagte sie eigentlich für sich und lachte schallend auf, worauf er erfahren wollte, was diese Worte bedeuteten. Weiß jedes Kind, spöttelte sie. Foarte bine heißt foarte bine, was denn sonst. Sie stammte aus dem Banat, aus dessen Hauptstadt Timişoara, wo sie das deutsche Lyzeum besucht hatte. Sollte sie sich in die Karten gucken lassen und preisgeben, daß er ihr verschaffte, was bisher keiner vermocht hatte, auch nicht ihr Freund Dinu Regmann? Obendrein sah man's ihr an, er mußte nur die Augen aufmachen. Na, hatte er's nicht schon begriffen? Völlig erschöpft aßen sie in einer Kneipe, Wegners Hände zitterten so sehr, daß er Mühe hatte, seinen Mund zu treffen. Vielleicht übertrieb Tante Laura, aber so hatte sie es mir berichtet.

Wegner und die Rumänin tranken im Stehen an der Theke ein letztes Bier, küßten sich und liefen eilig zurück in ihr Bett, ohne sich um die beiden Zimmergenossinnen zu scheren, die bald peinlich berührt aus dem Raum schlichen. Daniela Ciubao vergaß ihren Freund Dinu, und Markus Wegner war die Tatsache nicht mehr geläufig, verheiratet zu sein. Sobald die Weltfestspiele sich dem Ende zu neigten, wußte er, was er zu tun hatte.

Du bist verrückt, in die Zone, platzte seine Frau heraus und tippte ihren rechten Zeigefinger an die Stirn, du kennst diese Sängerin – wo kommt die her, vom Balkan? – seit ein paar Tagen und willst gleich mit ihr zusammenleben, noch dazu in der Ostzone, total verrückt bist du.

In den Westen kann sie nicht. Außerdem gehört das Banat nicht zum Balkan, erklärte er.

Das ist mir doch egal, schrie sie.

Er leitete die Scheidung ein, zum Glück hatten sie bislang mit Kindern gewartet, er überließ ihr das Reihenhaus, das sie freilich nicht abgezahlt hatten, zum Schluß kündigte er seinen Redakteursposten. Er zog in der Zwischenzeit zu einem Freund, seine ebenfalls getrennt lebenden Eltern lagen in einem anhaltenden giftigen Streit, bei jedem von ihnen hielt er es nicht lange aus. In der Nacht vor seiner Fahrt suchte er seine Frau nochmals auf, sie provozierte ihn so sehr, daß er gar nicht anders konnte, als mit ihr ins Bett zu gehen, zum letzten Mal, wie er sich sagte und auch ihr zu verstehen gab: zum letzten Mal. Sie glaubte weiter an einen Spleen und versuchte ihn umzustimmen mit all dem, worüber eine Frau verfügt. Sie war mit den Jahren etwas pummelig geworden, was ihm nicht mißfiel, es vermittelte ihm im Verein mit der gewohnten Wärme ihres Körpers das Gefühl, zu Hause angekommen zu sein. Welcher Mann sehnt sich nicht irgendwann danach. Du scheinst nicht zu wissen, was du aufgibst, Markus, sagte sie immer wieder in dieser Nacht. Für ihn sollte fortan nur ein Ausweis gelten: das kleine blaue Büchlein in Oktavheftformat mit dem staatstragenden Werkzeug auf dem Umschlag – sie versuchte, ihn nicht nur schlechthin auf ihre Seite zu ziehen, wie er meinte, sondern auf die des Westens, die er nicht anders als die des Gegners nennen mußte. Wenn er hier geblieben wäre, hätte er sich wie ein Verräter gefühlt. Noch nie hatte er so stark die Macht der Grenze gespürt, die mitten durch sein Ehebett verlief.

Foarte bine, sagte Markus Wegner, hab ich's richtig ausgesprochen? Die Rumänin, die ihn auf dem Bahnsteig erwartete, umarmte ihn, der nach seiner Frau roch, die nicht mehr seine Frau war. Daniela hing an seinem

Hals, eine zierliche Hand unter dem Pullover knöpfte das Hemd auf und schob sich über die behaarte Brust. Hast du inzwischen rumänisch gelernt, fragte sie und fühlte sich durchschaut. Er griff nach seinen beiden Koffern, da wurde einer bereits von Daniela getragen. Jetzt kommst du nicht mehr weg, rief sie auf dem holprigen Trottoir zu ihrer Wohnung: weder von mir noch von diesem wunderlichen Land. Es sollte wie ein Scherz klingen, war aber keiner. Bis nach Rumänien, lenkte sie ein, reicht dein neuer Paß, das ist schließlich die Hauptsache.

Er hätte Möbel oder Teppiche offiziell mitnehmen dürfen, verzichtete jedoch darauf, nichts sollte ihn an früher erinnern. Außerdem war Danielas Mansardenwohnung, die zum Theater gehörte, möbliert, der Blick ging über die Dächer der Altstadt, auf das Gewirr der Gassen und den Marktplatz, von dem pünktlich ab achtzehn Uhr das Leben so gründlich verschwand, als wär's für immer. Alles war überschaubar und lag klar vor ihm, er legte seinen Arm um sie, zog sie fest an sich heran und glaubte, sich völlig richtig entschieden zu haben.

Ach, den Ţuica, sagte sie. Wieder etwas, das du nicht kennst. Daniela Ciubao goß ein, sie stießen an und tranken. Der Schnaps rann unerwartet weich durch seine Kehle.

Und, meinte sie.

Aprikose, fragte Markus nach mehrmaligem Nippen.

Den gibt's in Ungarn.

Weinbrand?

Der ist braun und schmeckt ganz anders.

Apfel?

Calvados haben die Franzosen.

Doch nicht irgendein Wodka?

Du errätst es nicht. Ganz Rumänien befällt im Spätsommer eine gerichtete Unruhe, jedermann sammelt an allen passenden Orten die blauen Pflaumen, um daraus

Schnaps zu brennen. Ţuica, man kann so sagen, ist unser Nationalgetränk. – Tante Laura erzählte mir, daß sie später das eine oder andere Mal versucht hätte, an diesen Schnaps heranzukommen, allerdings ohne Erfolg.

Den Exoten Markus Wegner empfing man in der Redaktion der Kreiszeitung mit offenen Armen, er verkörperte die Überlegenheit des hiesigen Systems schlechthin: Es gab sie also wirklich, die den Weg in die *richtige* Richtung gingen, wann konnte man schon mal jemanden von denen kennenlernen. Am zweiten Arbeitstag fand Wegner sich auf der Titelseite seiner Zeitung wieder, umringt von den Beifall klatschenden Kollegen hielt er zurückhaltend lächelnd einen etwas zu klein geratenen Blumenstrauß vor seinem Bauch, die Unterschrift unter der Fotografie lautete: Vor dem Kapitalismus geflohen – vom Sozialismus aufgenommen.

Journalismus ist nichts anderes als ein Handwerk, stellte er für sich fest, das man letztlich überall ausüben kann, auch wenn er diese unerträglich hölzerne Sprache mit den Genitivreihen, die in sämtlichen Medien verordneter Usus war, noch nicht beherrschte. »Der Vorsitzende des Rates der Gemeinde hatte anläßlich seiner Rede vor Delegierten der Brigade der Landwirtschaftlichen Produktionsgenossenschaft ›Leuchtende Zukunft‹ erklärt, die Herausbildung der allseits entwickelten Persönlichkeit sei unverrückbarer Bestandteil des Aufbaus der sozialistischen Gesellschaft.« Aber weshalb sollte man diese Sprache nicht lernen können, man konnte alles lernen, anpassen mußte man sich im Westen schließlich auch, und das nicht zu knapp. Er befaßte sich anfangs mit Lokalnachrichten, die von erfolgreichen Straßenreparaturen, aus unerfindlichen Gründen Maßnahmen genannt, über die Stippvisite von Offizieren der Nationalen Volksarmee in einem Neubaukindergarten bis hin zu runden Jubiläen von Senioren in Altersheimen reichten, die, je höher sie ausfielen, desto deutlicher vom bevorstehenden Sieg des Sozialismus kündeten: Wo denn, bitte schön, herrschten jene Lebensbedingungen, die des Menschen überhaupt würdig waren? Nach einem halben Jahr, in dem er Einstellung und Fähigkeit unter Beweis gestellt hatte, durfte er sich mit dem Kulturressort befassen. Filmbesprechungen, »Das Buch des Monats«, die Ausstellungen des Zeichenzirkels vom wichtigsten volkseigenen Betrieb im Kreis, Aufführungen des Stadttheaters – zu diesen Themen lieferte er Beiträge.

Er saß wie stets in der ersten Reihe und genoß den Anblick seiner in einem prächtigen Kostüm steckenden Frau, vor allem freilich den Gedanken, daß alle Zuschauer Daniela Ciubao bewunderten und nur er sie für sich hatte, so oft er wollte, als sie mitten in einer Arie zusammenbrach. Es hatte weder an einem der Tage zuvor noch an diesem Abend ein Anzeichen für eine Krankheit gegeben, nur das normale Lampenfieber vor jedem Auftritt, aber sonst? Sie war auf der Stelle tot.

Unfähig zu denken, legte er sich ins Bett und hatte vergessen, daß man zum Schlafen die Augen schließt. Oder schlief er gar nicht? Zur Beerdigung, die das Theater organisierte, mußte man ihn aus dem Bett holen, anziehen und zum Friedhof fahren, wo Danielas Verwandtschaft erschien, die zur Hochzeit die weite Reise nicht auf sich genommen hatte: die Frauen in schwarzen Kleidern, von gleicher Farbe die wollenen Tücher; auf den Köpfen der Männer, die ihn umarmten und sämtlich nach Knoblauch und Ţuica rochen, saßen steife Hüte.

Die Trauergesellschaft wurde in der Mansardenwohnung untergebracht, die ganze Nacht über sang sie schwermütige Weisen und trank selbstgebrannten Ţuica, den es wahrscheinlich in gleichem Maße zur Hochzeit gegeben hätte. Danielas Vater, Mihail Ciubao, setzte sich neben ihn auf sein Bett, tätschelte seine Knie und rauchte eine Karparţi nach der anderen, jene filterlosen Zigaretten, aus deren Enden der Tabak unaufhaltsam rieselte. Er rauchte immerfort, beim Essen und Trinken, beim Reden, immer. Er sagte, daß Markus durch die Hochzeit mit seiner Tochter ein waschechter Rumäne geworden sei. Wenn er einmal nicht wisse, wohin, in Timişoara gäbe es einen Platz für ihn. Der Zigarettenrauch stand beißend und dicht in den Räumen, solange die Trauergesellschaft zu Gast war. Zum Abschied umarmten Markus alle, die Rumänen packten die Kleider der Toten in Koffer und nahmen sie mit, als könnten sie damit Daniela selbst mitnehmen. Mihail Ciubao schenkte ihm eine Flasche Ţuica.

Katja, denk, was du willst, sagte ich und tastete nach ihrem Handgelenk, um es zu drücken. Ich vermute, Tante Laura könnte in diesem Punkt geirrt haben. Mihail Ciubao schenkt ihm nur eine Flasche? Daß ich nicht lache. Aber ich weiß wirklich nur von einer. Ich sprang auf, lief umher, wusch mir ohne Grund die Hände, wobei ich lange das Wasser laufen ließ, und suchte sofort ihr Ohr, nachdem ich mich gesetzt hatte.

Markus Wegner und Rumäne! überlegte er später, kaum daß der Fluß der Gedanken wieder einsetzte, soweit kommt es noch. Aber was hatte er hier weiter verloren? Sobald er seinen Urlaub genommen und plötzlich viel Zeit hatte, dachte er zuerst an seine Frau, freilich an seine erste Ehefrau in Hannover, von der er seit seiner Übersiedlung nichts mehr gehört hatte, und dann, um sich von ihr und ihrem erregend vertrauten Körper abzulenken, wiederum an das ferne Rumänien. Er war nie dort gewesen, für Westdeutsche galt Rumänien als ein nicht attraktives Reiseland. Warum besichtigte er es nicht, durch Daniela kannte er Farben, Gerüche, Laute – das Land hatte sie ihm nahegebracht. Obwohl es standhaft zum Ostblock gehörte und die Auswirkungen der Diktatur jedermann spürte, nannte man Rumänien zu dieser

Zeit noch Schweiz des Ostens: Rumänen, Ungarn, Deutsche lebten in einem gewissen Ausgleich miteinander. Mit seiner Muttersprache würde er offensichtlich durchkommen – und er hätte seine Schwiegereltern dort. Was für ein Wort: Schwiegereltern. Er hatte es nie gedacht, auch nicht während seiner ersten Ehe. Wenn die Eltern, meinetwegen Schwiegereltern, Rumänen waren, wer war man dann selbst?

In diesem Moment des Zweifels meldete sich die Partei, deren Mitglied er von Anfang an war, in Person eines hohen Tiers vom Bezirk. Ja, du hast recht, Genosse Wegner, meinte der Mann in seinem tadellos sitzenden, hellbraunen Anzug, zu dem er ein leuchtend gelbes Hemd trug, was hast du hier in dieser Kleinstadt verloren, wo dich jede Straße, jeder Platz, wo dich alles an deinen schweren Schicksalsschlag erinnert. Die Partei hat Großes mit dir vor, ich hab etwas von einem Auftrag läuten hören. Bevor du uns noch Rumäne wirst, wollen wir dich nach Berlin schicken, was sagst du dazu?

Konnte die Partei Gedanken lesen?

Eine Woche danach bezog er eine Wohnung in Oberschöneweide, ganz in der Nähe der Spree, von der er die schreienden Möwen und das Tuckern der Schiffe hörte. Er war schnell mit der Straßenbahn, die durch die Boxhagener Straße zog, unmittelbar an unserem Haus vorbei, am Frankfurter Tor, also so gut wie im Zentrum. Ein Auftrag, was für ein Auftrag, dachte er belustigt.

Sämtliche Gespräche, die man mit ihm fortan führte, begannen mit folgenden Worten: Wir wissen in dir einen Mann, der die Welt gesehen hat, weltoffen also und tolerant ist und zugleich ein der Sache ergebener, treuer Genosse.

Ich war nur als Tourist unterwegs, wehrte er ab, in den Ländern, die man im Urlaub normalerweise bereist, in Frankreich, Italien natürlich, auch Griechenland, ach ja, Portugal, die Insel Mallorca nicht zu vergessen. Das ist alles nichts Besonderes.

Die Männer ihm gegenüber verdrehten neidvoll die Augen und blieben beharrlich bei der Formulierung weltoffen.

In Tunesien war ich auch, eine Fahrt übers Reisebüro mit meiner früheren Frau, zu Ostern, die Orangen hingen schon an den Bäumen, man konnte im Mittelmeer schwimmen –

Sie winkten überdrüssig ab. Und du bist verschwiegen.

Diese vier Worte gaben den Gesprächen eine neue Wendung. Wenn es sein muß, bin ich verschwiegen, sagte Markus Wegner und unterschrieb ein Papier, ohne es genau studiert zu haben. Er konnte es getrost versprechen, wem schon sollte er etwas erzählen.

Vorerst wurde er im größten Hotel der Stadt eingeschleust, berichtete Tante Laura. Sagte sie nicht allen Ernstes, das Schicksal triebe sie beide aufeinander zu? Er kümmerte sich darum, was man heute *public relations* oder Öffentlichkeitsarbeit nennt. Markus Wegner, der ein eigenes Büro erhielt, arbeitete an einer Hochglanzbroschüre mit, die das Hotel vorstellte und dabei recht plakativ Berlin ins rechte Licht rückte: Berlin, Hauptstadt der DDR, wie es hieß. Vor allem aber sollte er das Publikum beobachten, das sich im Hotel zeigte: Gäste, die zumeist aus alleinstehenden Frauen und Männern bestanden, wo sie sich kennenlernten und in welchem Zimmer sie sich für wie lange zurückzogen.

Es war offensichtlich, daß die Frauen auf den Strich gingen und die Männer, sämtlich Geschäftsreisende aus dem Westen, das Angebot freudig annahmen. Besonders unangenehm berührte Wegner, wie seine ehemaligen Landsleute an die Allmacht ihres Geldes glaubten, mit dem sie herumwedelten, als gäbe es buchstäblich nichts, das man damit nicht kaufen konnte. Tante Laura schätzte diese Haltung von Wegner durchaus.

Er brachte in seinem Schreibtisch für stille Stunden oder besondere Gäste die Flasche Ţuica unter, die ihm Mihail Ciubao geschenkt hatte. Er traf sich immer wieder mit ein und demselben Mann, der sich ihm unter dem Namen Karl vorstellte. Nichts weiter, sag einfach nur Karl, hatte er nicht unfreundlich, jedoch bestimmt verlangt. Er trug eine graue Windjacke, Vollbart und Brille mit runden Gläsern, die er geradezu lässig mit dem Mittelfinger zurückschob. Markus Wegner lernte durch Karls Regie allmählich Berlin kennen: Sie verabredeten sich im Pergamonmuseum vor dem von Schliemann ausgegrabenen Altar, an der Weltzeituhr auf dem Alexanderplatz und draußen hinter Königs Wusterhausen in dem Ort Neue Mühle bei Riedels, der überlaufenen Ausflugsgaststätte, am liebsten aber im Tierpark in Friedrichsfelde, wo man sich vor den Gehegen und Volieren und unter nicht wenig Publikum ergehen konnte, bei schlechtem Wetter im Alfred-Brehm-Haus vor Löwen in einer künstlichen Felsenlandschaft. Aber stets endeten ihre Unterhaltungen in der unmittelbaren Nähe der Flamingos. Die grazilen, rosafarbenen Wesen, die linkisch wie auf Stelzen zu stehen schienen, hatten es beiden angetan. Freilich verloren sie über diese Vögel kaum ein Wort, höchstens ein anerkennendes Kopfnicken galt ihnen oder ein Leuchten in ihren Augen, das andere Tiere nicht hervorzubringen in der Lage waren. Markus Wegner plauderte über seine Kollegenschaft und die Probleme bei seiner Arbeit, berichtete davon, daß er alle Bindungen an seine alten Kreise erfolgreich abgeschüttelt habe und sich als stolzer Bürger dieses Drei-Buchstaben-Landes fühle. Die offizielle Sprache, die alles überflüssig Individuelle aus der Diktion verbannt, beherrsche er nun ausgezeichnet. Karl erkundigte sich nach dem Kollektiv, sofort hatte Markus Wegner parat, daß er sich zu einem festen Bestandteil desselben gemausert habe.

Damit sind wir am besten vorsichtig, sagte Karl.

Das Projekt erhielt den Titel *Flamingo*. Tante Laura, ich erinnerte mich, hatte bei diesem Wort ihre Stimme gesenkt. Mehrmals erzählte sie davon, immer viel leiser als sonst. Ich war sicher, ihr jedes Wort glauben zu können; später merkte ich, daß ich recht damit hatte. Karl führte Markus Wegner eines Tages wortlos in ein abgelegenes Kaufhaus, das er noch nie betreten hatte. Nach einem Rundgang durch die über zwei Etagen sich erstrekkenden Verkaufsräume, erhellt von Neonröhren, in deren Licht sich die Käuferschar an den Regalen entlangschob, ging's in den Personalbereich, in die von Karl so genannten Eingeweide des Hauses, die sich über flache Gänge hinweg erstreckten, von denen Zimmer abzweigten, wo gearbeitet wurde, das Personal sein Essen einnahm oder die weiblichen Angestellten sich langmachen konnten. Karl klaubte einen Schlüsselbund aus der Tasche seiner Windjacke, er schloß Türen auf, sperrte sie hinter ihnen wieder ab, öffnete weitere Türen, bis sie einen Bereich betraten, den man Klubraum nennen konnte. Plüschsessel gruppierten sich um winzige Tische, die sich vor einer Wand aufreihten und auf denen beschirmte Lämpchen und Aschenbecher angeordnet waren. Niemand sonst, nur Markus Wegner und Karl traten ein, nicht ohne daß die Tür sorgfältig abgeschlossen wurde. Das Oberlicht erlosch, die Tischlampen glommen auf, während die beiden Männer Platz nahmen. Karl schob seine Brille zurecht, blieb weiterhin schweigsam und ließ seinen Blick nicht mehr von Markus Wegner, der sich vor Spannung räusperte, als sich schließlich die Wand zu verändern begann. Eine Art Jalousie hob sich völlig lautlos und ließ gleißendes Neonlicht in den abgedunkelten Raum einbrechen, an das sich die Augen schnell gewöhnten. Der Raum, der sich auf der anderen Seite der Wand auftat, war in mehrere Abteilungen gegliedert, deren Frontseiten von Vorhängen locker geschlossen waren. In dem Moment, da bei Markus Wegner der Groschen fiel und er merkte, daß es sich um nichts anderes als um Umkleidekabinen handelte, trat zügig eine Frau um die Dreißig ein, die Dauerwelle trug, schurrte den Vorhang zu und entkleidete ebenso zügig ihren Oberkörper, legte einen BH an, zupfte ihn zurecht, während sie sich schwungvoll vor dem Spiegel drehte, und schlüpfte wieder in ihre Kleider. Mit dem nachlässig über den Unterarm geworfenen BH verließ sie die Kabine.

Markus Wegner schaute von der Wand zu dem Mann neben ihm und erneut zurück. So überraschend der Anblick, so atemberaubend war er auch gewesen, obwohl der gesamte Vorgang nicht länger als vielleicht zwei Minuten gedauert hatte. Wegner verstand nicht, was hier vor sich ging.

Keine Angst, sagte Karl, sie hat uns nicht gesehen, von dort sieht uns niemand, sie haben nur sich selbst im Spiegel. Denk einfach, es ist wie im Kino, die Schauspieler sehen dich auch nicht, laß sie dich noch so intensiv angucken. Du bleibst im Dunkeln und bekommst einen Film geboten, den du nie zuvor erlebt hast.

Bei den letzten Worten suchten zwei Frauen gleichzeitig ihre jeweiligen Kabinen auf. Die elegante Brünette, die, indem sie ganz nah herantrat, so nah, daß Markus Wegner ihren Körper zu riechen meinte, zog zuerst die Lippen dunkelrot nach und schürzte diese zu einem Schmollmund, wischte mit einem Taschentuch forsch die Konturen und Mundwinkel und nestelte nebenher an den Knöpfen ihrer Bluse, die bald auf dem Hocker landete, gleichfalls ihr BH. Die Frau probierte verschiedene Frisuren aus, stülpte ihre Haare in die Höhe, brachte sie auf die Seite, nahm die Mähne darauf straff nach hinten und band sie mit einem Gummi zum Pferdeschwanz zusammen, bis sie sich dem Mieder zuwandte, das sie kaufen wollte. Wegner konnte sich nicht von ihren Brüsten lösen, die jede ihrer Bewegungen durch sanftes Pendeln zu kommentieren schienen. Der Vorhang wurde aufgerissen, ein Mann schob sich bis zur Hüfte herein; während er etwas zu der Frau sagte, griff sie sich endlich ihr Kleidungsstück und probierte es an.

Die Kundin in der anderen Kabine, eine üppige Person, atmete schwer, sie öffnete, weit nach vorn gebeugt, ihr Kleid auf dem Rücken und riß ihren BH herunter, ohne ihn ganz abzulegen, hob mit den Handflächen gelassen ihre ausladenden Brüste, um sie in einem neuen BH unterzubringen.

Wer meint, daß wir nicht das Recht auf den intimen Blick haben, sagte Karl mit ungewohnt schneidender Stimme in das verwunderte Gesicht seines Gegenübers hinein, dem antworte ich: Wir haben die Macht.

Das Argument überzeugte Markus Wegner und noch mehr, da er hörte, daß das Projekt *Flamingo* nichts anderes war als ein Akt der Auszeichnung verdienter Genossen: Wer für das Wohl des Volkes sozusagen im Schweiße seines Angesichts arbeitet, besitzt schließlich auch einen Anspruch auf entsprechende Belohnung, etwa so wie jedermann auf einen Ferienplatz einmal im Jahr. Außerdem waren auf diese beispielhaft unmittelbare Weise die Bedürfnisse der Werktätigen zu studieren: wie die Erzeugnisse der hiesigen Industrie auf der einen und die der Importe auf der anderen Seite angenommen wurden. Die Ausgezeichneten erhielten in offiziellen Feiern Urkunden, in denen sich neben den verliehenen Orden und Titeln von nun ab das für Außenstehende rätselhafte, exotische Assoziationen vermittelnde Wort *Flamingo* fand, versehen mit der Angabe über die zugebilligten Stunden. In den hohlen Wendungen und Arabesken der Buchstaben tauchte dazu die Silhouette des Vogels auf, der über einer Zahl schwebte.

Markus Wegner stand allein für dieses Projekt gerade, das mit ihm aus der Taufe gehoben wurde. Seine Aufgabe bestand darin, Ablaufpläne zu erstellen, in denen präzise vermerkt wurde, wer in diesem Raum vor der Wand über welche Zeitspanne hinweg zu sitzen berechtigt war. Es gab vier Tische zu je zwei Plätzen – die Stühle waren fest im Boden verankert, um ein Verschieben der Standorte und etwaige damit verbundene Streitereien zu verhindern –, nie durften mehr als acht Ausgezeichnete anwesend sein. Das Kaufhaus hatte von neun bis achtzehn Uhr geöffnet, und natürlich waren diejenigen im Vorteil, die in der Zeit zwischen zehn und zwölf, dann zwischen sechzehn Uhr und Feierabend ihre Plätze einnahmen; in den restlichen Stunden wurde das Kaufhaus weniger stark frequentiert. Durch eine Verlagerung der berechtigten Zeit konnte Abhilfe geschaffen werden, wozu Wegner mit den Beteiligten Verhandlungen führte, was er diskret aber auch entschlossen zu arrangieren wußte. Selbstverständlich verlangte er allen Ausgezeichneten eine Schweigeverpflichtung ab, die er diktierte und in seinen Akten ablegte.

Als er an einem seiner ersten Arbeitstage mit der Straßenbahn an unserem Haus vorbeifuhr, mußte sie vom Rhythmus von *25 or 6 to 4* aus meinem offenen Fenster erfaßt worden sein und mit ihr sämtliche Passagiere. Markus Wegner stieg aus, obwohl er eigentlich nach Oberschöneweide durchfahren wollte, und er sah eine blonde, junge Frau mit einem schmalen Nasenrücken, die einen kurzen, man könnte vielleicht auch sagen unverfroren kurzen Rock trug, aus dem Hauseingang treten. Natürlich bewegte sie sich ebenfalls im Rhythmus von *25 or 6 to 4*.

Ich kann mit Fug und Recht behaupten, daß ich Markus Wegner mit Tante Laura zusammengebracht habe. Ja, es lag an mir, Katja, ausgerechnet an mir. Ohne mich hätten sie sich nie kennengelernt.

Ich erhob mich, holte die notwendigen Utensilien heran und schlug die Bettdecke zurück. Ich wusch Katja, zuerst das Gesicht, dann den ganzen Körper, trocknete sie schließlich sorgfältig ab. Ich hielt sie noch eine Weile im Arm, flüsterte ihr einiges ins Ohr und machte mich auf den Weg. Ich gab ihr einen Kuß auf die Wange. Bis bald, Katja, flüsterte ich.

Während ich mich am Morgen schlaftrunken rasierte und in den Spiegel sah, zuckte ich zusammen, der Anblick war nicht dazu angetan, mich gelassen zu stimmen: diese Augen, verquollen und rot, der scheue Blick, die Haare, die nicht gewaschen waren und dringend einen Friseur benötigten. Mit diesem Gesicht erhielte kein Architekt einen Auftrag, kein Hausverkäufer weckte Vertrauen beim Bauherrn. Wer läßt sich schon mit jemandem ein, der aussieht wie ein gehetztes Wesen. Auf diese Weise beunruhigt, konnte ich an dem Tag auch kein Kundengespräch nach meiner Regie gestalten, nichts gelang mir, nicht mal meine Stimme, mein bislang sicherstes Kapital, klang einnehmend. Es war meine eigene Anwesenheit, die mich verunsicherte.

Auf dem Weg zur Paretzer Straße kaufte ich irgendeinen Strauß, es waren Astern, stellte ich erst im Krankenhaus fest, dunkelrote Astern, die eine Frau neben dem Bahnhof anbot. Ja, aus meinem Garten, murmelte sie als Antwort. Ich schaute ihr aus Furcht vor ihrem Blick gar nicht in die Augen, ebenso auf dem Flur den Schwestern und der Ärztin nicht, die mich ihren festen Händedruck spüren ließ. Ich floh geradezu in Katjas Zimmer. Nachdem ich die Tür geschlossen hatte, atmete ich auf: Hier spielte mein Gesicht keine Rolle. Eigentlich kann ich Astern gar nicht leiden, sagte ich unvermittelt, während ich dem Strauß Wasser gab, ich hab sie achtlos gekauft, sie riechen für mich immer nach Tod. Sprachen wir jemals darüber? Ich drehte mich erschrocken um, hatte sie mich verstanden? Ach, und wenn schon, dachte ich und fuhr aufgeräumt fort: Katja, was erwartet uns dort, du siehst von deiner Warte aus mehr als ich. Du bist nicht mehr ganz hier und noch nicht fort. Müssen wir uns vor dem Tod fürchten oder bedeutet er unendliche Freiheit, auf die man sein ganzes Leben lang wartet. Oder ist jene Freiheit furchteinflößend – wer verträgt denn, daß man alles, aber auch alles tun und lassen kann, wonach einem der Sinn steht. Komm, verrate es mir.

Und dann blitzte der Gedanke in mir auf, den ich hinausposaunte: Vielleicht willst du gar nicht mehr zurück, bist dort angekommen, was man zu Hause nennt: wo einem der Wille zum Aufbruch abhanden gekommen ist, weil einem nichts fehlt. Wer sehnt sich nicht nach seiner Heimat. – O nein, bitte nicht, rief ich, das kannst du nicht machen. Denk an uns. Ich starrte sie an, ihre Miene blieb verschlossen wie ihre Augen, nichts passierte, ich hörte kein Geräusch, weder vom Flur noch von der Zimmernachbarin, sogar die Elektronik der Geräte schien zu schweigen, in der Stille, die nicht mal ein Gedanke trübte, war Platz für die ganze Welt.

Übrigens, sagte ich, nachdem ich mich gefangen hatte, die Messer, die der Weinhändler als Geschenk auf den Tisch geschoben hat, fangen an zu rosten. Bereits nach dem ersten Abwasch. Ich hätte es mir gleich denken können. Aber der Wein ist gut, ich hab gestern eine Flasche probiert. Was ist schon eine Flasche, Katja, hab dich nicht so, wirklich nur eine, ein ausgezeichneter Weißwein. Im nächsten Jahr an der Ostsee machen wir uns über die Kisten her.

Ich schubste mit meinem Ellbogen Katja verschwörerisch gegen die Schulter und begann zu erzählen. Von nun an hörte ich nachts, wenn Tante Laura wieder in mein Bett geschlüpft war, von Markus Wegner, nur noch von ihm. Mir war sofort klar, daß sie sich für ihn entschieden hatte. Es lag für mich auf der Hand, daß aus uns nichts werden konnte, wie denn auch. Aber wer wußte zu sagen, ob Markus Wegner der richtige war und wie es ausgehen würde. Und zum Glück änderte sich erst einmal nichts. Natürlich kannte er nicht die Sternbilder des südlichen Himmels, die mußte sie ihm in langwierigen Übungen beibringen, er erwies sich als wenig gelehrig. Seine Finger, sagte sie, sind rauh, wovon ist mir nicht klar, und außerdem unglaublich ungeschickt. Dennoch ließ sich Wegner nicht mit dem Tiefbohrer, dem der Sinn nach Lyrik stand, oder dem unglückseligen Koch vergleichen, der Genosse Markus war etwas ganz anderes. Tante Laura setzte gleich am Anfang auf diese Karte: Wer aus dem Westen kommt, kehrt irgendwann auch wieder dorthin zurück, was kann ihm schon auf Dauer dieses Land bieten. Aber dann bitte schön ist er wieder verheiratet.

Wie um einen Beweis für ihre These anzutreten, bewarb sich Wegner um eines der Autos, die in dieses Land importiert wurden, allerdings nicht für jedermann. Genau gesagt, war es ein Golf. Ein West-Auto, verstehst du, sagte mir Tante Laura. Er kauft sich keinen Moskwitsch, Lada, keinen Wartburg, erst recht nicht einen trivialen Trabant. Wer konsequent an den Osten glaubt, vertraut auch der hiesigen Autoindustrie. Mit dem Golf kann er eines Tages zurück nach drüben rollen, und ich weiß genau, wer neben ihm sitzen wird.

Was bis dahin nur schwer möglich gewesen war, erwies sich ab jetzt als völlig problemlos: Tante Laura erhielt an Wochenenden frei, so oft sie wollte, gleichgültig, wie viele Gäste nach Plätzen anstanden. Ihrem Chef hatte man längst gesteckt, in welchen Kreisen Tante Laura verkehrte.

Auf mich wirkte Wegner wie ein Bonze, an seinem Jackenaufschlag prangte auch in der Freizeit das Parteiabzeichen. Er holte sie bei uns in der Boxhagener Straße ab – ich sah sie mitunter in sein Auto einsteigen, der immer blankgewienerte Golf war von einfallslos dunkelblauer Farbe. Der Mann öffnete von innen die Tür, Tante Laura schwang sich hinein, eine Hand hielt dabei den Saum ihres Rocks, damit er nicht noch höher rutschte. Wegner kannte sich inzwischen bestens aus in Berlin, wozu auch die vielen Treffen mit Karl beigetragen hatten. Tante Laura fragte er nie, was sie sehen wollte. Laß dich überraschen, sagte er, weiter nichts, wenn sie sich nach den Zielen erkundigte. Die zwei aßen Eis in der Gaststätte in Neue Mühle, Pückler-Eis mit Blick auf ein durch die Schleuse beständig rauschendes Gewässer oder tranken Berliner Weiße mit Schuß in Schmöckwitz in einem Restaurant, wo der Zeuthner See in den Seddinsee fließt. Diesen idyllischen Flecken hatte Wegner vor einiger Zeit im Vorüberfahren entdeckt. Sie fanden nach kurzem Suchen die Straße Am Kupfergraben vor dem Pergamonmuseum. Markus, was sollen wir im Museum, hatte sie gesagt, die ollen Klamotten die. Aber als sie in einem Mosaik zwischen Pferden und Raubkatzen Palmen zu erkennen glaubte, Palmen auf den Ziegeln eines antiken Tors oder Altars, Palmen in den prächtigen Kapitellen von Säulen – überall diese Bäume, verstummte sie vor Begeisterung.

Palmen, Martin, er hat mir Palmen gezeigt, verstehst du, erzählte sie. Man zeigt doch nicht einfach jemandem ohne Grund Palmen. Tante Laura war sich sicher, mit Markus Wegner auf dem richtigen Weg zu sein. Und als er den Golf nach Friedrichsfelde lenkte und mit ihr neben Papageien, die die Allee hinter dem Eingang säumten, vor den Gehegen der Wölfe und Büffel, dann jedoch vor Flamingos, immer wieder vor Flamingos verharrte, Tante Laura dort umarmte und ihr ins Ohr flüsterte, daß sie, diese grazilen Geschöpfe, seine Passion seien, atmete sie tief durch. Für Tante Laura war die Leichtigkeit des Südens rosa. Er mußte Tante Laura erkannt haben, jeder Zweifel schien ausgeschlossen. Tante Laura genoß es, *dazuzugehören*, obwohl ihr diese Leute fremd blieben, zu denen sie eingeladen waren auf Partys, auf denen sie Direktoren kennenlernte, Politiker und Journalisten, die man sonst nur im Fernsehen sah. Paradoxerweise käme Tante Laura gerade durch diese Leute und ihre Ideologie, die Markus Wegner in ihr Land gelockt hatten, hinaus.

Nein, niemals in die Lausitz, sagte sie an einem der nächsten Sonntage, nicht in mein altes Kaff. Da waren sie schon auf der Landstraße dorthin, Kastanienbäume warfen ihre Blüten auf sie ab, dahinter dehnten sich flache Wiesen aus, die in der Ferne an Wälder stießen. Ich will da nicht mehr hin, schrie sie gegen den Fahrer, mach sofort kehrt. Er ließ sich aber nicht von der einmal eingeschlagenen Richtung abbringen, lenkte den Golf unbeirrt über das holprige Pflaster in Gassen, über Plätze, auf denen die Sonne unbeweglich stand, auf ihr Haus am Stadtrand zu. Woher wußte Wegner, wo die beiden Schwestern, wo Ruth und Laura gewohnt hatten? Tante Laura wollte ihm nicht zeigen, aus welchem Nest sie stammte, sie war froh, es vorerst wenigstens bis Ostberlin geschafft zu haben. Wie niedrig das mit Moos besetzte Dach des Hauses, wie schäbig alles war, die toten Äste der Obstbäume im Garten reckten sich verloren in den Himmel. Wer etwas aus sich machen wollte, mußte fort, fort von hier. Tante Laura, die sich weigerte, auszusteigen, verfolgte beklommen aus den Augenwinkeln, daß Wegner ohne zu zögern auf das Grundstück zuging, es von sämtlichen Seiten beäugte, schließlich klingelte. Es zeigte sich niemand, wahrscheinlich waren die Leute ausgezogen, die abgelegene Straße erwies sich auf eine so vollkommene Weise leer, die jeden Besucher erschrecken mußte. Tante Laura kannte keinen einzigen Namen mehr aus dieser Gegend, hatte sie selbst jemals hier gewohnt? Wegner ging am Haus vorbei auf den Weg, der in die Wiese führte, er sprang über Pfützen, balancierte auf Grasnarben, um auf eine kleine Anhöhe zu marschieren, von der er ins Land schauen konnte: Die rechte Hand überschattete die Augen.

Auf der Rückfahrt schwieg sie, ohnmächtig vor Zorn, sah kaum aus dem Fenster, die vorbeirasenden Bilder, auf denen der Glast der Abendsonne lag, blieben verschwommen. Mach das nie wieder, stieß sie hervor, als der Golf im Strom der Ausflügler in einer einzigen Abgaswolke auf Berlin zustrebte, nie wieder, hörst du.

Es mußte sein. Diese Worte waren seine einzige Antwort.

Was mußte sein, was?

Wenn du das nicht selbst begreifst, sagte er. Sie stieg in der Boxhagener Straße aus und schmetterte grußlos die Tür in den Schlag, daß der Knall bis ins oberste Stockwerk hinaufgeschleudert wurde.

In dieser Nacht strich ich viele Sternbilder auf ihre Haut, lernte sogar neue dazu wie Phönix und Eridanus, der sich unendlich lang dahinzog wie der Schauer, mit dem ihr Körper nach einiger Verzögerung reagierte. Immer muß er den Ton angeben, meinte Tante Laura, wenn ich nicht wüßte, daß ich durch ihn in den Süden kommen würde –

Bald verlangte Markus Wegner von ihr, die Arbeit in der Gaststätte aufzugeben und sich etwas anderes zu suchen, es paßte ihm nicht mehr, seine Freundin erst ab Mitternacht zu treffen. Aber was hatte sie gelernt? Im Grunde war Tante Laura vielleicht doch Tänzerin, die den Spagat von frühester Jugend an bestens beherrschte, oder auch Schauspielerin, die nur das Kellnern spielte, freilich überzeugend wirklichkeitsgetreu: Jeder glaubte, eine echte Kellnerin vor sich haben, die in dieser Arbeit ihre Erfüllung sieht. Ich habe sie nie dabei beobachtet, kannte wiederum sehr wohl ihren Gang, sie konnte derart im Rhythmus von *Rock Around the Clock* schreiten, daß niemand aufhörte, sie anzustarren, und so charmant sein, daß man sich Eisbein mit Erbspüree widerspruchslos servieren ließ, obwohl Currywurst mit Kartoffelsalat bestellt worden war. Und heute weiß ich, Katja, sie besaß verschiedene Gesichter, die sie nach Belieben abrufen konnte – wie eine Aktrice. Ob sie sich in der Schauspielschule hätte bewerben sollen, in Schöneweide, gar nicht weit entfernt von Markus Wegners Wohnung, auf der anderen Seite der Spree?

Tante Laura gab sich ganz ihrem Rock 'n' Roll hin, während sie auf Markus Wegner wartete, der irgendwann nach Schließung seines Kaufhauses klingelte. Aber erst mußte der letzte verdienstvolle Genosse hinausgeleitet werden, der noch etwas zu trinken bestellte und eine Zigarette mit bebender Hand an der Glut der alten entzündete, dabei unentwegt die leeren Spiegel anstarrend, kurz, nicht wahrhaben wollte, daß die Vorstellung zu Ende war. Markus Wegner schrieb seinen Bericht wie jeden Feierabend, schüttelte dem Wachhabenden zum Abschied die Hand und stieg in seinen Golf.

Die Gerüche nach Tabakqualm und Küche verloren sich allmählich aus unseren Räumen und damit aus meinen Haaren und Kleidern. Ich wagte mich von nun an unbefangen unter Leute. Auf wundersame Fügung blieb mir vorerst der Armeedienst erspart, gleich nach dem Abitur konnte ich mit dem Studium beginnen. Oft fiel Tante Laura nichts anderes ein, als mich morgens auf den Weg zur Vorlesung oder zum Seminar zu begleiten. Nachdem wir zusammen im Stehen einen Schluck Kaffee getrunken hatten, saßen wir in der U-Bahn; Tante Laura hastete an meiner Seite die Stufen im Bahnhof Alexanderplatz hinauf zur S-Bahn, mich unentwegt nach meinen Fächern befragend, und ob ich die Hefter dabeihätte, die betreffenden Lehrbriefe, die Frühstücksbrote nicht zu vergessen. Wir nahmen am Bahnhof Friedrichstraße den Hinterausgang, liefen über die Spreebrücke durch den aus dem Wasser aufsteigenden Nebel, über die Gleise neben uns fuhr eine S-Bahn in Richtung Westen. Tante Laura galt als meine Freundin, manche sagten meine Geliebte, und wer in meinem Alter konnte schon eine ältere Geliebte vorweisen, die noch dazu aussah wie eine Tänzerin oder Schauspielerin. Vor meinen Kommilitonen war ich ein gemachter Mann. Zu allem Überfluß umarmte sie mich vor dem Eingang und hätte mich sogar abgeholt, wenn ich es ihr nicht ausgeredet hätte, was sie mit hochgezogener Augenbraue quittierte.

Wie Tante Laura den Tag verbrachte, wußte ich nicht und wahrscheinlich auch Wegner nicht: Die Wege der Frauen sind für Männer rätselhaft wie sie selbst. Was ist, mochte er überlegt haben, wenn sie eines schönen Vormittags zufällig in die Gegend seiner Arbeitsstelle kommt und auf das Kaufhaus stößt. Sie erwies ihm genügend Gelegenheit, ihr Repertoire an Wäsche zu erkunden, er fragte auch das eine oder andere Mal danach, wurde dennoch nicht klug daraus, hatte ihr mehrmals die phantasievollsten BHs mitgebracht, darunter manchen raren Importartikel, die sie jedoch alle mit immer der gleichen Bemerkung abgewiesen hatte: Man muß so was selbst anprobieren. Genau das war's, sie wird, stellte er sich vor, durch die verschiedensten Abteilungen schlendern, aber unweigerlich angezogen wie Insekten vom Licht im ersten Stock bei der Damenunterwäsche landen. Welche Frau liebt es nicht, sich beim Betrachten von Spitzen und Paspeln, von Rüschen, Charmeuse und Jacquard zu zerstreuen, Mieder zu probieren, die einem Windhauch gleich die Haut umspielen und jede Trägerin verführerisch erscheinen lassen. Tante Laura könnte eine dieser Umkleidekabinen betreten, den Vorhang zuschurren – und sich ahnungslos den Ausgezeichneten hinter den Spiegeln präsentieren.

In diesem Moment beschloß Markus Wegner, sie in seinem Apparat unterzubringen, nach einer gewissen Probezeit zu seiner, sagen wir, Sekretärin zu machen. Allein auf sich gestellt, ohne Kollektiv, wie er zu sagen gelernt hatte, war seine Arbeit ohnehin nicht zu schaffen. Mochte dieser Karl, der an einen Intellektuellen erinnerte, sagen, was er wollte. Wenn sie den Tag über beschäftigt war, konnte sie sich nicht in seinem Kaufhaus für Unterwäsche interessieren.

Als ich von einem Seminar nach Hause kam, hörte ich Mutters Stimme aus der Küche. Du weißt genau, daß er ein Bonze ist, wie's aussieht, ein hundertfünfzigprozentiger.

So schlimm wird's schon nicht sein, erwiderte Tante Laura.

Läßt dich mit so einem ein, von dem du nicht weißt, mit wem er zu tun hat, Partei ja sowieso, bestimmt noch mit den Leuten von der Firma. Du mußt den Verstand verloren haben.

Ach was, er ist von drüben, aus Hannover, entgegnete Tante Laura.

Hundertfünfzigprozentig, sag ich ja, weshalb kommt so einer sonst her. Und nun willst du anfangen bei denen. Hast du irgendwas unterschrieben?

Unterschrieben, unterschrieben, was weiß ich.

Also doch. Wenn du bei denen mitmachst, Püppi, sind wir geschiedene Leute.

In dieser Nacht konnte ich durchschlafen, auch in den folgenden Nächten, Tante Laura blieb fort, und wenig später überraschte sie mich mit der Nachricht, daß Markus Wegner eine größere Wohnung bekommen habe und sie zu ihm ziehe, an der Leipziger Straße mit Blick auf das Areal jenseits der Mauer, die pure Wüstenei, wo einst der verkehrsreichste Ort Europas gewesen war, der Potsdamer Platz. – Tja, Martin, ist das nicht schön, es geht aufwärts.

Klar doch, schön, erwiderte ich und wußte nicht, was ich außerdem sagen sollte, mir fiel nichts ein. Mir kam überhaupt die Lust auf Worte abhanden, ich schwieg und schwieg, wo ich mich auch sehen ließ. Worte – waren Worte nicht völlig ohne Sinn, was konnten sie eigentlich mitteilen?

Am Tag ihres Auszugs folgte Tante Laura einer ihrer aberwitzigen Eingebungen, indem sie sämtliche Türen abschloß und das Schlüsselloch der Wohnungstür verstopfte, mit Kitt oder Knete; sie fuhr zur Spree, von einer Brücke schleuderte sie die Schlüssel ins Wasser, die Möwen, die sie wie eine Wolke eingehüllt hatten, stürzten lärmend den blinkenden Teilen hinterher.

Tante Laura ließ mich irritiert zurück, nicht nur, daß meiner Mutter und mir die Wohnung, die Zimmer versperrt waren, zumindest fürs erste, ich hatte nicht einmal ihre neue Anschrift. Es war wie der Ansatz zur Lösung eines Rätsels, als ich nach drei Wochen im Briefkasten ihre Karte fand. Am Samstag, zwei Uhr, im Posthorn, dem Café am Alex. Gruß, Deine Püppi.

Ich ging nicht hin, auch nach der nächsten Karte nicht. Wir trafen uns erst, sobald mir die Worte wieder über die Lippen kamen. Ich erkundigte mich über den kleinen, runden Tisch hinweg nach unseren Schlüsseln, ich bohrte und hakte nach, flüsterte und rief, daß sich das Publikum umdrehte. In Tante Lauras Blick lag grenzenloses Erstaunen, ich überlegte eine Weile, ob sie es tatsächlich gewesen war oder nicht doch ein anderer. Vielleicht war alles nur ein Irrtum, der sich schon aufklären würde. In mein Zweifeln hinein begann sie von Wegner zu erzählen, der unbedingt ein Kind wollte. Sie mußte mit der Pille aussetzen, er führte akribisch ihren Regelkalender und bestimmte die entscheidenden Tage, an denen er mit ihr schlief, so oft und intensiv es ihm möglich war. Nach der Arbeit holte er Tante Laura in ihrem Büro ab und trieb seinen Golf an, um schneller nach Hause zu kommen, das Schauspiel in den Spiegeln hatte ihn wohl in einen solchen Zustand versetzt, daß es ihn mit Macht ins eheliche Bett zog. Obwohl er seit Jahren seinen Arbeitsplatz in dem Warenhaus hatte, blieb die Wirkung auf ihn nie aus. Anschließend sollte Tante Laura, um das Ergebnis seines Fleißes zu verstärken, möglichst noch bis zum nächsten Vormittag liegen. Tante Laura brauchte sich nicht krankschreiben zu lassen – Wegner war ihr Chef. Aber es nutzte alles nichts, er mußte wieder und wieder die kleinen roten Punkte in die Felder des Kalenders setzen.

Von vornherein lag es auf der Hand: Der Zufall war der Schwachpunkt der begehrten Einrichtung in Markus Wegners Kaufhaus, so Tante Laura lakonisch. Er konnte nie restlos ausgeschlossen werden. Trotzdem verlangte man von Wegner, ihm durch gründliche Planungen entgegenzutreten, wozu die familiären Verhältnisse der mit dem *Flamingo* Ausgezeichneten aufgeklärt werden mußten. Nicht umsonst haben wir die wissenschaftlich-technische Revolution auf unserer Seite, schwadronierte Karl selbstbewußt. Auf Zuarbeiten sämtlicher Kaderabteilungen einschließlich des Geheimdienstes durfte Wegner zurückgreifen, doch er wußte, er stand auf verlorenem Posten. Eines Tages betrat die Ehefrau eines Generaldirektors, der den Plan mit mehr als einhundertzwanzig Prozent erfüllt hatte und hinter dem zweiten Spiegel von links saß, die genau ihm gegenüberliegende Kabine. Laut der Dossiers, die Wegner vorgelegt worden waren, hätte sie sich zur Kur in Podebrady in der befreundeten Tschechoslowakei befinden müssen, wo Trinkkuren mit kohlesaurem Mineralwasser verabreicht wurden, die bei

Diabetes mellitus hilfreich sein sollen. Mit der Frau war erst in zwei Tagen zu rechnen. Der Direktor schluckte, hob seine Rechte mit dem abgespreizten Zeigefinger, schwieg aber. In den anderen Kabinen tat sich nichts, so daß sich alle Augen auf diese burschikose Frau mit kurzen blonden Haaren richteten, die von einigen Männern sofort erkannt wurde. Sie wehte einen lindgrünen BH über den Haken an der Wand und hob ihren Rock, um die Strumpfhose straff zu ziehen, die an den Knien Falten geworfen hatte. Sie strich anschließend den Rock sorgfältig glatt und kramte nach einem Kamm, machte ihre Haare zurecht und drehte sich vor dem Spiegel. Doch sie suchte nicht sich selbst, sondern blickte ungeduldig auf den Vorhang in ihrem Rücken. Nach einer Weile bewegte er sich, ein fülliger Mann schlüpfte herein, der den Stoff erstaunlich behende wieder in die ursprüngliche Position beförderte. Er schob, nachdem er seine Aktentasche auf den Boden gesetzt hatte, routiniert seine schmalen, weiblich anmutenden Hände unter den Pullover auf die Brüste der Frau, deren Gesicht sich bei seinem Eintritt aufgehellt hatte und die sich nun mit geschlossenen Augen gegen ihn lehnte.

Der Ehemann griff automatisch zum Bierglas und schleuderte es mit voller Wucht gegen den Spiegel, was ein dumpfes Scheppern begleitete, im gleichen Moment teilte ein winziger Riß die Glasfläche. Während der Generaldirektor schnaufend aufsprang und den Raum verließ, um vor das Kaufhaus zu laufen und seiner Frau aufzulauern, trat diese mit gerafftem Pullover so dicht an den Spiegel heran, daß jeder im Raum dahinter annehmen mußte, sie könne durch den Riß hindurchspähen. Die Männer glaubten sich enttarnt, in dem um sich greifenden Tumult der kopflos Fliehenden bewahrte Wegner die Übersicht, er löschte sofort das Licht, half jedem hinaus und sperrte den Raum hinter den Spiegeln ab.

Markus Wegner eilte dem gehörnten Ehemann hinterher, dem freilich nicht zu helfen war. Sobald er seine Frau am Arm des Liebhabers das Kaufhaus verlassen sah, hielt er sie im Gedränge fest und schlug auf sie ein, gegen die Wut des Direktors war kein Kraut gewachsen, indessen der Nebenbuhler sich augenblicklich aus dem Staub machte.

Das Projekt *Flamingo* wurde nicht zuletzt wegen des daraus entstandenen Skandals fürs erste abgeblasen. Auf der Suche nach dem Schuldigen blieb man bei Wegner hängen. Bei der Durchsuchung seines Büros, das er aus Tarnungsgründen weiterhin im Hotel hatte, fand man im Schreibtisch die längst vergessene Flasche Ţuica, die ihm sein rumänischer Schwiegervater geschenkt hatte. Die Flasche zeigte sich bis auf einen kleinen Rest geleert, Wegner war sich sicher, niemals daraus getrunken oder jemandem davon angeboten zu haben. Und welchen Einfluß hätte denn auch der Ţuica auf den Zufall gehabt?

Alkohol während der Arbeitszeit, meinte Karl, der sich immer in Wegners Umgebung bewegt hatte, dann ist alles klar.

Was denn, was ist klar, ich verstehe überhaupt nicht, konnte Wegner gerade noch sagen, da bekam er zu hören: Wir haben uns wohl in dir getäuscht.

Innerhalb weniger Tage ergraute Wegner, er sah älter aus, viel älter, als er wirklich war, erzählte mir Tante Laura. Du kannst dir nicht vorstellen, wie, fügte sie hinzu. Seine bis dahin geordnete Welt zeigte ihr anderes Gesicht, das er niemals für möglich gehalten hatte. Er schleppte sich vom Parkplatz des Golfs in sein neues Büro, wo er mit statistischen Aufgaben betraut wurde, von denen er nicht zu sagen gewußt hätte, was genau sie erfaßten. Wahrscheinlich wußte man nicht, was man mit ihm anfangen sollte. Er saß allein in seinem Zimmer, das wiederum das einzig besetzte auf dem Flur war, auf dem

Renovierungsarbeiten stattfanden, die offenbar sämtliche Büros außer seinem in Mitleidenschaft zogen und deshalb leerstanden. Wegner holte sich aus einem weit entfernten Gebäudeteil die Unterlagen, registrierte und bearbeitete die Zahlen. Die Ergebnisse trug er dorthin wieder zurück.

Wenn er abends ging, kontrollierte er gründlich, ob er die Fenster geschlossen hatte. Nach all dem, was passiert war, sollte man ihm nicht noch mehr Nachlässigkeit vorwerfen können. Am nächsten Morgen, er war fassungslos, fand er mindestens eines der Fenster sperrangelweit offen, durch das der Regen auf seinen Schreibtisch peitschte. Eine weitere Sorge bereitete ihm das Licht, er fürchtete, seine Neonröhren brennen zu lassen, verharrte aufgeregt vor dem Haus und zählte die Fenster an der Front ab: in der vierten Reihe von unten, die beiden rechts außen, ja, doch, sie waren unwiderruflich dunkel wie der späte Abend, an dem er, Wegner, sich auf den Weg zu seiner Frau machte. Sie hatte wieder als Kellnerin einen Platz gefunden, in der Kantine der Parteizentrale und glücklicherweise mit solchen Arbeitszeiten, die mit seinen zusammenfielen. Am nächsten Morgen brannte aus unerklärlichen Gründen die Schreibtischlampe, ebenfalls ein Strang der Neonröhren. Am Abend desselben Tages, der Wagen war schon in die Leipziger Straße eingebogen und wenige Meter von seiner Wohnung entfernt, überkam es Wegner. Er spürte eine Hitze in sich aufsteigen, die einen nie gekannten Schweißausbruch nach sich zog, Wegner kehrte, seine Stirn unablässig wischend, zurück in sein Büro, nochmals Fenster und Lichtschalter zu überprüfen. Hatte er die Türen, die seines Büros und des Hauses abgeschlossen? Als er seinen Arbeitsraum betrat, empfing ihn der Geruch von verbranntem Kunststoff. Der Schreck erfaßte Wegner bis in den letzten Teil seines Körpers, er konnte gerade noch den Stecker des Wasserkochers ziehen; irgendein Defekt verhinderte, daß er sich automatisch ausschaltete. Das Wasser war verdampft, der Topf glühte bereits und begann sich zu entzünden. Wegner setzte sich verzweifelt an den Schreibtisch, seine Hand wurde von der Stirn, hinter der der Puls raste, angezogen wie von einer unsichtbaren Kraft. Konnte er, der bis vor kurzem einflußreiche und geachtete Markus Wegner, Herr des Raums hinter den Spiegeln, sich nicht mehr auf sich selbst verlassen? In welchem Zustand befand er sich, daß er nicht wußte, was er tat. Oder, diese Idee rüttelte an den Grundfesten seines Gedankengebäudes, gab es jemanden, der ihm, wenn er längst das Büro verlassen hatte, in den Rücken fiel. Wer zog im Hintergrund die Fäden, wer denn, etwa seine Partei? Wegner rief seine Frau an, er erfand Überstunden, dringende Arbeiten, die bis zum nächsten Tag dauerten und schob sozusagen Wache in seinem eigenen Büro. In dieser Nacht von Donnerstag zum Freitag, die er an seinem Schreibtisch verbrachte: auf dem Stuhl, die Füße auf der Platte und über sich einen Mantel gebreitet, in dieser Nacht tat sich nichts. Und was auch, was sollte sich tun? Es lag doch an ihm, auf ihn war kein Verlaß mehr, er mußte sich dringend zusammenreißen. Zum ersten Mal seitdem er hier arbeitete, schlief er ruhig und ohne Unterbrechung bis zum Morgen. Als er von der Toilette zurückkam, standen alle Fenster offen, obwohl er sicher gewesen war, daß er sie geschlossen hatte. Er riskierte es, zum Dienstschluß nach mehrmaligen Kontrollgängen, die über eine Stunde dauerten, sich auf den Weg nach Hause zu machen. Im Traum erschienen Fenster und Türen, die er nicht in ausreichendem Maße beachtet hatte, brennende Lampen, Flammen, die sein Büro, das ganze im Umbau befindliche Gebäude in Schutt und Asche legten. Am nächsten Tag, dem Samstag, bevor Tante Laura und er zu ihrer Wochenendfahrt aufbrachen, mußten sie unbedingt in seinem Büro nach dem rechten sehen. Die

Türen erwiesen sich als nicht verschlossen und ein Band der Neonröhren verströmte Licht, das in der gleißenden Sonne aufging. Wegners Hände zitterten, er konnte vor lauter Selbstzweifeln nicht mehr hinter dem Steuer sitzen. War er denn überhaupt in der Lage, die Vorfahrtsregeln zu beherrschen und die Farben der Ampel voneinander zu unterscheiden? Tante Laura nahm seinen Platz im Golf ein, wo sie niemals zuvor gesessen hatte. Er gab wie immer die Route vor, diesmal zunächst die sattsam bekannte nach Süden führende Ausfallstraße, die Berlin hinter dem Treptower Park sauber wie ein Messerschnitt durchzieht, um wohin zu fahren? Er gab keine weitere Erklärung ab. Die Schaltung des Autos forderte Tante Lauras uneingeschränkte Aufmerksamkeit. Als sie in Adlershof kurz hinter dem S-Bahnhof wegen der beißenden Abgase von VEB Berlin-Chemie die Fenster hochkurbelte und sich, das Lenkrad in der Linken, mit dem rechten Arm über ihn hinwegbeugte, merkte sie, daß sein Kopf zur Seite gekippt war und beim Anfahren und Bremsen leicht pendelte. Der Mund klaffte und verriet doch nicht, wohin die Reise gehen solle, mochte Tante Laura noch so oft nachfragen. Markus? Markus, schrie sie. Seine aufgerissenen Augen, soviel stand für sie sofort fest, sahen nichts mehr, der Schlag hatte ihn getroffen. Für Tante Laura brach in diesem Moment all das zusammen, was sie sich mit ihm aufgebaut hatte. In wessen Schlepptau sollte sie aus diesem Land herauskommen. Während sie gegen die Frontscheibe von Verrat schrie und auch vom falschen Pferd, auf das sie gesetzt habe, dann zärtlich flüsterte: Ach Markus, mein Lieber, was wird aus mir, was aus uns, was, währenddessen teilte sie ihren Blick: Die eine Hälfte hielt sie auf der Straße, die andere zog ihr Mann auf sich. Mit diesem halbierten Blick fuhr sie weiter, nicht langsamer, nicht schneller, es gab keinen Grund für sie anzuhalten, sie fuhr mit dem Toten an ihrer Seite, und niemand sonst als sie selbst bestimmte nun die Route, um sagen zu können: Siehst du, so sieht's hier aus, mit dir am Lenkrad wäre ich nie hierhergekommen. Natürlich wußte sie, daß er sie nicht mehr hörte, aber sie mußte es dennoch sagen, weil es gesagt werden mußte, erzählte mir Tante Laura. Sie wählte am Schönefelder Kreuz die Autobahn in Richtung Potsdam und umfuhr Berlin: vom Süden über den Westen in den Norden, von dort wieder hinein in die Stadt, über Pankow bis zur Dimitroffstraße am Prenzlauer Berg, wo die Hochbahn dottergelb über den Fahrdamm und den Imbiß von Konnopke mit der besten Currywurst von Berlin rattert, und von dort über Friedrichshain und über das Adlergestell zurück in den Süden. Sie gestand sich ein, daß sie nicht sonderlich rasant, aber beharrlich immer nur Westberlin umkreiste, die exotische Insel im Fleisch des Sozialismus. Markus Wegner hätte sie wegen ihrer Einfallslosigkeit ausgelacht. Die Berliner Umgebung bietet viel mehr, hätte er gesagt, wenn man nur an den Bereich zwischen Königs Wusterhausen und Strausberg denkt, also das Gebiet zwischen dem Süden und dem Osten.

Na und, rief sie heulend, heute fahren wir eben so.

Tante Laura hatte ihre festen Tankstellen gefunden, in Michendorf und auf dem Adlergestell, die Angestellten warfen prüfende Blicke auf ihren Beifahrer. Er schläft, sagte sie, der Mann ist erschöpft, und er hat allen Grund dazu, er macht mir sonst keine Sorgen, kommentierte Tante Laura diese Gesten. Sie fuhr bis weit nach Mitternacht, steuerte einen Parkplatz an, wo sie sich gegen Markus Wegner legte, zum letzten Mal, das war ihr klar; sie bestimmte die Art, mit der sie von ihm Abschied nahm. Meine Tante strich ihm die Haare aus der Stirn wie einem schlafenden Kind und küßte ihn. Sie schlief ein paar Stunden, bis die aufgehende Sonne die Tautropfen auf der Frontscheibe zum Glitzern brachte. Die Nebelschwaden stapelten sich über den Wiesen wie weiße und graue Wolldecken, die jeden Laut dämpften, freilich nicht gegen die Kälte halfen. Tante Laura rubbelte ihrem Beifahrer die Wangen und sich selbst kräftig die Oberarme, aber wärmer wurde es davon nicht.

Sie hatten den Wagen längst im Visier, die Tankstellenwärter hatten Alarm geschlagen, nach dem dunkelblauen Golf mit Berliner Kennzeichen, den eine auffällige Blondine steuerte, wurde gefahndet. Als Tante Laura den Motor anwarf und losfahren wollte, stellten sich ihr Polizisten in den Weg und klopften gegen die Scheibe. Tante Laura kurbelte arglos das Fenster herunter und fragte, was es denn besonderes gebe.

Ich konnte meine Verwandte in der Psychiatrie besuchen, wo sie zunächst untergebracht war, zur Beobachtung, wie es hieß. Sie sah unverändert aus, als seien die Ereignisse der letzten Zeit an ihr vorübergezogen, ohne Spuren zu hinterlassen.

Ich berichtete von Ruth, ihrer Schwester, die sich sorge, und richtete Grüße aus. Tante Laura spürte, daß ich log, sie wedelte meine Bemerkung fort wie lästige Rauchschwaden.

Ich fing von den Sternbildern an. Keines hab ich vergessen, sagte ich und versuchte mich sogleich an ihrem Unterarm mit Eridanus und Wassermann, worauf ihr Gesicht mit leisem Lächeln antwortete.

Noch ist nichts verloren, sagte sie, wechselte jedoch zum Thema Markus Wegner, um mir den Ablauf der letzten gemeinsamen Tage mitzuteilen, sie flüsterte mir ins Ohr. Hätte uns jemand in dem stillen weißen Zimmer hören können? Wahrscheinlich, fiel mir erst später ein, wurde sie wirklich beschattet, nicht nur in der Psychiatrie, sondern auch in den Jahren danach. Schließlich war sie in die Arbeit ihres Mannes eingeweiht, kannte Zusammenhänge und Namen, nach seinem Tod blieb nur sie, die von dem Projekt *Flamingo* wußte und alle Einzelheiten kannte.

Verloren ist nichts, wiederholte sie, überhaupt nichts. Es gibt Wege, mehr verrate ich nicht. Man findet stets Wege, die zum Ziel hinführen und von ihm weg, wenn es anzustreben nicht mehr lohnt, beispielsweise bei Irmtraud.

Was ist mit Irmi?

Sie lachte abrupt auf. Aber Martin, sie war nichts für dich, denk nur an das Kind, das Mädchen. Sie hieß auch noch Regina. Du hättest nur die zweite Geige gespielt. Tante Laura zog auf unnachahmliche Art ihre Augenbraue hoch, und ihr plötzlich schmaler Nasenrücken verlieh dem Gesicht einen harten Zug.

Der Brief, sagte ich.

Ist von mir gewesen, von wem sonst. Ich konnte dich nicht in dein Unglück rennen lassen. Das Glas, von dem man nicht wußte, wozu es eigentlich gut war, zu zertrümmern und in einen Umschlag zu stecken, war ein leichtes. Du hast doch die Adresse in deinem Zimmer ständig rumliegen lassen.

Fassungslos schaute ich in ihr Gesicht. Tante Laura war von ihrem Tun vollkommen überzeugt, was erwartete sie von mir, vielleicht Dank?

Von allein wärst du nie darauf gekommen, meinte Tante Laura.

Du mußt wirklich krank sein, sagte ich, stieß wie zur Bestätigung den Zeigefinger an meine Stirn, so heftig, daß es schmerzte, die sollen dich nur hierbehalten, am besten für immer. Ich stand auf, machte kehrt und ging grußlos aus dem Raum, ohne die Tür zu schließen, in den Flur und durch die Schwingtür mit der Milchglasscheibe ins Foyer. Das Sirren der Tür flog an mir vorbei.

Ich sah Tante Laura nie wieder, in all den Jahren nicht, bis sie uns im Urlaub an der Ostsee heimsuchte, wo sie einen präzise festgelegten Plan verfolgte. Katja, ich bin davon überzeugt, sie überließ nichts dem Zufall. Zwischendurch erreichten mich regelmäßig ihre Ansichtskarten mit mehr als nur Grüßen aus den abgebildeten Städten und Landschaften, in die hinein sie schrieb, wenn der Platz auf der Rückseite nicht ausreichte: mit feiner und ebenso winziger Handschrift. Sie hielt mich auf dem laufenden – gab es etwas, was ich nicht erfuhr? – und unterschrieb stets mit Deine Laura oder Deine unvergessene Püppi oder was ihr noch so einfiel. Tante Laura, die sich nicht mehr binden wollte, resignierte und gab auf, dieses Land auf Nimmerwiedersehen zu verlassen. Nur ein einziges Mal machte sie sich auf eine weite Reise, beantragte ein Visum und setzte sich in den Zug, fuhr dorthin, wohin es ihr Mann nie geschafft hatte: über Dresden, die erste Station der Ferne, über Prag nach Budapest, wo sie in den Zug ins Banat, nach Rumänien umstieg. Sie war in den Unterlagen von Markus Wegner auf seine rumänische Verwandtschaft gestoßen, Tante Laura schrieb und wurde gleich mit dem Antwortbrief von Mihail Ciubao eingeladen. Sie überraschte die barocke Pracht Timişoaras, auch Klein-Wien genannt; immerhin hatte das Banat bis zum Ende des ersten Weltkriegs zu Österreich-Ungarn gehört. Der morbide Charme der Gebäude wiederum, der anscheinend nicht aufzuhaltende Verfall – ein Phänomen des Sozialismus – erinnerte sie an ihre Heimat. Mihail Ciubao, dessen Statur nach dem Tod seiner Tochter geschrumpft war und den, selbst wenn er seinen Hut trug, Tante Laura um einiges überragte, ging mit ihr untergehakt durch seine Stadt, so wie er früher mit Daniela geschlendert war. Er hatte Tochter und Schwiegersohn verloren, das launische Glück schenkte ihm nun Tante Laura. Es sollte drei Wochen anhalten – eine Zeit, die er zu nutzen gedachte, wobei er seine weitverzweigte Familie, die sich wie ein Netz über Rumänien spannte, im Sinn hatte. Mihails Frau ließ ihn erst weg, als er versprach, mit Tante Laura ausschließlich bei Verwandten zu übernachten und ganz sicher in getrennten Zimmern. Mit einem vom Nachbarn geliehenen Dacia kutschierte Ciubao, im Mundwinkel eine glimmende Karpaţi, von Verwandtschaft zu Verwandtschaft und dadurch Tante Laura quer durchs Land, die darauf bestand, das Benzin zu bezahlen. Das Radio sprudelte ihnen unaufhörlich sich jagende Rhythmen einer wilden Musik entgegen, die ihr half, sich dieser überall gegenwärtigen Hitze zu ergeben gleich einem Schicksal. Es waren zunächst die Gerüche, die Tante Lauras alte Sehnsucht nach dem Süden wieder auffrischten. Es roch nach Knoblauch, wohin man ging, die Frauen verströmten schwere Parfüms, die sich zusammen mit Schweiß und eben jenem Knoblauch zu einem einzigartigen Odem mischten. Man mußte nur einen Bus besteigen – oftmals blieb einem lediglich ein Stehplatz von der Größe eines DIN-A-4-Blatts –, um zu begreifen, was dieser Ausdruck bedeutete. In den Straßen hing der Geruch von billigem Benzin, in den Restaurants von gegrilltem Schweinefleisch, wo Tante Laura – ganz vom Fach – auf Feinheiten achtete. Die Kellner in dikkem, rabenschwarzem Tuch versahen gestürzte Biergläser mit einem Salzrand, servierten rote, weiße, gelbe Melonenscheiben auf silbernen Platten und schenkten Wein der Marke Murfatlar ein, dessen Süße den Kopf schnell schwer machte. Vor dem Eingang erschien eine Frau, die ihren mit Decken verhüllten Mann auf einem fahrbaren Gestell heranzog. Mit einer überraschenden Bewegung entblößte sie ihn, dem beide Beine amputiert waren. Sie begann ein Gezeter, zeigte auf die wie von Feuer roten Stümpfe, schlug zwischendurch die Hände über dem Kopf zusammen und lief den Kreis von Schaulustigen ab, der sich gebildet hatte. Die Leute grinsten bald voller Häme und wandten sich überdrüssig ab. Tante Laura verstand nichts, nur Bani, Bani, das Wort für Geld, war ihr geläufig, sie drückte der Frau ein paar Münzen in die Hand.

Du läßt dich blenden, sagte Mihail Ciubao.

Aber der Krüppel, darüber kann man doch nicht einfach hinwegsehen.

Das ist Theater. Man darf ihr nicht glauben, sie ist zu perfekt. Sie zieht mit ihrem Mann umher, beide leben davon, foarte bine.

Wem soll man glauben, dachte Tante Laura, was für ein verrücktes Land.

Auf den weißen Häusern von Konstanza hockten Möwen, groß wie Katzen, in den Gassen, wo Tomaten, Paprikaschoten, Pfirsiche in den Ständen leuchteten, trat Tante Laura der Geruch des Meeres entgegen, und als sie es dann schließlich sah und neben dem ausladenden Bau des Casinos, das viel zu teuer für sie beide war, die Mole hinausschlenderte, bis es nicht mehr weiterging, meinte sie, eine Ahnung vom Süden zu bekommen. Der Wind trieb ihr ins Gesicht und schmeckte nach Salz, das Mittelmeer lag praktisch um die Ecke. Aber es hatte sie noch etwas anderes nach Rumänien gezogen, immer vermutete sie ein Geheimnis um Markus Wegner, vielleicht eine Erklärung, weshalb er seinerzeit den Westen verlassen hatte, vielleicht ein Vermächtnis. Nicht daß sie sich von diesen Leuten, allen voran Mihail Ciubao, einen Schatz erhoffte, danach sahen sie weiß Gott nicht aus. Aber getrieben von einer unbestimmten Erwartung war sie hierhergefahren; zu Markus' Eltern in Hannover zog sie nichts.

Die abendliche Mole in Konstanza war offenbar nicht nur der Treffpunkt sämtlicher Touristen, sondern auch der Einheimischen, die rauchend und in Gruppen auf dem Stein hockten, Liebespaare bummelten auf und ab, Taschendiebe fanden ihre Gelegenheiten. In dem Gedränge am Arm des schmächtigen Mannes, mit dem Tante Laura sich nur radebrechend verständigen konnte, in dem

Gewirr der Stimmen, die sich im Knattern des Windes verloren, schwante ihr, Markus Wegner nie so nah gewesen zu sein wie hier.

Ich erhob mich, um die notwendigen Utensilien zusammenzutragen, stopfte routiniert die Gummimatte unter meine Frau und hob ihr Nachthemd, die beiden Schwestern hätten es nicht besser machen können. Während ich Katja wusch, hielt ich kurz inne, fragte, ob das Wasser zu kalt sei, gab sofort wärmeres in die Schüssel und erzählte weiter.

Obwohl die Anzahl der Ansichtskarten mit den Jahren abnahm – ich zeigte sie dir nie, und wenn du doch einmal eine in die Hände bekamst, zerstreute ich dein Mißtrauen, erfand Ausreden, jedenfalls sprach ich nie mit dir darüber. Wozu auch, Tante Laura gab es ja nicht mehr für mich, die Karten erinnerten mich zwar an sie, freilich gab es keinen vernünftigen Grund, weiter an sie zu denken. Hätte ich gekonnt, hätte ich die Karten abbestellt wie eine Zeitung, ich kannte Tante Lauras jeweilige Adresse, die sie stets vermerkte. Aber wenn ich geschrieben hätte, hätte ich ihr zu verstehen gegeben, daß ich ihre Zeilen las und hätte mein Schweigen gebrochen. Ich zerriß die Karten, lernte indessen nebenher das Land kennen oder traf auf Gegenden, mit denen mich eine Geschichte verband: von den abgelegensten Orten des Schwarzatals in Thüringen bis zur Insel Rügen. Wem ist denn beispielsweise Schulzendorf geläufig? Daß es in der Nähe Berlins, zudem im S-Bahnbereich und gar nicht weit vom Zeuthner See entfernt liegt, macht es nicht bekannter, auch nicht die Tatsache, daß das Dorf Schloß und Wappen vorweisen kann, das Schwert und Blumen zieren. Tante Laura widmete diesem Ort mit dem reizvoll antiquierten Namen, in den sie wer weiß wie gelangt war, eine Karte. Meine Schule betrieb in einem winzigen Ort namens

Lobbe an der Ostsee auf der Insel Rügen ein Ferienlager. Die Freundin aus der Klasse über mir, die schon achtzehn war – an dich Katja war noch lange nicht zu denken –, durfte mich abends mitnehmen, wir hielten uns an den Händen, als wir in der Dämmerung auf Feldwegen in die Stadt Göhren in die Milchbar wanderten, wo wir an der Theke Shakes tranken. Auf den hohen Hockern wurde ihr so schwindelig, daß sie die ganze Zeit über kichern mußte. Auf dem Rückweg verliefen wir uns und landeten am Strand, den Sand in meiner Unterhose schleppte ich mit in mein Bett. Nach den Ferien verlor ich das Mädchen aus den Augen.

Natürlich wußte Tante Laura von der Geschichte – sie wußte alles von mir –, sie spielte mit ihren Grüßen darauf an: Nicht nur eine Karte traf aus Lobbe ein, ich fand über eine Woche hinweg jeden Tag ein paar Zeilen aus diesem Flecken vor, der eigentlich nichts weiter als eine Ansammlung von Bungalows und Zelten war. Dann kamen Karten aus Göhren und aus dem benachbarten Baabe und so fort. Tante Laura war eben auf offensichtliche Weise gründlich.

Nach dem Fall der Mauer gab's sofort Post von jenseits der Grenze, natürlich besuchte sie zunächst jene Orte, die von Markus Wegners Fenster aus zu sehen waren: das Ödland des Potsdamer Platzes, dann, weiter weg, den Kurfürstendamm, das Europa-Center, den Funkturm. Wenige Wochen später wurden Karten aus Südamerika zugestellt, aus Chile, La Serena, Valparaíso und Santiago. Auf der ersten, einer mit viel Palmen, standen die Worte: Das wunderbare Sternbild der Wasserschlange, herzlichst Deine Püppi.

Tante Laura, hat sie's endlich geschafft. Ob es jetzt noch das gleiche ist wie zu der Zeit, als man im Grunde das Land nicht verlassen konnte? Außerdem: Welt erobert man sich unter normalen Umständen in jungen

Jahren. Doch wann sind Umstände schon normal, und wie lange ist man jung, dachte ich, bevor ich die Karte zerriß.

Wovon sie lebte? Ich konnte mir nicht vorstellen, daß sie gekellnert hatte, immerhin bezog sie ihre schmale Witwenrente. Vielleicht hatte sie nicht einmal die nötig, ich erfuhr von Victor Velasquez Keller, dessen Großvater aus Salzburg eingewandert war und eine Chilenin geheiratet hatte. In den siebziger Jahren hatte Victor in Deutschland studiert, in Dresden, er trat aus Rebellion gegen seine wohlhabende Familie und in der Euphorie, die dem Machtantritt Allendes geschuldet war, in den kommunistischen Jugendverband ein und ließ sich sogar in führende Positionen wählen. Nach dem Putsch wagte er sich lange nicht zurück. Kaum daß er nach dem Tod seines Vaters die Hazienda geerbt hatte, begann er beklommen die Heimreise, die ein Jahr dauerte und über mehrere *unverfängliche* Staaten erfolgte, um seine Spur für den Geheimdienst DINA zu verwischen.

Seine Frau hatte ihn mitsamt der Kinder vor einem Jahr seines besten Freundes wegen verlassen. In dem Augenblick, in dem er Tante Laura auf einem Empfang des Konsulats kennenlernte, stand für ihn fest, daß nur sie ihre Stelle einnehmen konnte. Sie bewohnten ein geräumiges Haus, das von Bäumen umringt war, Tante Laura pflanzte an allen freien Stellen Blumen, aus dem Wohnzimmer sah man in der Ferne die Anden und ahnte auf der anderen Seite das Meer. Es war warm im Sommer, der, wie's schien, nicht enden wollte, und nirgendwo gab's Grenzen. Endlich war sie angekommen. Aber Freiheit, Freiheit was ist das? Du weißt das besser, Katja, du.

Tante Laura entdeckte ihre Liebe zu Hunden, gleichgültig wo sie sich aufhielt, eine Meute hechelnder, brauner Tiere umringte sie und verlangte, getätschelt zu werden. Nachts auf der Terrasse erklärte sie Victor den südlichen

Sternhimmel, er erwies sich als talentiert, bald wußte er soviel, daß er sie korrigierte. Er hatte sie vollständig neu eingekleidet, wenn sie in Stiefeln, Breeches und mit breitkrempigem Hut, unter dem das Gesicht nicht verbrannte, gemeinsam im Pick-up seine Ländereien abfuhren, wozu sie einen reichlichen Vormittag einplanen mußten, sah sie aus wie eine Einheimische, wie die Herrin der Hazienda. Auf einer dieser Fahrten fragte er Tante Laura, ob sie seine Frau werden wollte.

Sie hielt ihn hin, er aber ließ nicht locker. Mich erreichten mehrere Ansichtskarten nur mit dem einen Satz: Victor Velasquez Keller hat sich wieder erklärt.

Sie aber dachte nicht an Heirat, so schwer es ihr fiel. Durch Victor, der ihre Heimat kannte und deutsch sprach, war sie in der ersehnten Fremde wiederum auch zu Hause – ein Idealzustand! Aber es nutzte nichts. Der Süden ist doch viel mehr als nur Chile, Martin, schrieb sie. Wie steht es mit Afrika oder Australien? Während Victor wieder seine Inspektionsfahrt absolvierte, verabschiedete sie sich von den Hunden, indem sie ihnen die doppelte Ration ihrer Lieblingsspeise zuwarf, kleingehackte Rinderinnereien. Darauf ließ sie sich von einem der Arbeiter zum Bahnhof fahren.

Ich weiß gar nicht mehr genau, wohin sie noch überall gezogen ist, Peru, Kolumbien, Mexiko – nirgendwo vermochte sie seßhaft zu werden, sagte ich, trocknete Katja ab, rubbelte ihre Haut, bis sie sich rot färbte, und cremte sie anschließend ein, mit Nivea, womit sonst, und genoß den Geruch, der nun ihren Körper umhüllte. Ich deckte Katja zu, nahm sie in meinen Arm und wiegte sie wie ein Kind, ohne sie dabei aus den Augen zu lassen. Gab es einen Hinweis darauf, daß sie merkte, wer an ihrer Seite war, ein Zeichen, ein noch so kleines Zeichen des Erkennens, vielleicht die Spur eines Lächelns, ein Kräuseln ihrer Stirn? Ich weiß, ich frage mich das jedesmal.

Aber was bleibt mir anderes übrig, wenn mir niemand eine Antwort gibt.

Als ich zu Hause eintraf, hatte ich nicht den Eindruck, erwartet zu werden. Die Jungen erfreuten sich am Nichtstun, die Füße auf dem Tisch, kauten sie Pizza und sahen fern. Robert griff nach einer Flasche Schnaps und nahm einen ordentlichen Schluck. Wir feiern, sagte er triumphierend.

Sehe ich, war meine gereizte Antwort.

Er setzte gleich wieder an, um anschließend die Flasche an Florian weiterzureichen, der grinsend mit der Geste größter Selbstverständlichkeit zu nippen begann. Robert biß wieder ab, gelassen vor sich hin kauend, genoß er die Wirkung seiner Worte.

Also, was ist, rief ich.

Langsam, unendlich langsam wandte er sich mir zu. Florian kann wieder sprechen. Wenn das kein Grund ist, Martin.

Florian nickte, wobei er sein Grinsen nicht aufgab, das er in den Fernseher schickte.

Ich ging vor meinen Sohn in die Hocke, umhalste ihn herzlich, examinierte ihn jedoch sogleich. Natürlich war alles Unsinn. Was sie unter Sprechen verstanden, mußte das Artikulationsvermögen eines sehr kleinen Kindes genannt werden. Vielleicht hatten sie Ursache und Wirkung verwechselt, lockerte der Alkohol meinem Jüngsten die Zunge, außer simplen Lauten war nicht viel zu vernehmen. Oder war ich es, der sich täuschte? Ich sah in sein Gesicht und sprach ihm wieder und wieder Worte vor, seine Antwort war nicht der Rede wert. Irgendwann einmal hörte ich ihn geradeso ja doch sagen, nichts weiter. Zum ersten Mal spürte ich überhaupt den Willen, sich mitzuteilen.

Ich dachte nicht daran, von meinen Söhnen zu verlangen, wenigstens die Füße vom Tisch zu nehmen, ich vergaß es schlichtweg, ließ mich zwischen ihnen auf das Sofa sinken und griff zu der Flasche, die wir wandern ließen, irgendein farbiges süßes Zeug. Wir leerten sie gemeinsam.

Wie blendend du aussiehst, ja, wirklich gut, rief ich beim nächsten Besuch Katja zu, indem ich mich auf ihre Bettkante setzte. Ich überlegte und präzisierte darauf: Ausgeruht ist das richtige Wort, Kunststück, schließlich liegst du den lieben langen Tag. Überhaupt meint es das Schicksal jetzt besser mit uns. Denk nur, Florian spricht wieder, ist noch nicht viel, bestimmt nicht, nur ein paar Worte, aber er ist auf dem rechten Weg. Es wird auch Zeit, die Schule hat begonnen. Das weißt du am besten, du hast dich immer darum gekümmert, um Stundenpläne und Termine, Bücher, Hefter und Elternabende, auf denen ich mich niemals blicken lassen habe. Du hast das auch besser bewältigt, als ich es jemals hätte ausrichten können.

Ich zog meine Frau aus, wusch und frottierte sie. Tante Laura, sagte ich, während ich mich zu ihr legte und die Decke auch über mich breitete, so daß wir uns das Bett teilten, fast wie zu Hause, fast wie in unserem Ehebett, Tante Laura hat bald, nachdem sie zurück nach Deutschland gekommen ist, unsere Spur aufgenommen, einem Hund nicht unähnlich, der schnüffelnd einer bestimmten Fährte folgt. Warum sie gerade jetzt ihre Zelte in Südamerika abbrach – weißt du vielleicht Bescheid? Was hat sie dir denn erzählt?

In unserem Urlaubsquartier an der Ostsee hatte sie uns alle zusammen, und das Überraschungsmoment war wahrlich nicht zu übertreffen. Die Adresse herauszubekommen, wird nicht schwer gewesen sein; wenn man über Jahre hinweg an ein und demselben Ort Ferien macht, ist diese Anschrift bekannt. Ob ich jemals Mihail Ciubao kennengelernt habe? Auf Tante Lauras Beerdigung hörte ich rumänische Stimmen heraus und hatte, noch bevor er sich vorstellte, seinen Namen parat. Er drückte mich an sich, obwohl er mir lediglich bis zur Brust reichte, also noch viel kleiner war als Florian. Er trat mit glimmender Zigarette, die er so geschickt in der Hand barg, daß man sie kaum bemerkte, ans offene Grab und schleuderte mit der anderen die Erde auf den Sarg. – Ja, Katja, nun ist's raus, sie hat den Unfall, euren Unfall, nicht überlebt. Sie hat keine weiteren Angehörigen mehr, nach dem Tod meiner Mutter, so blieben die Formalitäten an mir hängen. Hatte ich überhaupt eine Wahl? Ich war überrascht, in ihren Papieren zu lesen, daß sie katholisch, in Chile in die Kirche eingetreten war. Ich hätte nicht gedacht, daß Tante Laura etwas mit der Kirche zu tun haben wollte. Das Grab befand sich auf dem neuen Teil des Friedhofs, die jungen Bäume warfen keine Schatten, lediglich am Zaun breitete sich eine übermannshohe Thujahecke aus. An dem heißen Spätsommertag hielt der junge Priester, der ein braungebranntes Gesicht hatte, seine Rede, die ihm eine Spur zu lang und zu ergreifend geriet. Er bewegte fortwährend seine Arme auf und ab, daß er in seinem schwarzen Talar einem Raben glich, der zu fliegen versucht. Ich hatte abgelehnt, ebenfalls zu sprechen, ich hätte mich vergessen.

Anschließend schüttelten die Besucher der sehr überschaubaren Gesellschaft uns, den Kindern und mir, die Hände. Ich unterhielt mich ausführlich mit zwei Frauen aus Tante Lauras Kellnerinnenzeit und Nachbarn aus ihrem Elternhaus in der Lausitz. Eine der Frauen wollte die Wirkung der Rede zerstreuen, sie erinnerte scherzhaft nicht nur an Tante Lauras rhythmischen Gang beim Servieren, sondern auch daran, daß sie ihn mit der Kürze ihrer Röcke unterstrich, was die Wirkung auf die Kerle, wie sie sagte, nicht verfehlte. Aber niemand vermochte so recht darüber zu lachen. Ein Mann, der sich unentwegt mit seinem Taschentuch Kopf, Hals und Nacken wischte, stellte sich als Tante Lauras ehemaliger Freund vor. Er war es, mit dem sie beim Pilzesammeln im Kiefernwald auf dem Nadelboden gelegen hatte, mit Blick gen Himmel. Laura wirkte so unbeschützt, sagte er, sie brauchte jemanden, der sich an ihrer Seite hielt. Laura hat in all den Jahren schlichtweg Pech gehabt, immer allein, bis zum Schluß. Ich hätte sie heiraten sollen, doch sie war von der Idee, aus unserem Kaff zu verschwinden, so besessen, daß mir der Mut fehlte, ihr einen Antrag zu machen.

In den Schatten der Thujahecke postierten sich einige Herren, sämtlich im Rentenalter, die aussahen wie gemütliche Großväter und so grau wie unauffällig waren mit ihren Westen und Umhängetaschen aus Kunstleder. Sie blieben auf Distanz und beobachteten aufmerksam, was sich tat; einer von ihnen zückte sein Handy und telefonierte, ohne den Blick von uns zu nehmen. Tante Laura wird diese Leute, die wohl zu Wegners ehemaligem Dunstkreis gehörten, nie ganz losgeworden sein. Ob sie meldeten, daß sie nun sicher nichts mehr ausplaudern würde? Tante Laura war in dieser Frage nicht mitteilsam, das kann ich versichern, nur mir, mir hatte sie sich anvertraut und alles, aber auch jedes Detail preisgegeben.

Ich lud den Rumänen, der seine bettlägerige Frau zu Hause lassen mußte, mitsamt seinen beiden Verwandten zu uns ein. Der Mann holte aus den unergründlichen Tiefen seines Koffers Zöpfe aus Knoblauchknollen und Zwiebeln, mehrere geräucherte Käse, groß wie Köpfe von Kindern. Er steckte eine neue Karpaţi an und begann zu singen. Wir, die Rumänen, Robert und ich, sangen wahrscheinlich dieselben Lieder, die damals nach der Beerdigung von Daniela Ciubao in Markus Wegners Wohnung angestimmt wurden. Robert fand schnell Zugang zu den fremden Worten, Florian bewegte zwar die Lippen, über die ihm jedoch kein Ton kam. Die Knaben gaben alles für Tante Laura, sie brannten sozusagen für sie, es war zwecklos, ihnen jetzt schon reinen Wein einzuschenken. Mihail und seine Verwandten brachte ich in unserem Ehebett unter. Katja, raunte ich, ich hoffe, es stört dich nicht. Natürlich dachte ich an frische Bezüge und Laken, was denn sonst, auch an Handtücher, ja doch, für jeden zwei, versteht sich.

Unfall, hab ich gesagt, aber kann man von einem Unfall reden, wenn Zufall nicht im Spiel war? Tante Laura hatte die Fahrt genau geplant, wahrscheinlich vorher sogar den Baum ausgesucht, an dem sie landen wollte. Gab's ein Zeichen in der Rinde, eine besondere Figur, die die Äste in den Himmel schrieben? Die Nacht war taghell, die Straße trocken und an dieser Stelle, am Parkplatz, der den Namen Sieben Linden trägt, obgleich dort keine Linden zu finden sind, völlig gerade. Ob sie mit ihrem Tod gerechnet hat, oder mit deinem – es ändert nichts an der Tatsache, daß es kein Unfall war. Ach was, sie wollte dich umbringen, dich Katja, vergiß es nicht, uns zerstören, schrie ich, als hätte ich's jetzt, jetzt bis in die letzte Konsequenz hinein begriffen: umbringen – nichts anderes. Mir ist egal, wer mich hört auf der Station, egal, was sie sich hier denken, ich schreie so laut, wie es mir paßt, ich laß mir von niemandem mehr was verbieten, ich schreie –

Tante Lauras Wohnung, sagte ich irgendwann danach, die sie in einem Neubauviertel in Lichtenberg genommen hatte, sollte ich ausräumen und war überrascht, daß sie so wenig besaß. Zugestanden, sie lebt erst seit kurzem wieder in Deutschland, dachte ich, wer weiß, was sie in Südamerika oder sonstwo zurückgelassen hat. In diesem einen Zimmer, dem sich Bad und Küche anschlossen, befand sich nur das Allernotwendigste, fast nichts, für die paar Kleidungsstücke reichte ein einziger schmaler Schrank. Die Zimmer waren vollkommen kahl, lediglich im Bad, einer sehr praktischen, wenn auch fensterlosen Naßzelle, wie die Architekten sagen, zierten Fotografien eine Regalwand, Fotografien, die uns zeigten, Katja, uns beide, mal mit, mal ohne die Jungen. Mit Filzstift hatte sie unsere Köpfe eingekreist und durch unterschiedlich starke Pfeile miteinander verbunden, die ein Beziehungsgeflecht darstellen sollten. Die Fotos waren geschossen worden, ohne daß wir es gemerkt hatten, meist sobald wir aus unserem Haus auf die Straße traten oder aus dem Auto stiegen. Eine Abbildung vereint uns alle, ich wartete vor dem Eingang des Deutschen Theaters auf euch. Dir und den Kindern hatte ich wegen des heftigen Regens den Wagen überlassen, war mit der S-Bahn von einer Baustelle gekommen und traf viel eher ein als ihr. Es hatte schon geklingelt, ich sah euch vom Parkplatz aus auf mich zurennen: du in der Mitte, an den Händen Florian und Robert, die partout nicht loslassen wollten, obwohl ihr dadurch langsamer gewesen seid. Irgendeiner schwenkte einen gelben Regenmantel wie eine Plane über euch, die im Wind flatterte. In dem Moment, da ich euch begrüßte und es bereits zum zweiten Mal klingelte, drückte die versteckte Fotografin auf den Auslöser. – Nur, ich wußte es genau, dieser Theaterbesuch fand im Frühjahr letzten Jahres statt. Mindestens über ein Jahr muß Tante Laura wieder in Deutschland gewesen sein; so lange hat sie ihren Auftritt in unserem Urlaubsquartier minutiös berechnet – kein Wunder, daß sie alles über uns wußte.

Auf jedem Foto lachst du, als wüßtest du, daß du abgelichtet wirst, und befolgtest das Verlangen eines unsichtbaren Regisseurs, deine, ich nenne das blinde Gefolgschaft Tante Laura gegenüber vorwegnehmend. Zu diesem Lachen sagt man wohl ansteckend. Ich kannte es so noch nicht von dir. Ich strich mit dem Finger über dein Gesicht und versuchte deine Augenbrauen zu treffen.

Der zentrale Platz, der bei anderen vom Fernsehapparat eingenommen wird, fiel bei Tante Laura dem Plattenspieler zu. Doch ich fand höchstens ein Dutzend Schallplatten, sämtlich mit ihrer Musik, versteht sich. Auf einem der Lautsprecher lag eine Ansichtskarte, eine Karte aus unserem Ort an der See: Kirche und Strandstraße, Steilküste, die Seebrücke im vom Sturm bewegten Wasser. Ich griff hastig zu. Die nicht frankierte und auch nicht abgeschickte Karte war an mich gerichtet, ich sank auf den Teppich und las mit zitternder Hand: Martin, mich vergißt man nicht ungestraft, mein Lieber, wetten, daß Dir's nicht wieder unterläuft, Deine Püppi.

Ich zerriß die Karte, wie alle anderen davor auch, und spülte die Schnipsel durch die Toilette, was überhaupt nicht gelang. Wer's mal versucht hat, weiß Bescheid. Ich rollte meterweise Papier ab, um damit auch das letzte Stück bunter Pappe mit der Hand hinter die Rohrbiegung zu drücken.

Ich scherte mich nicht mehr um ihre Wohnung, sollte ausräumen, wer wollte, meine Söhne warteten, ebenso die Bauherrn meiner Häuser, von dir ganz zu schweigen, Katja. Ich ging eine ganze Woche nicht mehr hin, bis ich mir sagte, daß es einfach zu Ende gebracht werden mußte.

Ich kippte Koffer und Taschen aus, mit denen sie an die See gefahren war. Als die Sachen auf dem Teppich lagen, kam mir in den Sinn, daß ich sie gleich hätte wegwerfen sollen, warum belastete ich mich mit ihren Blusen, Hosen, Röcken, Untersachen; ich würde sie doch niemals waschen und anschließend verschenken, sofort sackte ich sie wieder ein. Dabei rutschte mir jene silberne Uhr aus einer Hosentasche entgegen, das Familienerbstück, das Herr Jeske der weitgereisten Frau zugedacht hatte und nun mir im wahrsten Sinne des Wortes zufiel. Ich war überrascht und wog das beeindruckende Gehäuse in meiner Rechten, dessen Schwere den Eindruck von Gediegenheit vermittelte. Der gravierte Deckel schnippte zögerlich und dennoch unaufhaltsam auf, ich verglich die Zeit mit der, die meine Armbanduhr anzeigte. Es existierte nicht die geringste Differenz. Ich schmetterte das Ding kurz entschlossen dorthin, wo ich es herhatte, in Lauras Koffer, zog Reißverschluß und Schnallen zu, schleppte das Gepäck durch die Nacht, etliche Straßen weiter flog es in hohem Bogen in den erstbesten Müllcontainer. Hätte ich die Uhr aufheben sollen, Katja?

Mein Dank gilt der Sächsischen Kulturstiftung, die die Arbeit an dem Roman unterstützt hat, dem Künstlerhaus Lukas in Ahrenshoop sowie Frau Dr. Norma Dehne und Herrn Dr. Andreas Dehne für die fachliche Beratung.

2. Auflage 2009

www.mitteldeutscherverlag.de

Gesamtherstellung: Mitteldeutscher Verlag, Halle (Saale),
Umschlaggestaltung unter Verwendung eines Fotos von fotolia.com – Ramona Heim

ISBN 978-3-89812-563-5

Printed in the EU